Fantastic Oriental Heroes
劍神
검신

검신 6

청산 新무협 판타지 소설

초판 1쇄 찍은 날 § 2004년 5월 25일
초판 1쇄 펴낸 날 § 2004년 6월 5일

지은이 § 청산
펴낸이 § 서경석

편집장 § 문혜영
편집 § 장상수 · 서지현
마케팅 § 정필 · 강양원 · 이선구 · 김규진 · 홍현경

펴낸곳 § 도서출판 청어람
등록번호 § 제1081-1-89호
등록일자 § 1999. 5. 31
어람번호 § 제2-0380호

주소 § 경기도 부천시 원미구 심곡1동 350-1 남성B/D 3F (우) 420-011
전화 § 032-656-4452 팩스 § 032-656-4453
http://www.chungeoram.com
E-mail § eoram99@chollian.net

ⓒ 청산, 2003

ISBN 89-5831-122-3 04810
ISBN 89-5505-930-2 (SET)

청산 新무협 판타지 소설

6

떨어진 태양

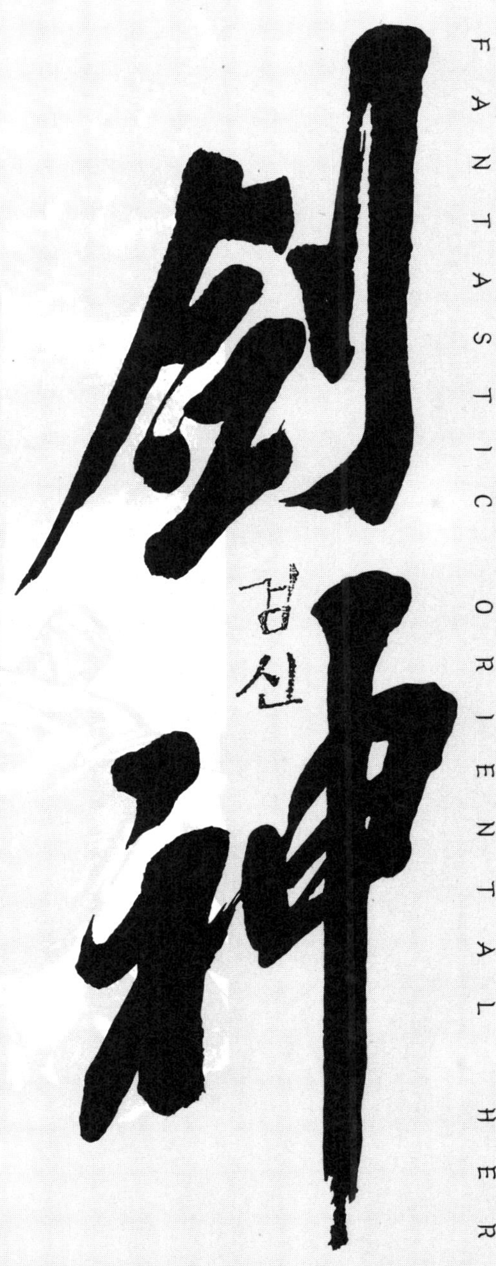

도서출판 청어람

■ 목
차

세 가지 시합

환유성은 여인처럼 곱게 화장한 을주환의 모습에 속이 뒤틀렸다.

"너, 사내자식 맞아?"

을주환은 산책을 나온 사람처럼 섭선을 저으며 천천히 걸음을 옮겼다.

"호호홍, 무지한 놈. 검만 휘두를 줄 아는 놈이 미학(美學)에 대해 무얼 알겠느냐? 사람은 누구나 아름다워지기를 원하지. 사내든 계집이든 마찬가지야. 다만 속물처럼 보이기 싫어 그 욕구를 감출 뿐이다. 그건 것을 위선이라 하지."

"난 그런 거 몰라. 내가 보기에 넌 변태야."

"뭐, 뭐야, 변태?"

을주환의 표정이 계집애처럼 표독스럽게 변했다.

휘리링—

그의 손에 들린 섭선이 튕겨지며 톱니바퀴처럼 회전하였다. 예리한 파공성과 함께 급격한 호선을 그리며 날아든 섭선은 환유성의 목을 베어왔다.

빛살처럼 빠른 공세였지만 심안이 최고조에 이른 환유성은 상대의 어떤 공격도 정확히 꿰뚫어 볼 수 있었다. 가볍게 몸을 틀어 섭선을 피해낸 그의 손에서 절대쾌검이 펼쳐졌다.

번쩍!

세상의 모든 빛을 흡수할 섬광과 함께 쾌검절학이 그대로 을주환의 목을 베어버렸다. 미약한 폭음과 함께 을주환의 목이 여지없이 날아갔다.

"……?"

환유성은 명색이 암흑마국의 태자란 자가 너무 쉽게 죽었다는 사실에 오히려 믿을 수가 없었다.

"뭐야, 왜 이렇게 시시해?"

순간 참으로 경악할 광경이 그의 눈앞에서 전개되었다.

을주환은 목이 베어진 채로 되돌아온 섭선을 받아 들고는 뒤로 미끄러졌다. 그는 손을 뻗어 떨어져 나간 자신의 수급을 받아 들고는 목 위에 붙였다. 그의 손이 베어진 목 부위를 문지르자 목이 본래대로 붙었다.

그는 언제 목이 베어졌느냐는 듯 간드러진 웃음을 터뜨렸다.

"호호홍, 고작 그런 솜씨로 날 죽일 수 있을 것 같으냐?"

환유성은 너무도 기막힌 광경에 잠시 멍한 표정을 지었다.

귀심동에서 목이 반쯤 달아난 귀심신의가 자신의 목을 다시 붙인 적은 있었다. 하지만 목이 완전히 베어진 상태에서는 그도 어쩔 수 없이 죽고 말았다. 한데 을주환은 목이 완전히 날아간 상태에서도 다시 살아난 것이다.

벽소군이 그 옆으로 서며 설명해 주었다.

"놀라실 것 없어요. 분광둔영(分光遁影)이란 절세적 보법과 미환귀종술(迷幻鬼從術)이란 사술에 의한 눈속임일 뿐이에요. 환랑을 잠시 놀린 거죠."

을주환은 천천히 섭선을 저으며 눈웃음을 쳤다.

"호호홍, 역시 만박옥혜로군.. 하면 쾌검 정도로 절대 분광둔영을 따라잡을 수 없다는 것도 잘 알겠지?"

환유성이 한 걸음 나섰다.

"검을 뽑아라. 네놈이 태양천주와 칠 초를 겨뤘다니 그 검법을 보고 싶다."

"환유성, 본좌가 어떤 신분인데 네 도전을 받아들이겠느냐? 명색이 암흑마국의 태자다. 네가 정 본좌와 검을 논하고 싶다면 천하오검을 모두 격파한 후 찾아와라."

환유성은 갖은 오만을 떠는 을주환을 당장 쳐 죽이고 싶었지만 상대의 격장지계에 쉽게 감정을 드러낼 그가 아니었다. 그는 백 명도 넘는 마국의 검수들을 둘러보았다.

"네 졸개들을 모두 죽인다면 나서겠느냐?"

"환유성, 여느 놈 같았으면 당장 목을 베었겠지만 국왕의 배려 때문에 널 우대하고 있음을 감사히 여겨라."

“국왕의 배려?”

을주환은 탁 소리가 나도록 섭선을 접었다.

“그렇다. 국왕께서는 네가 금검총령을 능가할 쾌검을 지닌 데다 지난번 귀명마공의 악마지공마저 격파한 사실에 무척 관심을 갖고 계신다. 솔직히 본좌도 네가 악마지공을 격파한 무공이 대체 어떤 것인지 궁금하기는 하다.”

뒤에서 듣고 있던 벽소군은 눈을 가늘게 뜨며 생각에 잠겼다.

‘암흑마국의 국왕이 환랑에게 관심을 갖고 있다고? 자신의 수하를 격파한 사람의 절학을 인정한다는 건 쉬운 일이 아니지. 국왕이란 자가 생각보다 무자비한 악마는 아닌 것 같군.’

환유성은 다소 권태로운 표정으로 을주환을 직시했다.

“그렇다면 나와 겨뤄보면 되는 일 아니냐? 네놈의 목이 확실하게 베어진 채로 국왕이란 자를 만나 주둥이를 여전히 나불댈 수 있는지 궁금하군.”

“호호홍, 너 정도 검수와 대결한다는 건 본좌의 수치라고 하지 않았더냐?”

“두려우냐?”

환유성의 조소를 머금으며 일침을 놓자 을주환은 싸늘하게 냉소를 쳤다.

“홍, 본좌를 격동시키려 하지 마라. 너와 벽소군을 본국의 좌우상(左右相)으로 삼고 싶은 마음에 살려두는 거니까.”

“미친놈, 누구도 날 굴복시킬 수 없다.”

“너야 그렇겠지만 너의 사랑스런 아내가 무자비하게 능욕을 당하게 되는데 그래도 괜찮겠느냐?"

을주환은 벽소군을 훑어보며 음탕한 눈빛을 발했다. 그녀는 그의 눈빛이 너무 징그러워 환유성 뒤로 몸을 숨겼다.

환유성은 그가 계속 도전을 회피하자 싸우고 싶은 마음이 사라졌다.

"생긴 것도 계집 같은 놈이 꽤나 시끄럽군. 나와 겨룰 마음이 없다면 어서 비켜라."

그러자 을주환은 간특한 미소를 지으며 뜻밖의 제안을 했다.

"반검무적, 본좌와 세 가지를 겨뤄 한 번이라도 이긴다면 순순히 보내주겠다. 하지만 모두 패한다면 본좌를 따라 본국으로 가야 한다."

"개소리 마라. 난 시합 따위는 하지 않아. 네놈이 나와 겨룰지만 결정해라."

"호호홍, 누구든 본좌의 지시를 거역할 수 없지."

그는 한 손을 뒷짐 진 채 꼿꼿이 미끄러지며 환유성을 향해 섭선을 휘저었다.

파지직!

붉은 번갯불이 피어오르며 환유성을 향해 내리 꽂혔다. 수법은 간단했지만 위력은 지극히 강렬했다. 여덟 줄기의 번갯불은 급격한 호선을 그리며 교차하면서 환유성의 팔대사혈로 날아들었다.

환유성은 상대의 신묘한 보법을 경험했기에 만상백변식을 뇌리를 떠올렸다.

그는 만상백변식을 근간으로 독창적인 변화를 터득했기에 어느 상황에서든 검결을 펼쳐 낼 수 있었다. 그는 간단히 여덟 개의 검형을 발출해 을주환의 공세를 막아냄과 동시에 그가 이동할 방위를 향해 반검을 휘둘렀다.

"만상자신결!"

잇단 폭음과 함께 을주환의 강맹한 공세는 연기처럼 소멸되었다. 이어 수십 개의 검형이 꼬리를 물고 내리 꽂히며 지표를 강타했다.

콰— 콰쾅—!

을주환의 형상이 귀신처럼 이동했다. 순간적으로 나타났다 사라지기를 수십 번이나 반복했다.

분광둔영은 글자 그대로 빛을 쪼개 그림자를 숨긴다는 절세적 보법이었다. 이는 무림 사상 가장 뛰어난 신법을 지닌 환영신마(幻影神魔)의 절기로 그는 신법 하나만으로 한동안 천하제일고수에 오를 수 있었다.

그러나 이토록 뛰어난 보법을 지닌 을주환도 환유성이 펼쳐 내는 검망 속에서 탈출할 수가 없었다. 그의 움직임을 쫓는 환유성의 검형이 꼬리를 물고 이어졌기 때문이다.

슈우욱……!

검형이 그의 가슴을 관통하는 순간 그는 연기처럼 스러졌다.

'찾았다!'

환유성은 심안을 통해 을주환이 자신의 등 뒤로 이동하는 것을 감지할 수 있었다. 그는 고개를 돌리지도 않고 팔만 뒤로 돌려 쾌검을 발출했다.

번쩍—!

그의 쾌검이 전광석화처럼 배후를 향해 뻗어 나갔다. 충분히 그의 심장을 찌를 수 있다고 자신할 수 있었다. 순간 그는 벽소군의 존재를 깨닫게 되었다.

그녀가 자신의 등 뒤에 있었던 것이다.

'앗!'

그는 황급히 반검을 틀어 올렸다.

팟!

쾌검에 의해 베어진 을주환의 화복 한 조각이 나풀나풀 바닥으로 떨어진다.

"호호홍, 무섭군. 정말 신비한 검법이군. 내가 만일 간장검을 뽑아 들고 네놈과 검을 겨뤘다면 큰 곤욕을 치를 뻔했어."

을주환은 어느새 벽소군의 한 손을 뒤로 꺾은 채 그녀의 목에 섭선을 들이대고 있었다.

베어져 나간 화복 한 조각은 그의 가슴 부위였다. 베어진 부위를 통해 은빛의 천잠보의가 드러났다.

만일 환유성이 쾌검을 중도에 거두지 않았다면 그의 몸통을 강타했을 것이다. 천잠보의라는 절세적 호신보의를 입어 심장이 관통되지는 않았겠지만 심한 내상과 더불어 천하를 오시하던 자부심마저 깨졌을 것이다. 물론 벽소군의 목도 함께 베어졌을 테지만.

반검을 회수한 환유성은 서릿발 같은 한기를 발했다.

"비겁한 놈, 소군을 풀어줘라."

"넌 아직 본좌의 제안에 답하지 않았다. 세 가지 시합에 응하겠다면 네 아내를 풀어주겠다."

을주환은 소군의 목덜미에 코를 대며 체향을 들이켰다.

"흐음… 좋아. 정말 향긋하군."

환유성의 피가 무섭게 들끓었다. 분노의 불길이 그의 전신을 활활 불살랐다.

그가 이토록 격분하기는 평생 두 번째였다. 산적들에게 능욕당한 모친의 복수를 하기 위해 산적들 모두를 죽창으로 찔러 죽인 후 처음이었다.

극에 이른 격분으로 그의 전신이 부들부들 떨렸다.

"변태새끼, 당장 내 아내의 몸에서 떨어져!"

벽소군은 을주환에게 맥문을 잡힌 채 인질이 되었지만 표정은 놀랍도록 차분했다. 그녀는 환유성을 향해 다정한 미소를 지어 보였다.

"진정해요, 환랑. 지금의 모습 당신답지 않아요."

"소군……?"

"이제야 알 것 같아요. 이 교활한 자가 함부로 행동하지 못하는 이유는 환랑의 검을 두려워하기 때문이에요. 보아하니 주변에 환랑과 대적할 자들이 없어요. 이자가 환랑의 도전을 피한 이유도 자신이 없어서죠. 그렇다고 순순히 물러서자니 암흑마국의 태자라는 알량한 자존심이 허락치 않죠. 결국 교활하게 내기를 걸려는 거였어요."

과연 만박옥화답게 그녀의 지혜는 검날처럼 예리했다. 그녀에 의해 속내가 간파된 을주환은 간드러진 웃음을 흘렸다.

"호호홍, 절반은 맞았다고 해주지. 그러나 대결을 회피한 건 국왕께서 환가 놈의 죽음을 원치 않아서이지 결코 놈이 두려워서가 아니다."

벽소군은 잔뜩 우려에 젖어 있는 환유성을 응시하며 결연한 어조로 말했다.

"환랑, 지금이 기회입니다. 이자를 죽인다면 암흑마국은 엄청난 타격을 입게 될 겁니다. 백도무림에서 본다면 더할 수 없는 쾌거죠. 천하를 위해서 이자를 죽이세요.”

“내게는 천하보다 당신이 더 소중해.”

그의 단호한 어조에 벽소군은 안타깝게 외쳤다.

“바보 같은 소리 말아요! 소녀 한 몸 희생해 천하를 구할 수 있다면 기꺼이 죽겠어요! 어서 이자를 죽이세요!”

“닥쳐!”

환유성의 눈에서 섬뜩한 살광이 폭사되었다.

“천하 때문에 당신이 죽게 된다면 천하인 모두를 죽이겠어!”

“아아……!”

벽소군은 온몸을 엄습하는 공포에 전신을 와들와들 떨었다.

천하인 모두를 죽이겠다!

환유성이 분노에 찬 살기는 천하를 베기에 충분했다. 그는 능히 그럴 수 있는 사람이었다. 그의 차가운 심장은 천하인 수만을 죽이고도 여전히 차가울 것이다.

벽소군은 그의 절실한 애정에 눈물이 핑 돌 만큼 감동했지만 오히려 두려움이 앞섰다. 자칫 자신으로 인해 그가 천하의 대살성이 될 수 있기 때문이다.

그녀는 그의 분노 앞에 더 이상 입술을 뗄 수가 없었다.

을주환은 섭선 끝으로 그녀의 얼굴을 훑어 내리며 간드러진 웃음을 터뜨렸다.

“호호홍, 정말 감동적이군 그래. 천하에서 가장 무심하다는 반검무적에게 이렇듯 뜨거운 심장이 있는 줄 몰랐어. 하긴 이토록 아름답고

총명한 여인을 아내로 맞이했으니 사랑스럽기도 하겠지. 역시 너란 놈도 어쩔 수 없는 사내야.”

환유성은 창백하게 굳어진 표정으로 한 걸음 다가섰다.

“네놈을 살려줄 테니 어서 꺼져라.”

“본좌를 협박할 계제가 아닐 텐데? 다시 말하지만 네놈이 두려워 대결을 회피하는 것이 아니다.”

그는 주변을 에워싼 마국의 검수들을 둘러보았다.

“본국의 파천마검대에 의한 진세만으로 네놈을 충분히 상대할 수 있지. 이제 본좌가 제안한 세 가지 시합을 받아들이겠느냐?”

“소군을 풀어줘라.”

“호홍, 제안을 받아들이겠냐?”

을주환이 섭선을 세워 벽소군의 목을 겨누자 환유성은 다가서던 걸음을 멈추었다.

그는 원치 않는 일은 절대 하지 않는 성격이다. 또한 어떤 위협에도 굴복하지 않는다. 그러나 지금은 방법이 없었다. 자신의 목숨보다 더 사랑하는 아내를 구하기 위해서는 자존심을 굽힐 수밖에 없었다. 만일 자신의 눈앞에서 그녀가 죽는다면 그는 미쳐 버릴 것이다.

그의 변해가는 표정을 본 벽소군이 다급히 외쳤다.

“환랑, 이자의 교활한 술책에 넘어가서는 안 돼요! 제발… 소녀를 포기하세요!”

“소군은 가만히 있어.”

환유성은 을주환을 직시하며 분명한 어조로 말했다.

“좋아. 하겠다.”

을주환은 비로소 긴장의 빛을 해소하며 얼굴 가득 득의의 표정을 지었다.

"호호홍, 진작 그럴 것이지."

2

천막 안은 을주환이 타고 온 수레에서 내온 진귀한 장식물로 채워졌다.

그가 호화로운 옥좌에 앉자 탁자 위로 하얀 비단이 덮였다. 수하들과 시녀들은 금과 은으로 만들어진 그릇을 벌여놓으며 음식을 마련하느라 부산을 떨었다. 반쯤 조리된 음식들이 숯불에 의해 데워지고 술과 안주가 하나씩 비단이 덮인 탁자 위로 올려졌다.

군왕을 위한 성찬과도 비교될 정도였다.

환유성은 긴 탁자를 사이에 둔 채 을주환과 마주 앉아 있었다. 벽소군은 두 사람 사이에 위치했다. 그녀는 을주환의 독특한 점혈에 제압당해 무공을 펼칠 수 없는 상태였다.

금으로 만든 정교한 술잔이 세 사람 앞에 놓이고 시녀들이 호박 빛의 고운 술을 따라주었다.

을주환은 술잔을 쳐들며 입을 열었다.

"어쨌거나 본좌의 손님들이니 건배는 해야겠군."

환유성은 손으로 술잔을 탁 쳐냈다.

“마국의 더러운 음식 따위는 필요없다. 어서 세 가지 시합이나 시작하자.”

“독주일까 봐 두려운 게냐?”

“네놈의 낯짝을 보면 마신 술도 토할 것 같아.”

“술을 다시 올려라.”

을주환의 지시에 새 술잔이 올려지고 시녀 하나가 공손히 술을 따라주었다.

환유성은 다시 술잔을 쳐냈다.

“필요없다고 했다.”

을주환은 술을 따라준 시녀를 불러들였다.

“이년, 귀빈을 제대로 모시지 못했으니 네 죄를 묻겠다!”

시녀는 사색이 되어 털썩 무릎을 꿇었다.

“용서하십시오, 태자마마.”

“닥쳐!”

을주환은 소매를 휘젓자 시녀는 피를 토하며 나가동그라졌다. 파리 목숨처럼 허무하게 죽은 시녀는 천막 밖으로 내다 버려졌다.

‘잔악한 놈!’

벽소군은 그의 악랄한 독심에 치를 떨며 고개를 돌려 외면했다.

을주환은 천천히 섭선을 저으며 다시 영을 내렸다.

“새 술잔으로 술을 올려라.”

다른 시녀가 환유성 앞에 술을 올렸다. 환유성은 눈을 가늘게 뜨며 을주환을 직시했다.

“이따위 수작 집어치워. 죽는 건 네놈의 시녀들일 뿐이다.”

그가 여전히 술을 거부하자 을주환은 술을 따른 시녀를 불러들였다.

"네년이 제대로 모시지 못해 본국의 명예를 더럽혔구나."

시녀는 뭐라 변명을 늘어놓기도 전에 숨이 끊어졌다.

시녀의 시체가 치워지기 무섭게 세 번째 시녀가 호명을 받고 환유성에게 술을 따라 올렸다. 그녀는 새파랗게 질린 채 와들와들 떨었다.

그는 앞서 죽은 두 시녀처럼 꼼짝없이 죽게 되었다는 두려움에 처연한 눈길로 환유성을 바라보았다.

"제, 제발 받아주십시오, 공자."

환유성은 무심한 눈빛으로 그녀를 응수했다.

"치워라."

"흑, 공자……."

시녀는 울먹이며 고개를 떨구었다.

을주환은 맛있게 술을 마시고는 술잔을 내려놓았다. 그의 입가에 비릿한 웃음이 맺혔다.

"호호홍, 과연 반검무적의 무심함은 대단하군. 하지만 본좌는 꼭 네게 술을 마시게 하겠다."

그는 권주(勸酒)에 실패하고 부복해 있는 세 번째 시녀를 향해 손을 쳐들었다.

단순한 자존심 때문에 사람 목숨을 가차없이 죽이는 그의 잔혹함도 악독했지만, 눈 하나 깜빡하지 않은 채 그것을 지켜보는 환유성 또한 냉혹하기 짝이 없었다.

을주환의 손이 세 번째 시녀의 머리통을 후려치려는 순간 참다 못한 벽소군이 술잔을 쳐들었다.

“내가 마시겠어요!”

단숨을 술잔을 비운 그녀는 을주환에게 소리쳤다.

“제발 그만 해요! 하찮은 시녀라도 목숨은 누구나 고귀한 겁니다. 술 한 잔 때문에 벌써 두 사람이 죽었어요.”

“호오, 역시 벽 소저는 용모만큼이나 마음씨가 아름답군. 하지만 술은 반검무적이 마셔야 한다. 본좌의 호의를 무시하고서 어찌 시합을 겨룰 수 있겠는가?”

을주환은 세 번째 시녀에게 눈길을 던졌다.

“절반은 성공했으니 네게 작은 상을 주겠다.”

“망극하옵니다, 태자마마.”

세 번째 시녀는 그와 벽소군에게 사은숙배를 올리고는 뒤로 물러섰다.

을주환이 턱짓을 하자 다소 어려 보이는 네 번째 시녀가 파랗게 질린 채 환유성을 향해 다가섰다. 술병을 감싸 안은 그녀는 두려움에 덜덜 떨었다. 참으로 애처로운 모습이었다.

벽소군이 환유성을 향해 통사정을 했다.

“환랑, 태자의 호의라니 한 잔 드세요. 어린 시녀가 가엾지도 않나요?”

“모두 죽이라고 해. 당신 때문에 저 역겨운 놈과 마주 앉아 있다는 것만도 화가 나 참을 수가 없어.”

그의 검이 번득이는 순간 술병이 베어지며 술이 왈칵 쏟아졌다.

술을 모두 쏟은 시녀는 금세라도 울음을 터뜨릴 듯 눈물을 글썽였다.

“흑… 공자.”

“술을 따른 적이 없으니 네가 죽어야 할 이유도 없다. 돌아가라.”

환유성이 그녀를 물리자 을주환은 탁자를 탕 내려쳤다.

“감히 귀빈께 올릴 술을 쏟았단 말이냐! 당장 저년을 토막 내 들짐승의 밥으로 만들어라!”

참으로 살벌한 감정 대결이었다.

고래 싸움에 새우 등 터진다는 말처럼 그들의 자존심 싸움에 또 하나의 애꿎은 목숨만 잃게 되었다. 은검수 하나가 네 번째 시녀의 목덜미를 쥐며 끌고 나가려 하자 벽소군이 자리에서 벌떡 일어서며 외쳤다.

“그만둬! 내가 술을 올리겠다!”

그녀는 자신의 술잔에 술을 가득 채우고는 네 번째 시녀를 불러들였다.

“이 잔으로 올려요.”

“예, 아가씨.”

네 번째 시녀는 은 쟁반에 술잔을 올리고는 달달 떨면서 환유성 앞으로 다가섰다. 그녀는 탁자에 술을 내리며 고개를 조아렸다.

“드, 드십시오, 공자.”

을주환이 흥미로운 표정으로 지켜보자 환유성은 주저없이 술잔을 들었다.

“소군이 따라준 술이라면 마다할 이유가 없지.”

그가 단숨에 술잔을 비우자 을주환은 느긋하게 기대앉은 채 섭선을 저었다.

“호호홍, 잘했다.”

그는 네 번째 시녀에게 칠채보주를 한 알 선물했다.

"네가 본국의 명예를 지켰으니 상비로 승격시켜 주겠다."

"망극하옵니다, 태자마마."

시녀는 겨우 살아났다는 안도감에 젖어 정중히 절을 올렸다. 그녀는 벽소군과 환유성에게도 절을 올리고는 막사를 나갔다.

결국 술을 권하는 자와 거부하는 자의 감정 대결은 적당한 선에서 타협을 보게 되었다.

을주환으로서는 자신이 권하는 술을 마시게 했으니 자존심을 지킬 수 있었고, 환유성으로서는 벽소군이 따라준 술을 마셨을 뿐이니 을주환의 권주를 마다한 셈이 되었다.

기분이 풀린 을주환은 시녀들에게 명했다.

"귀빈이 술을 드셨으니 안주를 올려라."

시녀들이 뚜껑이 덮인 그릇을 들여와 세 사람 앞에 내려놓았다. 덮개가 열리자 고소하면서 향긋한 향기가 물씬 흘러나왔다. 다소 붉은색을 띤 소육이었다.

을주환은 은수저로 소육을 떠먹으며 자랑 삼아 떠들었다.

"아마 생전 처음 먹어보는 진귀한 음식일 게다."

환유성의 권태로운 표정에 은은한 노기가 피어올랐다.

"대체 무슨 수작이냐? 시합은 언제 하겠다는 것이냐?"

"이것이 첫 번째 시합이다. 과연 어떤 요리인지 맞춰봐라."

"고작 이따위가 시합이란 말이냐?"

환유성이 잔뜩 짜증을 내자 을주환은 소육을 음미하며 눈웃음을 쳤다.

"호홍, 본좌는 미학을 즐긴다 하지 않았더냐? 최고의 요리를 찾아낼 수 있는 미각도 훌륭한 시합일 수 있지."

벽소군은 너무도 향긋한 향기에 이끌려 은수저로 소육을 맛보았다. 쫄깃한 육질은 씹을수록 감칠맛을 냈다. 그녀는 몇 수저를 떠먹고는 환유성에게 권했다.

"시합이라니 맛보세요, 환랑. 정말 맛있어요. 소녀가 먹어본 최고의 음식이에요."

환유성은 술을 곁들여 소육을 먹는 을주환을 쏘아보았다.

"시합이 확실하냐?"

"물론이다."

"소군의 도움을 받아도 되는 시합이냐?"

"호홍, 좋을 대로."

을주환이 쾌히 수락하자 환유성은 은수저를 들어 소육을 먹었다.

과연 벽소군이 감탄할 만큼 훌륭한 요리였다. 하지만 그는 음식을 가리는 미식가가 아니었기에 이처럼 뛰어난 요리도 그저 음식의 하나일 뿐이었다.

벽소군은 소육을 오물거리며 골똘히 생각에 잠겼다.

환유성은 본래 먹는 일에 무관심했기에 대체 어떤 재료로 요리를 했는지를 판단할 수가 없었다. 그가 벽소군을 지켜보자 그녀는 아미를 살짝 찌푸렸다.

"일반 살코기는 아니에요. 부드러우면서도 씹히는 육질이 특이하군요. 음, 맞아. 짐승이 혀를 갖고 요리한 것 같아요."

환유성은 이런 대결을 벌이는 것 자체가 짜증스러워 대뜸 결정했다.

“그래, 사람 혓바닥 요리라고 하지 뭐.”

“예에? 사람의 혀요?”

벽소군이 씹기를 멈추며 울상을 짓자 을주환은 간드러진 웃음을 흘렸다.

“호호홍, 절반은 맞추었군. 분명 혀는 혀다. 하지만 사람의 혀는 아니야. 본좌가 분명 미학을 즐긴다 했는데 그런 얼토당토않은 말을 하다니.”

그는 은수저를 혀로 핥으며 말을 이었다.

“이것은 앵무새의 혓바닥 요리다. 앵설향매육이란 요리이지. 네가 틀렸으니 이번 시합은 본좌가 이겼다.”

벽소군은 갑자기 식욕이 떨어졌다.

너무도 맛있는 요리인 것은 분명했지만 앵설향매육 한 그릇을 위해 수백 마리의 앵무새가 죽었다는 생각에 젖자 불쌍한 마음에 입맛이 사라진 것이다. 인간의 탐욕스러운 미각을 위해 수백 마리의 앵무새가 혀가 뽑힌 채 죽어야 했으니 실로 잔인한 사치가 아닐 수 없었다.

을주환은 황금 대야에 담긴 향유로 손을 씻고는 승자의 느긋함을 즐겼다.

“첫 번째 시합이 다소 어려웠다면 두 번째는 조금 쉬운 것으로 해야겠군.”

“이번에도 잡스런 시합이라면 난 포기하겠다.”

“호홍, 그렇다면 약조대로 너와 벽소군을 본국의 좌우상으로 삼아야겠구나?”

“닥쳐! 제대로 된 시합을 벌이자는 말이다!”

환유성이 강한 어조로 대꾸하자 벽소군이 걱정스러운 듯 그를 응시했다.

"환랑, 진정하세요. 본래의 무심을 유지해야 교활한 술수를 이겨낼 수 있어요."

"알고 있어. 정당한 시합만 가지면 돼."

그는 을주환을 직시했다.

"어서 말해라."

"두 번째 시합은 내가 벽소군을 점혈한 수법을 해소하는 거다. 만일 네가 해소할 수 있다면 세 번째 시합도 벌이지 않고 너희 둘을 풀어주겠다."

시합을 제시한 을주환은 편안히 기댄 채 섭선을 저었다. 자신감에 넘치는 태도였다.

환유성은 잠시 난감한 표정을 짓고는 벽소군에게로 시선을 돌렸다. 그녀는 그늘진 모습으로 고개를 저었다.

"소녀가 잠시 운공을 하려 했지만 진기를 전혀 끌어올릴 수가 없었어요. 소녀는 아는 모든 점혈 수법을 떠올려 보았지만 이런 수법은 처음이에요. 소녀의 능력으로도 해소할 방법이 없어요. 공연히 소녀의 혈을 잘못 건드리면 더 큰 위험에 빠집니다. 유감스럽지만 포기하시는 게……."

"알겠어."

환유성은 탁자 위에 양손을 얹어놓았다.

"두 번째도 졌다. 세 번째 시합을 말해 봐라."

을주환은 그럴 줄 알았다는 듯 키득거렸다.

"호호홍, 손을 안 대기를 잘했다. 벽소군을 제압한 점혈 수법은 국왕께서 창안하신 수법으로 천하의 누구도 해소할 수 없다. 자칫 무리를 하면 피가 거꾸로 돌고 심장이 터지게 되지."

그는 천천히 몸을 일으켰다.

"자, 그럼 세 번째 시합은……."

그가 말끝을 흐리자 벽소군은 지혜로운 눈빛을 반짝이며 그의 말을 가로막았다.

"세 번째 시합은 보류하는 게 좋겠군요, 파천공자."

"보류를 하자고?"

"그래요. 어서 내 점혈을 풀어주고 당신 갈 길을 가세요. 이미 두 번의 시합에서 이겼으니 태자로서의 자존심과 위엄은 충분히 세운 셈 아닌가요?"

"……."

을주환은 계집처럼 눈을 가늘게 뜨며 그녀와 환유성을 번갈아 보았다. 그의 입가에 미묘한 웃음이 배어 나온다.

"호홍, 좋아. 과연 만박옥혜다운 말솜씨야. 본좌가 세 번째 시합마저 이겨도 반검무적은 분명 불복할 테니까."

그는 섭선을 좌악 펼치며 뒷짐을 지었다.

"하면 세 번째 시합은 훗날로 미루도록 하지."

그가 턱짓을 보내자 시녀와 수하들은 옥좌와 그릇을 치우기 시작했다.

환유성은 갑작스레 시합을 철회한 그의 의중을 파악할 수가 없었다. 세 가지 시합까지 제시하며 그를 몰아세우던 자의 행동치고는 너무도

싱거웠던 것이다.

그는 천막을 나서려는 을주환을 불러 세웠다.

"느끼한 놈, 소군의 점혈을 해소시켜 주고 가라."

을주환은 연지를 바른 듯 붉은 입술을 혀로 핥았다.

"반 각만 지나면 저절로 해소될 것이다."

그는 천막을 나서며 예의 간드러진 웃음을 터뜨렸다.

"호호홍, 만나서 반가웠다, 환유성."

암흑마국의 마인들이 모두 천막을 나가자 환유성은 벽소군 옆으로 다가섰다.

"정말 괜찮은 거야? 놈의 말을 믿을 수 있겠어?"

"조금씩 회복되고 있어요. 자신의 목숨을 걸고 사기를 칠 자는 아니니 믿어도 좋아요."

"대체 어떻게 된 거야? 왜 놈이 두 번씩이나 시합을 이기고도 그냥 돌아가는 거지?"

"아직도 모르시겠어요?"

벽소군은 스르르 눈을 감으며 진기를 운기해 점혈된 상황을 점검했다.

"뭘 말이야?"

"파천공자는 시합을 이기려는 것이 아니라 그것을 빌미로 달아날 궁리를 하고 있었던 거예요."

"그럼 소군은 그것을 알면서도 놈을 놔준 거란 말이야?"

환유성이 따지듯 묻자 벽소군은 볼우물을 깊게 패며 그의 손을 쥐었다.

"환랑, 그자의 무공은 환랑과 비교해 손색이 없어요. 태양천주와 칠초를 겨룬 실력자입니다. 각자 전력을 다하면 누가 이길지 장담할 수 없는 상황이죠. 하지만 양패구상을 당한다 해도 그자는 잃는 것이 너무 많아요. 그의 말처럼 그자는 위험한 모험을 좋아하지 않죠. 소녀 역시 환랑이 다칠까 우려해 아쉽지만 타협을 할 수밖에 없었어요."

환유성은 심한 모멸감을 느끼며 그녀를 쏘아보았다.

"이제 보니 소군과 놈은 똑같이 주판알을 퉁기고 있었군. 공연히 시합이니 뭐니 해서 나만 놀림감이 되었어."

벽소군은 몸을 일으켜 가만히 그를 포옹했다.

"용서하세요, 환랑. 하지만 소녀도 처음부터 그자의 속내를 파악했던 것은 아닙니다. 그자가 앵무새 혀 요리를 시합으로 걸 때 비로소 파악한 거예요. 그자는 굳이 시합을 이기려는 의도가 없었던 거죠. 어떤 시합을 하든 환랑이 순순히 수긍하지 않을 것임을 알고 있었던 겁니다."

천막 밖에서 요란한 말발굽 소리가 조금씩 멀어지고 있었다.

환유성은 천막을 나섰다.

을주환 일행은 자욱한 흙먼지를 날리며 북서쪽으로 향하고 있었다. 그다지 서두르는 기색은 없었지만 그렇다고 느긋한 움직임도 아니었다.

벽소군은 환유성의 옆에 붙어 서며 다정하게 팔짱을 끼었다.

"천하에서 가장 두려운 존재인 파천공자를 쫓아냈으니 환랑은 정말 대단하세요."

"그런 소리 마. 지금 내 기분 더러워."

"기분 풀어요, 환랑. 반드시 검을 들고 싸우는 것만이 능사는 아닙니다. 천하를 위해 어떻게든 파천공자를 죽였어야 하지만 환랑 혼자서 저들 모두를 상대할 수는 없는 일입니다. 물론 대결을 벌여도 마찬가지예요. 사태가 불리하게 돌아가면 저자는 수하를 모두 희생시켜서라도 달아났을 겁니다."

"됐어. 나도 굳이 대결을 회피하려는 놈과는 싸우고 싶지 않으니까."

환유성은 그녀의 팔을 풀어내고는 휘파람을 일으켜 소추를 불렀다. 소추의 안장에 올라선 그는 그녀를 내려다보며 퉁명스럽게 말했다.

"사천성까지 바래다 줘?"

"괜찮아요."

벽소군은 단아한 미소를 지으며 손을 뻗어 그의 손을 쥐었다.

"반드시 살아 돌아온다 했으니 그 약조를 믿고 기다리겠어요. 제발 몸조심하세요."

"소군이나 조심해."

환유성은 그녀의 고운 손을 한 번 굳게 쥐고는 소추의 말머리를 돌렸다. 소추는 경쾌한 발걸음으로 불타는 지평선을 향해 달려갔다. 그는 여느 때처럼 고개 한 번 돌리지 않은 채 사라져 갔다.

벽소군은 손으로 자신의 가슴을 누르며 생각에 잠겼다.

'환랑의 무공은 천하오검을 능가할 만큼 강해졌어. 극검마왕은 비록 마도의 고수지만 자존심이 강해 절대 휘하 마왕들과 연합해 싸우려 들지는 않을 거야.'

그녀는 고운 아미를 잔뜩 찌푸리며 깊은 고뇌에 빠졌다.

‘하지만 그것이 끝은 아니지. 환랑은 월영궁을 찾아가 월영서시와 재대결을 벌이려 하고 있어.’

고원의 저녁은 유난히 춥다. 으스스한 기운을 느낀 그녀는 피풍의로 몸을 감싸 옷 속으로 파고드는 찬바람을 막았다.

‘그것만은 막아야 돼. 환랑이 조금씩 광명의 길을 걷고 있는 상황에서 월영서시와의 대결은 치명적이야. 승산도 없을 뿐더러 천하대란을 목전에 둔 상황에서 누구라도 다쳐서는 안 돼.’

그녀의 여린 몸이 둥실 떠올랐다. 그녀가 허공을 향해 걸음을 옮기자 그녀는 순식간에 바람을 헤치고 날아갔다. 태양천주가 전수해 준 경공 절학 현허비천술이었다.

어둠이 깃든 하늘가로 달이 떠오르고 있었다. 환유성과 대결할 월영서시를 떠올리니 달이 공연히 두려워졌다.

벽소군은 앵두 입술을 가볍게 깨물었다.

‘자존심 강하기로 천하제일인 월영서시께서 과연 내 청을 들어줄까 의문이군.’

제53장

사상 최강의 격돌

1

태양천의 하늘 위로 암울한 먹장구름이 드리워졌다. 금세라도 겨울비가 쏟아질 무거운 하늘색이다.

성곽을 경계하는 무사들의 표정 또한 어둡다. 십 년 넘게 무림의 태양으로 광명의 빛을 발하였건만 최근 들어 그 빛이 눈에 띄게 퇴색되었다.

화무십일홍이런가.

무림의 독버섯 같은 존재인 사중악을 완전히 몰아내고 견융의 침공마저 격파한 태양천의 영광이 심각한 국면을 맞고 있었다. 무상인 사자천왕이 돌아왔지만 그것은 죽음으로의 귀환이었던 것이다.

울울창창한 대나무로 둘러싸인 무상전(武相殿) 주변은 침통하기만 했다. 경비 무사들마저 멀리 물러나 있기에 댓잎을 스쳐 가는 바람이 더욱 스산하게만 느껴진다.

침상에 누워 있는 사자천왕 연풍헌의 모습은 몰라볼 만큼 초췌하게 변해 있었다. 사자 갈기와 같은 수염을 휘날리며 천하를 질타하던 위엄은 찾아볼 수가 없었다. 안면의 일부는 훼손되었고 눈빛은 침잠해 임종을 맞둔 노인처럼 초라해 보였다.

침실에는 그 외에 세 사람이 있을 뿐이었다.

문상 남궁현과 소복 차림의 위지운설, 그리고 태양천주 단목휘였다.

"무상… 제발 힘을 내시오, 무상."

단목휘는 뼈만 앙상하게 남은 연풍헌의 손을 쥐며 입술을 질끈 깨물었다.

여러 날을 황도에 머물러 있으면서 황제와 밀담을 나누던 그는 아미산의 대참사 소식을 듣고 급히 태양천으로 돌아왔다.

연풍헌의 생사를 우려하던 그가 막 정예 고수들을 이끌고 사천성으로 나서려 할 때 건무전 당주들이 연풍헌을 들쳐 업고 태양천으로 귀환한 것이다. 남궁현이 급히 처방을 했지만 연풍헌의 상세는 이미 돌이킬 수 없는 지경에 처해 있었다.

"무상, 날 알아보시겠소?"

단목휘는 그의 머리카락을 쓸어 넘겨주며 떨리는 음성으로 말했다.

연풍헌은 남궁현의 금침대법에 힘입어 조금씩 신지를 되찾고 있었다. 그는 천천히 눈을 깜빡이며 단목휘를 올려다보았다. 밭은기침을 토해낸 그는 희미한 미소를 지었다.

"천주… 천주를 뵈어 다행이오."

“그래요, 무상. 이제 무사히 천으로 귀환하셨으니 안심하시오. 천하의 영을 내려 의독성수를 모셔오게 하였으니 무상께서는 회복될 수 있을 것이오.”

“허허… 노신의 나이 이미 팔순을 넘었소. 죽는 것이 뭐 대수겠소?”

말을 하기도 힘겨운 듯 연풍헌이 스르르 눈을 감자 단목휘는 가슴이 미어지는 것만 같았다.

정신적 지주였던 쌍뇌천기자의 죽음도 큰 충격이었는데 이제 무상인 그마저 세상을 떠난다면 태양천의 위엄이 절반은 사라지는 셈이다. 그만큼 연풍헌의 비중은 지대했다.

과거 천하 악도들의 명단을 천하에 배포해 악을 징계하자는 의기에 찬 제안도 그의 뜻이었다.

한때는 정사무림 모두가 두려워하는 패왕의 신분이었지만 단목휘를 만나 태양천에 들면서 그는 열혈의협으로 변모하였다. 철저한 강경파인 그로 인해 간혹 태양천이 오만한 군림으로 오해를 받기도 했지만 무림의 평온은 그가 있었기에 가능했던 것이다.

연풍헌은 스르르 눈을 뜨며 남궁현과 위지운설을 쓸어보았다.

남궁현은 침상 앞에 한쪽 무릎을 꿇었다.

“무상, 소제를 알아보시겠소?”

“문상… 자네는 천주를 성심껏 모시게나. 앞으로 할 일이 많을 게야.”

위지운설이 그 앞에 부복하며 울음을 터뜨렸다.

“아니 되옵니다, 무상. 반드시 회복해서 천주를 보좌해 주셔야 합니다. 제발 기운을 차리세요. 소첩이 이렇게 빌겠습니다. 이렇게… 흑흑……”

연풍헌은 가래 끓은 숨을 몰아쉬었다.

"천후… 이제 천주께서 다시 나서야 할 때가 온 거요. 이 늙은이의 역할은… 여기까지요."

그는 자신의 손을 쥔 단목휘의 손을 불끈 쥐었다.

"이 늙은이가 천주께 한말씀 올리겠소."

"하교하십시오, 무상."

"하교란… 당치 않소. 천주는 무림 사상 가장 뛰어난 무림지존이오. 뜻은 곧고 정신은 높으니 지존으로 부족함이 없었소. 하지만… 노신은 항상 한 가지를 아쉬워했소."

"그것이 무엇이오? 이제라도 고치겠소. 무엇이든 무상의 뜻을 좇으리다."

단목휘의 맑은 눈이 붉게 충혈되었다.

연풍헌은 가쁜 숨을 몰아쉬고는 평소 가슴에 담아두었던 말을 털어놓았다.

"천주는 세상에 다시없을 인협(仁俠)이오. 하지만 난세를 평정하는 건 인(仁)이 아니오. 천주의 피가 조금만 더 뜨거웠으면 하오. 열협(烈俠)… 열협이 되어주시오. 무림계에 뛰어들어 검을 들었다면 누구나 독해야 하오. 검에 피를 묻히기를 두려워한다면 어찌 무인이라 할 수 있겠소?"

"무상……."

늙은 충신의 조언이 단목휘의 가슴으로 화살처럼 박혔다. 그가 눈물을 글썽이자 연풍헌은 마지막 힘을 다해 말을 이었다.

"아마도 천주는 자유롭게 살기를 원했을 것이오. 모두가 부러워하는 태양천주란 명예와 존엄함조차 떨쳐 버리고 싶었을 거요. 하지만 자신이 원하는 대로 사는 사람이 얼마나 있겠소? 천주가 의천검을 손에 쥔 이상 천주는 백도무림의 대종사가 될 수밖에 없소. 그동안은 노신이 천주를 대신해 손에 피를 묻혔지만 이제는… 이제는 천주께서 나서주시오."

"미안하오, 무상. 이 사람이 그동안 연로하신 무상에게만 의지한 채 너무 안주하였소."

단목휘가 부끄러움에 고개를 떨구자 연풍헌은 애써 힘겨운 미소를 지었다.

"천주께서 나서준다면 천하의 혈겁은 쉽게 종식될 것이오. 쿨럭쿨럭… 아직 노신을 두려워하는 자들이 있으니 노신의 죽음을 알리지 마시오. 그저 잠양동에서 폐관해 있는 것으로 공표하시오."

"무상께서는 진정 무림의 태양이셨소."

"고맙소. 천주를 만난 건 이 늙은이의 가장 큰 행운이었소. 태양천의 영광은… 결코 무너지지 않을 것이오."

연풍헌의 눈에 가는 물기가 흘러내린다. 이어 잠을 자듯 스르르 눈을 감는다. 단목휘의 손을 쥐고 있던 그의 깡마른 손이 힘없이 풀어진다.

마침내 팔십 년 회한의 생을 마감한 것이다.

"흑흑… 무상!"

위지운설은 고개를 떨구며 통곡하고 남궁현은 머리를 조아리며 오열했다.

단목휘의 눈에서 소리없는 눈물이 흘러내렸다.

절대자의 눈물.

약관의 나이로 출도한 이래 단 한 번도 흘려본 적이 없는 눈물이다. 멍하니 천장을 올려다보는 그는 천하인을 대신한 눈물을 쏟아냈다. 그는 곧 천하였기에 그의 슬픔은 천하의 슬픔이며 그의 분노는 곧 천하의 분노였다.

침상가에서 내려선 그는 곡을 하는 위지운설을 위로했다.

"곡을 그치시오, 천후. 무상의 유지를 받들어 당분간 장례 의식을 치르지 않겠소. 내 마국의 무리들을 소탕한 후 그들의 목을 제단에 올릴 것이오."

그의 음성은 독백을 하듯 나직했지만 소리없는 분노가 서려 있었다.

그는 몸을 일으키는 남궁현에게 명했다.

"문상, 당장 무림첩을 발부해 천하일천문파의 종주들을 소집하시오. 무영과 연아도 속히 귀환토록 하고 천을 나선 전 제자들을 불러들이시오. 내 암흑마국과의 전면전을 선포할 것이오!"

휘이이잉……!

무상전을 둘러싼 대나무 숲이 폭풍을 만난 듯 휘청거린다. 바람에 날린 대나무 잎새들이 아우성치며 태양천 하늘 위로 숫아오른다.

그것은 바로 사마의 무리들을 향해 태양천의 분노였다.

2

청령산과 멀지 않은 청해 호변 구릉에서 긴박한 대치 상태가 유지되고 있었다.

마기를 풀풀 날리는 장신의 두 노인은 휘하 마장들과 마인들을 대동한 채 기괴한 웃음을 짓고 있었다. 두 노인은 바로 백마성의 두 마왕인 폭풍마왕과 벽력마왕이었다.

"크훗, 네놈이 아직 살아 있다니 정말 놀랍구나."

"이번에는 완전히 끝장을 내주겠다."

그들과 약간의 거리를 두고 진세를 펼치고 있는 자들은 태양천 감숙지부의 정예들이었다.

마인들보다 두 배는 많은 수효인 칠십여 명이 대라탕마진세를 구축하고 있었지만 번천신장 조자웅을 비롯한 태양천 무사들은 사뭇 긴장된 모습이었다.

그들을 이끌고 있는 두 남녀는 강무영과 단목비연이었다.

탕마성수의 영단으로 기사회생한 강무영은 예전보다 더 수려한 용모로 변화되었다.

두 눈에서 뿜어지는 정광은 맑고 차분했으며 은은한 금빛 기운을 발하는 전신에서 눈부신 서기까지 어른거렸다. 완연한 환골탈태의 모습이었다.

강무영이 급히 청해성에 이른 건 자신의 복수를 위해 단신으로 백마성을 향해 떠난 환유성을 우려해서였다. 그는 의독성수를 구하기 위해 서녕에서 마왕들과 격돌한 적이 있기에 백마성의 은신처가 청령산 부근임을 쉽게 찾아낼 수 있었다.

　이들과 마주친 폭풍마왕 일행이 청령산을 나선 건 얼마 전 청해객반에서 전개된 가공할 격돌 때문이었다.

　정체를 알 수 없는 한족의 두 남녀가 신의 경지에 이른 무공으로 청해호를 발칵 뒤집어놓았다는 풍문은 드넓은 새황 전체를 진동시켰다.

　두 마왕은 그 진상을 파악하기 위해 청령산을 나서 청해호 주변을 수색하였다. 조사 결과 격돌의 주인공 중 여인의 정체는 알 수 없지만 사내가 환유성임은 토번족 원주민들의 증언을 토대로 확신할 수 있었다.

　백마성의 숙적인 환유성이 상당한 부상을 입은 채 말을 타고 어디론가 갔다는 제보는 두 마왕에게 있어 절호의 기회였다.

　그들은 수하들을 이끌고 환유성의 행적을 샅샅이 수소문했다. 불운하게도 그를 찾아내지 못한 그들은 본거지인 청령산 은신처로 귀환하는 도중이었던 것이다.

　그들로서는 눈엣가시 같은 강무영이 제 발로 찾아온 것이 너무도 반가웠다.

　단목비연은 두 마왕을 향해 대뜸 쏘아붙였다.

　"흥, 반검무적이 두려워 달아나던 중이었더냐?"

　벽력마왕이 종이 깨지는 듯한 음성으로 말을 받았다.

　"미친년, 반검무적 따위가 뭐기에 노부들이 두려워한단 말이냐? 노부 역시 놈을 찾아 죽이기 위해 나섰지만 놈의 그림자도 보지 못했다!"

　단목비연은 격장지계로 간단히 환유성에 대한 정보를 알아내고는 적이 안심했다. 그가 아직까지 백마성과 격돌하지 않았다는 사실이 참으로 반가웠다.

그녀는 강무영의 귀에 나직이 속삭였다.

"사형, 가가가 아직 무사한 것은 틀림없어요."

"풍문이 사실이라면 환 형은 큰 부상을 입은 게 확실해. 그는 워낙 고집스러워 그런 몸으로도 백마성을 찾아가려 하겠지. 우리가 먼저 백마성 마두들을 제압해야겠다."

강무영이 한 걸음 나서며 두 마왕과 대치해 섰다.

"폭풍, 벽력! 당신들의 악업도 오늘로써 끝이다!"

그의 힘찬 음성에 두 마왕은 서로 보며 가소롭다는 듯 웃음을 터뜨렸다.

"카하핫! 어리석은 놈. 검마왕 손에 죽다 살아난 주제에 어디서 큰소리냐?"

"검까지 박살난 주제에 감히 우리와 맞서겠다는 것이냐?"

강무영은 오른손을 어깨 높이로 치켜들었다.

"보검을 잃은 대신 심검을 얻었으니 이건 하늘의 뜻이다."

그의 손아귀에서 여섯 자 길이의 푸른 기검이 발출되었다.

츄리릭……!

기검에서 뿜어지는 눈부신 광휘에 두 마왕은 가슴이 덜컥 내려앉았다.

"헉! 심기검(心氣劍)?"

"으음, 놈의 공력이 엄청 증진되었군."

두 마왕은 비로소 강무영의 변모된 모습을 절감하며 좌우로 나뉘어 섰다. 각기 폭풍번과 벽력동발을 뽑아 든 그들은 상대를 경시하던 표정을 싹 지우며 바짝 긴장했다.

천하에서 순수한 공력으로 기검을 발출할 수 있는 사람이 몇이나 되겠는가. 전혀 힘겨워하지 않고 여섯 자 길이의 기검을 형성한 그의 모습에서 이미 입신지화의 경지에 이르렀음을 간파한 것이다.

두 마왕은 각기 병기에 혼신의 공력을 주입했다. 바람도 없건만 핏빛의 폭풍번이 펄럭이고 벽력동발에서 뇌성이 터져 나왔다.

단목비연은 자신들이 끼어들 자리가 아니다 싶어 조자웅에게 명했다.

"조 지부장, 제자들과 함께 물러서요."

그들이 삼십 장 밖으로 몸을 날리자 백마성 마장들과 마인들도 제각기 뒤로 물러섰다.

달포 전만 해도 두 마왕을 상대하기에 턱없이 부족한 강무영이 이렇듯 무서운 절세고수로 변모했다는 것은 기적과도 같은 일이 아닐 수 없었다.

두 마왕은 그가 광심마정혈과 사대성약으로 제련된 영단을 복용했다는 것을 알 턱이 없었다. 만일 그 사실을 알았다면 의독성수를 찢어 죽이고 싶어했을 것이다.

"의천뇌동!"

강무영이 기검으로 의천검법을 전개하는 순간 푸른 검기가 허공을 뒤덮었다. 순간적으로 태양마저 빛을 잃었다.

두 마왕은 전신을 억누르는 암경에 답답함을 느끼며 힘껏 병기를 휘둘렀다.

"폭풍노도!"

"벽력천지!"

폭풍번이 펄럭이자 피로 물든 해일처럼 대지가 젖어들고 벽력동발이 비상하며 무수한 번갯불을 뿌렸다.

강무영은 몸을 빙글 회전시키며 동시에 두 방향으로 기검을 날렸다. 쐐기 같은 검형이 폭사되며 폭풍번과 벽력동발이 형성한 강기막을 그대로 강타했다.

콰— 콰쾅—!

엄청난 폭음과 함께 돌풍이 몰아치고 붉고 푸른 강기가 사방으로 비산되었다.

"욱!"

"크으, 젠장!"

둘이 힘을 합쳐서도 뒤로 밀려난 두 마왕은 얼굴을 벌겋게 물들이며 무섭게 돌진해 왔다.

"의천분세!"

양손을 모든 강무영이 좌우로 벌리자 그의 양손에 각기 기검이 쥐어졌다.

실로 경이적이 공력이 아닐 수 없었다. 한 자루 기검을 발출해 유지하는 것만도 엄청난 공력을 소진하는 절학이건만 그는 두 자루 기검을 동시에 펼쳐 든 것이다.

허공으로 떠오른 세 사람은 엄청난 대결을 벌여갔다.

기검과 폭풍번이 부딪칠 때마다 뇌성이 터지고, 기검과 벽력동발이 마주칠 때마다 섬광이 피어올랐다.

빠지직— 콰쾅!

격돌을 지켜보던 단목비연은 잔뜩 흥분돼 가슴이 한껏 부풀어 올랐다.

'아… 사형이 두 마왕을 거뜬히 상대해 내다니! 과연 의독성수의 금강성단은 천하에 다시없는 영단이야! 천하인 모두의 뜻이 모여 제련된 영단인만큼 그 효험은 무궁무진해. 이제 사형은 아버님의 분신으로 손색이 없게 되었어.'

사실 강무영의 체내에 스며든 영단은 아직 완전히 흡수된 상황이 아니었다.

많은 시간을 두고 운기조식하여 영단의 약효를 공력으로 변화시켜야 했지만 그는 환유성이 걱정돼 서둘러 떠나왔던 것이다. 하지만 본래의 공력이 충후한 데다 영단의 약효가 가세된 상황이라 그는 대결을 벌일수록 공력이 증진되었다.

"탕마참공!"

강무영이 유연한 신법과 함께 두 자루 기검을 후려치자 화려한 검형이 천지를 뒤덮었다. 정신이 아찔해진 두 마왕은 급급히 폭풍번과 벽력동발을 휘두르며 뒤로 물러섰다.

콰쾅―!

지축을 뒤흔들 굉음과 함께 두 마왕은 발목까지 푹 빠진 채로 주르륵 밀려났다. 제각기 선혈을 토해낸 두 마왕은 믿을 수 없다는 듯 눈을 부릅떴다.

"크으… 이럴 수가?!"

"이게 무슨 귀, 귀신의 조화란 말인가!"

사뿐히 내려선 강무영은 두 자루 기검을 하나로 합쳤다. 기검은 워낙 과도한 진기를 소모하기에 아직 그의 내공으로 두 자루 기검을 장시간 유지하기는 벅찬 일이었다.

"사악한 기운이 아무리 높아도 천하의 정기를 이길 수는 없는 법이다."

강무영의 의기에 찬 음성에 두 마왕은 서로를 보며 갈등에 빠졌다. 계속 싸우자니 힘이 부치고, 퇴각하자니 극검마왕의 잔혹한 처벌이 두려웠다.

단목비연이 강무영을 향해 소리 높여 외쳤다.

"손끝에 사정 둘 것 없어요, 사형! 과거 저들의 손에 죽어간 수백 의협들의 원혼을 풀어주세요!"

"알았어, 사매."

강무영이 양손으로 기검을 움켜쥐자 두 마왕은 등줄기가 축축하게 젖어들었다.

'젠장, 놈이 검마왕의 손에 쓰러졌을 때 가차없이 목을 베었어야 했어!'

두 마왕이 후회를 곱씹고 있을 때 갑자기 지평선 저편으로 아스라하게 보이는 산정에서 폭죽이 터져 올랐다.

퍼엉! 퍼엉!

연이은 황색 폭죽은 백 리 밖에서도 볼 수 있을 만큼 버섯 형태의 거대한 연무를 형성한 채 피어올랐다.

두 마왕은 빠르게 눈알을 굴리다 급히 병기를 거둬들였다.

"성에 무슨 변괴가 생겼나 보군."

"검마왕의 호출이니 속히 돌아가세나."

두 마왕은 그렇지 않아도 벅찬 상대를 피해 달아날 마음이었기에 긴급 신호가 더없이 반가웠다. 총단의 신호를 받고 급히 귀환하는 셈이니 극검마왕으로부터 문책을 면할 이유가 충분했다.

그런 외중에도 폭풍마왕은 체면치레는 하고 가야겠다는 듯 호기를 부렸다.

"강무영 이놈, 네놈의 골통은 다음에 부숴주겠다!"

벽력마왕도 몸을 솟구치며 한마디 거들었다.

"자신있으면 백마성을 찾아오너라!"

두 마왕은 행여 강무영이 추격해 올세라 앞서 몸을 날렸다.

"가자!"

그들의 영에 마장들과 마인들도 한시름을 놓으며 뒤를 따랐다. 그들은 삽시간에 저 멀리 보이는 청령산을 향해 사라져 갔다.

단목비연이 강무영 옆으로 내려서며 힐책했다.

"왜 죽이지 않은 거예요? 저들이 모두 합세하면 정말 힘들어진다고요."

"사매, 그렇다고 달아나는 자들의 등을 노릴 수는 없어."

그의 충후한 마음에 그녀는 고개를 내저었다.

"아휴, 사형은 너무 아버님을 닮았어. 죽여야 할 놈은 확실히 죽여야 하는데."

기검을 회수한 강무영은 정광이 넘치는 눈빛을 발했다.

"살려 보내겠다는 뜻은 아니야. 이번 기회에 백마성을 궤멸시켜야겠다는 생각은 변함이 없어."

"하지만 저들이 극검마왕과 연수를 하게 되면 어떻게 감당하려고요?"

강무영은 정색하며 고개를 저었다.

"극검마왕은 명색이 흑도대종사야. 자부심 강한 그는 자신의 대결에 누구라도 끼어드는 것을 절대 용납치 않아. 내 능력으로 가능할지 모르지만 극검마왕과 대결을 벌여 지난 패배를 설욕하겠어."

"어쨌든 가요. 마왕 하나는 내가 감당할 테니까."

그녀가 앞서 몸을 날리자 조자웅은 정예들을 이끌고 뒤를 좇았다.

강무영은 하늘가를 응시하며 지그시 입술을 깨물었다.

'환 형, 극검마왕과의 대결은 내 몫이오. 환 형의 우정은 정말 고맙지만 내가 맡겠소.'

3

백마성 마인들이 은신해 있던 청령산 입구는 느닷없는 침입자로 인해 아수라장이 되었다.

한때 천하를 뒤흔든 마왕들의 소굴이건만 침입자는 혼자의 몸이었다. 좁은 협곡 곳곳에 배치된 숱한 함정과 기관 장치도 침입자를 막아내지 못했다. 기습 공격을 펼친 마인들과 마장들 역시 그가 휘젓는 손짓에 고혼이 되어야 했다.

과거의 그였다면 병기를 뽑아 들고 그들 모두를 몰살시켰겠지만 마검노인의 충고를 받아들인 후 그의 심성은 다소 완화된 상태였다.

"으으, 저런 귀신같은 놈이 있단 말인가?"

"모두 물러서라!"

마인들은 속수무책이 되어 흰 대리석 궁전까지 퇴각해야만 했다.

궁전의 연공실에서는 한 여인이 단정히 앉아 무공을 수련하고 있었다.

소녀티를 갓 벗어난 앳된 여인은 기이한 매력을 지닌 미모의 소유자였다. 꽃처럼 화려한 절색은 아니었지만 한 번 대하면 눈길을 뗄 수 없게 만드는 묘한 마력을 지녔다.

흑백이 또렷한 눈은 유난히 반짝였고, 입술이 주사를 바른 듯 붉어 묘한 충동마저 일으킨다.

홍의여인에게 내공구결을 일러주던 극검마왕은 연공실 밖에서 아뢰는 적염마왕의 보고에 가볍게 눈살을 찌푸렸다.

"쓸모없는 것들, 꼭 본좌가 나서야 한단 말인가?"

그는 일어서려는 홍의여인을 향해 손을 저었다.

"소성주는 연공에만 전념하시오. 곧바로 처리하고 오겠소."

"본성 깊숙이 들어올 정도면 상당한 고수일 텐데 괜찮으시겠어요?"

홍의여인이 걱정스레 말하자 극검마왕의 냉막한 표정에 잔혹한 살기가 피어올랐다.

"어느 놈이든 상관없소."

그가 연공실을 나서자 적염마왕이 그를 따르며 조심스레 보고했다.

"소문보다 더 강한 놈이오, 검마왕."

"혼자 왔다고?"

"그렇기는 하오만… 함정과 매복, 기관 장치가 모두 파괴됐소. 처음에는 그저 손만 휘두르는 것으로 수하들을 죽여 누군지 몰랐는데 마장들을 죽일 때 반검을 펼치는 바람에 비로소 놈인 줄 알게 되었소.”

극검마왕은 싸늘하게 냉소를 쳤다.

“미친놈, 황금에 눈이 멀어 감히 본좌의 목을 노리겠단 말인가?”

두 마왕은 흰 대리석 궁전을 나섰다.

누렇게 변색된 초지 위로 일백여 마인에 의해 포위된 한 사람이 보였다. 하지만 포위된 자는 오히려 태연자약했고, 그를 둘러싼 마인들이 두려움에 젖어 있었다. 주변으로 이미 십수 명의 마인과 마장들이 널브러져 있어 누가 누구를 포위하고 있는지 모를 정도였다.

“물러서라!”

적염마왕이 외치자 마인들은 기다렸다는 듯 포위망을 풀며 급히 뒤로 물러섰다.

뒷짐을 진 채 꼿꼿하게 미끄러진 극검마왕은 침입자와 오 장 거리 앞에 멈춰 섰다.

그는 눈까풀이 반쯤 내려앉은 권태로운 표정의 청년을 직시했다. 철판을 꿰뚫을 듯 강력한 안광이다. 눈빛만으로 사람을 죽일 수 있는 그였지만 청년은 무심하게 그와 눈길을 마주쳤다.

“……?”

극검마왕은 순간적으로 심연처럼 깊은 그의 눈빛 속으로 자신이 빨려 들어가는 착각에 빠졌다. 그는 세모꼴 눈을 가늘게 뜨며 입을 열었다.

“네놈이 반검무적이냐?”

“당신이 극검마왕이오?”

“네놈이 고약한 인간 사냥꾼이라 들었다만, 감히 본좌의 목을 취하려 왔단 말이냐?"

"당신의 보광검이 천하오검 중 으뜸이라 들었는데 사실이오?"

시작부터가 기 싸움이었다. 자존심이 강한 두 사람은 상대의 질문에 순순히 답할 사람들이 아니었다.

"갈!"

극검마왕이 일성을 외치자 무형의 음공이 보이지 않는 비수가 되어 청년을 향해 날아들었다.

천하의 대마왕인 극검마왕과 맞선 청년은 바로 환유성이었다. 그는 양손을 늘어뜨린 채 만상심법만으로 음공을 상대했다. 비수로 화한 음공이 그의 전신을 강타했다.

파파팟—

그의 몸 주변으로 폭음이 터지며 시퍼런 불꽃이 연속적으로 피어올랐다.

이를 본 극검마왕의 입가에 희미한 미소가 감돌았다. 자신과 견줄 상대를 만났다는 즐거움 때문일까. 그의 전신에 서린 강렬한 마기가 다소 진정되었다.

"카하핫! 마음에 드는 놈이군. 과연 단신으로 본 성을 찾아올 만한 능력을 지닌 놈이야."

환유성이 메마른 어조로 말을 받았다.

"당신이 보광검으로 천하쌍절인 의천검법과 월영검법을 격파했다 들었소. 당신의 황극검법을 견식하고 싶소."

극검마왕은 흠칫 놀라며 물었다.

"네가 어떻게 본좌의 검법 이름을 알고 있느냐?"

“그 검법의 취약점이 건방(乾方)에 있다 들었소.”

“뭐라?”

극검마왕의 냉막한 표정에 허연 서리가 피어올랐다. 그는 다시 안광을 발하며 찬찬히 환유성을 뜯어보았다.

“그 비밀은 오직 절대패검만이 알고 있는데… 네놈이 사공인의 제자란 말이냐?”

“그냥 아는 사이일 뿐이오.”

“네 사부가 아니란 말이냐?”

극검마왕의 다그치듯 묻자 환유성은 권태로운 표정으로 잘라 말했다.

“내게는 사부라 부를 사람이 없소.”

“하기는… 사공인의 미흡한 능력으론 너만한 제자를 키워낼 수 없지.”

극검마왕은 뒷짐을 진 채 풀밭 위를 거닐었다. 한 걸음 내디딜 때마다 주변 일 장 넓이가 마기에 의해 새까맣게 타 들어갔다.

그는 잠시 곤혹스러운 표정을 짓다가 물었다.

“본좌의 검법이 건방에 결점이 있다는 것은 그와의 대결을 통해 깨닫게 되었다. 한데 본좌와 대결하려면 마땅히 취약점을 노려 공격해야 하거늘 왜 앞서 밝히는 것이냐?”

환유성은 건조한 음성으로 응대했다

“당신이 그 약점을 보완했는지 알고 싶었소. 이미 깨닫고 있었다면 보완했을 테지만, 몰랐다면 지금이라도 그곳을 보완해야 하니까. 그래야 정당한 대결이 되지 않겠소?”

"카하핫!"

걸음을 멈춘 극검마왕은 호쾌한 웃음을 터뜨렸다.

그의 웃음소리에 협곡 내부가 진동하며 벼랑이 와르르 무너져 내렸다. 내공이 약한 마인들은 피를 토하며 털썩털썩 주저앉아야 했다.

"고얀 놈!"

한바탕 웃음을 터뜨린 극검마왕은 환유성을 향해 돌아서며 차갑게 외쳤다.

"네놈의 오만은 천하제일이구나. 태양천주라도 본좌 앞에서는 그리 오만하지 못할 것이다. 대결을 앞두고 감히 본좌를 가르치겠단 말이냐?"

"화낼 것 없소. 황극검법의 약점을 알고 공격한다면 너무 시시한 승부가 되지 않겠소?"

"닥쳐라!"

극검마왕이 손을 번득이는 순간 눈부신 섬광이 솟구쳤다.

번—쩍!

빛줄기를 쪼갤 만큼 빠른 쾌검식은 환유성이 지금껏 경험하지 못한 가장 쾌속한 절학이었다. 과거 암흑마국의 금검총령을 훨씬 능가했다.

상현무도(上賢武道)에 오른 환유성의 심안으로도 목을 향해 날아드는 희미한 섬광을 간파했을 뿐이다. 그러나 쾌검에 관한 그는 천하제일이라 불리어도 손색이 없는 사람이었다.

그 역시 쾌검을 발출해 극검마왕의 쾌검을 상대했다.

차앙!

유리가 깨진 듯한 맑은 금속성과 함께 허공 가득 폭죽 같은 불꽃이 피어올랐다.

　두 절세고수는 동시에 검을 뽑아 쾌검을 교환했지만 그들의 검을 본 사람은 아무도 없었다. 그저 섬광 속에 검이 부딪치는 쇳소리만 들었을 뿐이다. 일 초의 쾌검식을 교환했지만 그들의 표정은 전혀 변함이 없었다.

　극검마왕은 줄기줄기 안광을 발하며 그를 직시했다.

　“과연 절세쾌검이군. 그 쾌검 하나로 천하를 오시하기에 충분하다. 하지만 완벽하지는 않다. 네가 남보다 빠를 수 있는 건 반검이기 때문이지 결코 천하제일의 쾌절초를 습득해서가 아니다. 웬만한 고수들은 그 정도에 굴복하겠지만 본좌와 같은 초상승 고수들에게는 통하지 않는다. 위력에서 뒤진 쾌검으로는 본좌의 옷자락 하나 벨 수 없지.”

　그가 가볍게 손끝을 튕기자 환유성의 앞자락이 일부 베어졌다.

　“……”

　환유성은 비로소 깨달을 수 있었다.

　거의 같은 속도의 쾌검끼리 부딪친다면 자신의 토막 난 반검이 뒤질 수밖에 없음을 일 초의 쾌검 대결로 절감한 것이다.

　물론 그는 아직까지 자신보다 빠른 쾌검을 경험한 적이 없었다. 지금의 대결은 극검마왕이 앞서 출수했기에 동등할 수 있었지만 그의 지적은 면도날처럼 날카로웠다.

　“좋은 지적이오. 실낱같은 속도의 차이는 위력으로 극복할 수 있음을 분명히 깨달았소.”

　환유성이 순순히 수긍하자 극검마왕은 냉담한 미소를 머금었다.

　“서로의 검초에 대해 각기 지적을 했으니 자존심이 상하는 일은 없게 되었다. 이제 대결만 남았군."

그의 흑도대종사다운 면모에 환유성은 내심 감탄하며 자신의 수법을 공개했다.

"한 가지 알려줄 게 있소. 당신을 공격할 수법은 쾌검이 아니오. 두 가지 악마지공을 격파한 검결임을 알아야 할 거요."

"두 가지 악마지공? 마국의 졸개가 된 잔황혈신 외에 악마지공을 연성한 놈이 또 있었단 말이냐?"

극검마왕이 다소 고조된 음성으로 캐묻자 환유성은 권태로운 표정으로 응수했다.

"놈이 아니라 계집이오. 그 얘기는 그만둡시다."

"오냐, 너와 비교할 것은 검뿐이지."

극검마왕이 혈룡포 자락을 밀치자 화려한 보석으로 장식된 검집이 드러났다. 검을 뽑아 들자 반투명한 검신이 모습을 드러냈다.

바로 전설의 오대명검 중 하나인 보광검이었다. 명성에서만 오대신검에 다소 뒤질 뿐 그 예리함과 위력은 오대신검에 전혀 뒤질 바 없는 천하 보검이 모습을 드러낸 것이다.

오대명검은 모두 춘추시대의 명인 구야자에 의해 제작되었는데 2천여 년을 여러 사람을 거쳤다.

환유성도 손을 어깨로 올려 반검을 뽑아 들었다.

보광검에 비교하면 너무도 보잘것없는 검이다. 그것도 검신 중간서부터 댕강 잘려 나간 반검이다. 검신에서 뿜어지는 예기와 광휘 또한 보름달과 반딧불처럼 미미하기만 하다.

더군다나 마검노인에 의해 예전보다 무디게 갈아진 상태라 보광검과 비교하자면 그저 쇠막대에 불과했다. 그러나 그러한 검이 환유성의 손에 쥐어져 있기에 오대명검 앞에서도 위축이 되지 않는다.

검성급을 넘어서는 두 절세검객이 대치하는 순간 적염마왕과 마인들은 오십 장 밖으로 더 물러섰다. 그들이 단순히 검을 들어 마주 서는 것만으로 마인들은 피부가 도려지는 고통을 느껴야 했던 것이다.

심검 대(對) 마검!

검에 관한 한 절대적인 자부심을 지닌 두 사람의 격돌이 벌어지기 직전이었다. 각기 검에 혼신의 진기를 주입시키는 두 사람의 대치는 무거운 중압감을 자아냈다. 이때였다.

"안 돼요!"

느닷없이 터진 다급한 음성과 함께 섬세한 인영이 뛰어드는 바람에 정점으로 치닫던 두 사람의 대치 상황이 심하게 흔들렸다.

둘은 급히 진기를 해소하며 뒤로 물러섰지만 첨예한 대치 상태에서 발출된 진기의 파동은 엄청났기에 섬세한 인영은 비명과 함께 튕겨 나갔다.

"악!"

홍의여인은 감당할 수 없는 충격에 울컥 피를 토해냈다. 극검마왕이 유령처럼 움직여 그녀를 부축해 안았다.

"어쩌자고 나서는 거요, 소성주?"

홍의여인은 소매로 입가를 닦으며 간절한 표정을 지었다.

"검마왕… 이번 한 번만 그를 살려주세요."

"소성주……?"

"만일 그가 소녀를 구하지 않았다면 소녀는 이미 탕마검대에 의해 목숨을 잃었을 겁니다. 빚은 갚아야지요."

홍의여인은 겨우 몸을 추스르며 환유성 앞으로 다가섰다.

"요원……?"

환유성의 검미가 불끈 치켜 올려졌다. 그로서는 참으로 예기치 못한
재회였다.

갓 소녀티를 벗은 홍의여인은 바로 백마성주의 유일한 혈육인 풍요
원이었다.

난초처럼 청초한 모습의 소녀가 일 년 수개월 만에 어엿한 여인으로
성장한 것이다. 풀잎처럼 여린 몸매였지만 흑백이 또렷한 눈과 도톰한
앵두 입술에서 풍겨지는 매력이 사뭇 충동적이다.

그녀가 천 년에 한 번 태어난다는 내미지상(內美之相)을 지녔다는 것
을 간파할 수 있는 사람은 극히 드물다. 내미지상은 아름다움이 안으
로 갈무리돼 외견상 화려하지 않지만 한 번 대하면 잊을 수 없는 그리
움에 젖게 만든다.

내미지상을 지닌 여인이 마공을 익히게 되면 저절로 미안박심공을
터득하게 되는데 그 마력은 백 년 면벽의 선승마저 파계시킬 만큼 강
렬하다.

풍요원은 입술을 파르르 떨며 어렵사리 말머리를 꺼냈다.

"가가… 아니, 반검무적. 오랜만이군요."

"제자리를 찾았군, 요원. 마왕의 딸이면 마굴에서 지내는 게 당연하
지."

환유성이 너무도 냉담하게 말을 받자 풍요원은 작은 주먹을 꼭 쥐었
다.

“그래요. 난 기필코 불립마제의 한을 씻을 겁니다. 내 부모님을 살해한 자들에게 반드시 복수할 겁니다.”

“비켜.”

“가요. 어서 떠나란 말이에요! 날 키워준 환마 아저씨를 벤 당신이지만 이번만은 보내주겠어요. 과거 당신을 잠시 연모했던 정분 때문이 아니라 날 구해준 빚을 갚겠다는 의도입니다. 다음에 만나게 되면… 내 손으로 당신을 죽이겠어요.”

풍요원의 떨리는 음성에는 주체할 수 없는 애증의 감정의 한껏 배어 있었다.

난생처음 그녀의 방심을 연 사내였지만 그녀로서는 절대 용서할 수 없는 원수였다. 단지 황금이 걸려 있다는 이유로 그녀가 보는 앞에서 삼촌처럼 여기던 환마의 목을 벤 그의 악랄함은 평생토록 잊을 수 없을 것이다.

환유성은 눈물이 그렁그렁 맺힌 그녀의 눈망울을 응시하는 순간 가슴이 세차게 요동쳤다.

너무도 애잔한 연민지정이 물씬 치밀어 오른 것이다. 그녀를 부둥켜안고 달래며 그녀와 설움을 함께 싶은 애상에 젖어들고 말았다. 바로 내미지상에 의해 저절로 전개된 마력이었다.

그는 불현듯 제정신을 차리며 심각한 놀라움에 젖었다.

‘이럴 수가 있단 말인가? 나의 무심을 깨뜨리다니?

그는 차마 그녀의 애절한 눈망울을 직시할 수 없어 애써 외면했다.

“착각하지 마. 난 백마성에 끌려온 게 아니라 내 발로 찾아왔다. 비무에 방해가 되니 어서 비켜.”

"당신… 그렇게 죽고 싶단 말입니까? 당신 능력으로 어떻게 검마왕을 상대하겠다는 거예요?"

"그건 내 소관일 뿐이다. 물러서."

워낙 차가운 대응에 풍요원은 가녀린 몸을 세차게 떨었다.

그녀는 비로소 깨닫게 되었다. 그의 존재는 자신의 마음속을 가득 채웠지만 자신의 존재는 그에게 터럭만큼의 가치도 없음을 절감한 것이다.

그녀는 머리 속으로 수없이 그려보았던 모든 상상이 무참히 박살나는 허무감 속에 다리가 후들후들 떨려왔다. 극검마왕이 그녀의 어깨를 감싸 부축하지 않았다면 그대로 주저앉았을 것이다.

극검마왕은 진기로 감싸 그녀를 뒤로 밀어냈다.

"적염, 어서 소성주를 모시고 물러서게."

"예, 검마왕."

적염마왕이 다가서며 풍요원을 뒤로 이끌었다.

풍요원은 주르륵 눈물을 흘리며 한 서린 눈빛으로 환유성을 쏘아보았다.

"당신은 끝내 내게 상처만 주는군요. 남에게 피눈물을 흘리게 한 만큼 당신도 피눈물을 흘리게 될 겁니다. 반드시 그렇게 만들어주겠어요, 반드시!"

그녀가 멀리 물러서자 극검마왕은 마인들을 향해 명했다.

"이 자리는 마정(魔正)의 대결이 아니라 그저 검을 비무할 뿐이다. 물론 본좌가 패하는 일은 없겠지만 어떤 결과가 나오든 절대 나서지 마라. 이를 거역할 시는 누구든 내 검에 죽을 것이다."

극검마왕의 한마디는 백마성뿐만 아니라 흑도무림계에 있어서도 법과 다름없었다. 모두들 두려움 표정을 짓자 그는 환유성과 다시 검을 마주했다.

"네가 살고자 한다면 본좌를 꺾어야 할 것이다."

"그것은 당신도 마찬가지요."

"오냐, 네놈의 검이 주둥이만큼이나 강한지 보겠다."

극검마왕은 비껴 든 보광검에 진기를 주입했다.

웅후한 검명(劍鳴)이 진동하며 검극을 통해 붉은 검기가 피어올랐다. 검이 펼쳐지기도 전에 강렬한 예기가 주변 십 장 이내를 휩쓸었다.

환유성은 반검을 감싸 쥔 채 어깨 높이로 쳐들었다. 만상진기가 주입되며 반검이 눈부신 백색 광휘를 발했다.

두 사람이 대치한 간격은 오 장 정도.

절정급 고수라 해도 검을 교환하기에는 다소 먼 거리다. 하지만 절대검객인 두 사람에게 있어 그 정도는 지척이었다. 서로의 숨소리와 심장의 박동까지 느낄 수 있었다. 간단히 검을 내리는 정도로 서로의 몸을 벨 수 있을 거리에 불과했다.

두 사람은 검에 혼신의 기를 주입하며 서로를 응시할 뿐 미동도 하지 않았다.

아직 검을 교환하지 않았지만 그들의 머리 속에서 수많은 비검이 연출되고 있었다. 국수(國手)들이 바둑돌을 한 점 내려놓기 전에 머리 속으로 수백 판의 바둑을 전개하는 것처럼 그들은 각자의 검법을 떠올리며 어떻게 대응할지를 연구해야 했다.

극한의 대치 상태는 초고수들이 대결에 앞서 갖는 기본적인 수순이었다.

차갑게 가라앉는 피와 극도에 이른 긴장감은 관전자들에게 숨 막힐 듯한 질식을 불러일으키지만 당사자들은 표현할 수 없는 희열에 젖는다. 전신의 모든 진기를 끌어올려 검에 집중시키는 일은 평소에는 해낼 수 없다. 한 자루 검에 모든 것을 응집시키는 집중력은 극한이 대치 상태에서만 가능하기 때문이다.

바람을 타고 날아들던 마른풀과 낙엽이 대치의 현상에 이르기도 전에 먼지처럼 소멸된다.

한껏 고조된 대치 상태가 조금씩 진정되기 시작했다.

어지간한 대결이었다면 긴장감을 이기지 못해 누군가 먼저 검을 쳐냈을 일이지만 두 사람은 이미 오욕칠정마저 넘어서고 있었다. 이겨야 한다는 강박관념이나 반드시 살아야 한다는 생명 의지조차 없었다.

두 사람은 현실과 단절된 그들만의 세상에 빠져 있었다.

그곳은 검의 세계다. 살아오면서 겪어왔던 검의 대결만이 존재하는 곳이다. 다른 일체의 사념이나 감정마저 말살된 그들만의 공간이다.

그곳에는 시간이 존재하지 않기에 시간의 흐름마저 느껴지지 않는다. 그들이 마음을 결정하지 않는 이상 그들은 평생토록 그들만의 공간 속에서 깨어나지 못할 것이다.

이때 협곡의 입구가 어수선해지며 폭풍, 벽력 두 마왕과 수하들이 들어섰다.

"허억?!"

두 마왕은 각자의 검의 세계를 형성한 채 대치하고 있는 장내를 살펴보고는 숨을 들이켰다.

극한의 대치 속에서 간간이 피어오르는 번갯불과 불꽃으로 인해 그들이 아직 생존해 있음을 느끼게 해줄 뿐 두 사람은 영원히 움직이지 않을 석상이 되어 있었다.

"으음, 믿을 수가 없군."

"감히 검마왕과 맞서고도 전혀 위축됨이 없네. 대체 반검무적이란 놈은 한계가 없단 말인가?"

초일류급 고수인 두 마왕은 한눈에 대등한 대치 상황을 간파하고는 부르르 전율을 일으켰다. 그들은 대치 상황에 방해가 되지 않도록 수하들과 함께 먼 거리를 우회해 움직였다.

풍요원과 적염마왕을 비롯한 모든 마인들은 대결의 현장에만 몰두해 있기에 그들이 들어서는 줄도 모르고 있었다. 마치 혼백이 빠진 사람처럼 대치 상태만 직시하고 있었다.

두 마왕에 이어 강무영과 단목비연이 수하들을 이끌고 협곡 안으로 발을 들여놓았다.

"아, 가가."

환유성을 발견한 단목비연이 반가운 마음에 젖어 다가서려 하자 강무영이 급히 그녀의 손목을 쥐었다.

"안 돼."

그는 대치 상황을 지켜보며 침통한 표정을 지었다.

"늦었어. 이미 대결은 시작됐다. 누구든 저들의 대치 상태로 접근하며 가공할 검기에 소멸되고 말 거야."

"흑, 어떡해."

단목비연이 울상을 짓자 강무영은 가볍게 입술을 깨물었다.

“지금은 지켜볼 수밖에 없어. 환 형에게 어떤 정신적인 혼란을 주어서도 안 되니 절대 소란을 피우지 마.”

단목비연은 두 사람의 대치 상황을 유심히 살펴보았지만 그녀의 능력으로는 승세를 판가름할 수가 없었다. 그녀는 강무영 옆에 바싹 붙어 서며 조심스럽게 물었다.

“누가… 유리하죠?”

“나로서도 판단할 수가 없구나.”

강무영은 극한의 대치 상황을 유심히 관찰하다 나직이 한숨을 쉬었다.

“영단을 복용한 후 내 무공이 급증했지만 환 형은 나보다 훨씬 높은 경지에 이르렀군. 저렇듯 첨예한 기도는 사부님 외에 본 적이 없어. 극검마왕 또한 마찬가지야. 검으로만 논한다면 인간 한계라는 검선(劍仙)의 경지가 아닌가 싶다.”

그는 대치하고 있는 두 사람을 제외하면 가장 초절한 무공을 지닌 개세고수다. 능히 천하에서 열 손가락 안에 드는 그의 안목으로도 극한의 대치 상태를 정확히 꿰뚫어 볼 수가 없었다.

환유성과 극검마왕은 숨결을 통해 서로가 안정을 찾아가고 있음을 느끼고 있었다.

그것은 이미 마음속으로 정리를 마쳤다는 것을 의미한다. 짧은 시간이지만 그들은 각기 머리 속에서 수백 번도 더 검을 갈고닦았기에 이런 극한의 대결은 십 년 연공을 능가한다. 그로 인해 그들은 평소 깨닫지 못한 검결을 터득할 수 있었다.

깨달음이 주는 희열은 그 어떤 쾌락보다 격정적이다.

극검마왕의 입가에 희미한 미소가 감돌았다. 자신만의 검의 세계 속에서 터득한 심득이 그를 환희로 이끈 것이다. 그의 보광검에서 뻗어나간 검기가 더욱 짙은 적색을 발한다.

환유성의 반쯤 늘어진 눈까풀이 슬쩍 치켜 올려졌다. 그는 극한의 대치 상태가 끝났음을 본능적으로 감지할 수 있었다. 일순 극검마왕의 보광검에 서린 예기가 폭발하듯 빛을 발했다.

마침내 검의 대결이 펼쳐진 것이다.

"마극일섬멸!"

극검마왕은 평소보다 느린 속도로 보광검을 내려쳤다. 외견상 보기에 가벼운 일검이었지만 웬만한 동산 하나를 쪼갤 위력을 지닌 극강의 패검이었다.

콰아악—!

지표면이 갈라지며 적색의 검기가 광선처럼 쏘아졌다.

환유성은 손목만 틀어 반검을 아래로 향했다. 아주 간단한 동작이었다.

차차창!

지표를 가르며 날아들던 적색의 검기가 폭발하며 맹렬한 바람을 일으켰다. 무수한 검기의 파편이 쏟아지자 관전자들은 삼십 장을 더 물러서야 했다.

제일검으로 상대를 전혀 동요시키지 못하자 극검마왕은 연속적으로 삼검을 격출했다.

"마극삼재폭(魔極三才暴)!"

일순 천지간의 빛이 차단되며 칠흑 같은 암공 속에서 적색의 번갯불이 소나기처럼 쏟아져 내렸다. 암천을 배경으로 수백 수천의 뇌전이 일시에 쏟아지는 기세는 가히 공포 그 자체였다.

환유성은 만상백변식을 전개해 반검을 올려쳤다.

"만상비신!"

수백 수천의 검형이 환상처럼 피어오르며 암공 속으로 솟구쳤다. 희고 붉은빛이 교차하는 순간 하늘이 붕괴될 듯한 굉음이 터지며 협곡 안을 강타했다.

콰— 콰콰쾅—!

너무도 강렬한 폭음에 백 장 밖으로 물러선 마인들과 태양천 제자들은 기혈이 터지며 나가동그라졌다. 조자웅과 마장들마저 피를 토하며 주저앉았다.

세 마왕은 급히 강기막을 형성해 풍요원을 보호했고, 강무영도 태양신공을 발휘해 단목비연을 강기로 감싸주었다.

절세검객의 격돌은 거의 최고조에 이르고 있었다.

두 번의 공격으로 약간의 우위를 점한 극검마왕은 둥실 떠오르며 극한의 대치 상태에서 터득한 심득에 승부를 걸었다.

"구겁파천황(九劫破天荒)!"

삼 갑자에 달한 그의 공력이 보광검을 통해 뿜어지는 순간 세상이 정지했다.

보이는 것은 암공 저편에서 쏟아지는 붉디붉은 번갯불뿐이었다. 유성이 폭발해 밤하늘을 가득 메우며 추락하는 별똥별처럼 수천의 뇌전이 지상을 강타했다.

모든 것을 소멸시킬 극강의 패검이 펼쳐 내는 환상 같은 검학은 극치에 이른 무학이 보여주는 예술이었다.

"만상무극변!"

환유성의 몸이 허공에 정지한 채 팽이처럼 회전하는 순간 수천의 검형이 일시에 폭발하며 적색의 뇌전 속으로 파고들었다. 검형은 급격한 호선을 그리며 교차하였고, 뻗어 나간 검형이 갈라지며 더 많은 검형을 만들어냈다.

꽈— 꽈꽝—!

세상의 종말이런가. 희고 붉고 광선이 교차하고 충돌하며 가공할 굉음이 연이어 지상을 강타했다.

두 사람은 찰나지간 수백 초를 교환했으니 이러한 대결은 무림사에 전무후무한 검의 대결이었다. 삼대마왕은 물론이고 강무영조차 두 사람 사이에 어떠한 검초가 전개되었는지 분간할 수가 없었다.

빛과 폭음, 쏟아지는 검기의 파편, 연이어 폭발하는 섬광과 강기의 소용돌이……

관전자들은 공포에 젖어 몸을 피하려 했지만 협곡 내의 공간은 한계가 있었다. 비산하는 검기의 파편에 마인들과 태양천 제자들 절반이 온몸이 찢긴 채 목숨을 잃고 말았다.

단목비연은 강무영의 가슴에 얼굴을 묻은 채 두려움에 떨었고, 강무영조차 검기의 파편을 막는 데 전력을 다해야 했다.

이윽고 영원할 것 같은 섬광과 폭발성이 점차 잦아들었다.

콰류류류—!

검기의 파편은 줄어들었지만 협곡 전체를 휘감은 먼지 바람은 사막을 휩쓰는 돌풍처럼 맹렬히 회전하며 하늘 높이 피어올라 거대한 먼지

구름을 형성했다.

가히 천신과 마신의 격돌이었다.

어마어마한 격돌을 벌인 두 사람은 어느새 바닥을 딛고 내려서 있었다.

그들은 격돌 직전에 보였던 대치 상태의 자세를 유지하고 있었기에 잠시 전 전개된 가공할 격돌의 상황은 그저 꿈처럼 느껴졌다. 주변에 널브러진 시체와 충돌로 인해 파헤쳐진 지표만 아니었다면 그들이 여전히 대치 상태를 벌이고 있다고 여겨질 정도였다.

"으음……!"

환유성의 꾹 다문 입술을 비집고 가는 선혈이 흘러나와 턱을 적셨다.

질끈 동여맨 머리 끈이 풀려 긴 머리카락이 얼굴을 덮었다. 반검을 거둔 그가 볼을 매만지자 붉은 피가 뭉클 솟아올랐다. 콧등서부터 볼까지 길게 베어진 것이다. 만일 상처가 조금만 깊었다면 그의 안면이 통째로 베어졌을 것이다.

극검마왕은 보광검을 늘어뜨린 채 세모꼴 눈에 흉포한 빛을 발하고 있었다. 그의 화려한 장삼 곳곳이 그물처럼 베어져 걸레 쪽처럼 흘러내렸다. 안색이 백지장처럼 창백했지만 눈에 띌 만한 외상은 보이지 않았다.

그의 얼굴 근육이 심하게 씰룩거렸다.

"세상에 이런 검법이 존재하다니…… 대체 어떤 검법이냐?"

"만상백변식이란 검법이오. 전대 선인이 창안했는데 변화는 내 스스로 터득했소."

"믿을 수가 없군. 태양천주의 의천검법이라도 본좌의 검을 능가할 수 없다 자부했거늘……."

보광검을 타고 검붉은 피가 방울방울 떨어지고 있었다. 그의 내부에서 터진 피가 찢겨진 손아귀를 타고 흘러내리는 것이다.

극검마왕은 가볍게 몸을 떨었지만 표정만은 여전히 냉막했다.

"본좌의 쓸데없는 집착이 이런 결과를 낳고 말았구나. 네놈이 건방을 운운해 본좌에게 심적 갈등을 유도했다면 실로 교활하다 아니 할 수 없다."

"난 그런 거 모르오. 그저 들은 바대로 당신의 검법이 건방에 약점이 있다고만 말했을 뿐이오."

환유성은 볼에 새겨진 검흔을 통해 흐르는 피를 손등으로 닦았다. 뼈가 드러날 만큼 깊은 상처라 평생 지워지지 않을 대결의 흔적으로 남게 될 것이다.

극검마왕의 눈빛이 가늘게 흔들렸다.

"크흣, 본좌의 검법은 완벽하거늘 건방의 약점에 집착해 손방(巽方)을 소홀히 하다니……."

환유성은 천천히 몸을 돌렸다. 그는 한 걸음 한 걸음을 힘겹게 내디뎠다.

"당신의 패검은 과연 천하 으뜸이라 자부할 만하오."

환유성이 길게 휘파람을 불자 소추가 달려왔다. 그는 가슴이 답답한 듯 한 모금의 선혈을 토해내고는 소추의 등에 올라앉았다.

그는 소추의 갈기에 얼굴을 묻었다.

"가자."

소추는 경쾌한 발놀림으로 협곡의 입구를 향해 달려갔다.

다각다각……!

비로소 정신을 차린 단목비연이 강무영을 소맷자락을 쥐며 빠른 어조로 말했다.

"사형, 환 가가를 좇아야죠. 심한 부상을 입은 것 같아요."

강무영은 잠시 생각에 잠기다 극검마왕을 향해 몸을 날렸다. 풍요원과 삼대마왕도 급히 몸을 날려 극검마왕 뒤로 내려섰다. 대격돌은 막을 내렸지만 또 한 번 전운이 감도는 분위기였다.

단목비연은 환유성이 사라져 간 협곡 입구를 응시하다 강무영 쪽으로 시선을 돌렸다. 마음은 환유성을 좇아가고 싶었지만 강무영만 놔둔 채 갈 수는 없는 일이었다.

'대체 어떻게 된 거야? 승부를 가리지 못한 걸까?'

그녀는 강무영이 삼마왕의 협공을 당할까 우려해 서둘러 다가섰다.

강무영을 직시하는 극검마왕의 눈빛에 경이로움이 피어올랐다. 그는 미간을 좁히며 물었다.

"네가… 반박귀진의 경지에 올랐구나."

"모두 검마왕 덕분이오."

"불운한 일이군. 태양천의 빛은 아직 퇴색되지 않았어."

극검마왕은 음울한 시선을 들어 허공을 응시했다.

"너는 왜 가지 않는 것이냐?"

강무영은 극검마왕 뒤에 시립한 삼대마왕에게로 시선을 던졌다.

"반검무적은 단지 검을 논할 뿐이지만 난 무림정의를 걸고 백마성을 괴멸시켜야겠소."

폭풍마왕이 깃발을 휘두르며 외쳤다.

"건방진 놈, 어디 백 합을 겨뤄보자!"

"물러서게, 폭풍."

극검마왕의 단호한 어조에 폭풍마왕은 움찔하며 뒤로 물러섰다.

극검마왕은 지팡이처럼 보광검을 바닥에 꽂았다. 그의 창백한 안색이 회칠을 한 듯 더욱 희게 변했다.

"강무영, 지금 네가 원하는 건은 싸움이 아니라 대결의 결과일 것이다. 그렇지 않느냐?"

"솔직히 그렇소."

"그럼 가라."

"……?"

"본좌의 입으로 밝힐 수 없는 것이 마지막 자존심이다."

극검마왕이 보광검을 짚은 채 지그시 눈을 감자 강무영은 그를 향해 정중히 포권지례를 취했다.

"알겠소, 검마왕."

강무영은 삼대마왕을 향해 강렬한 어조로 한마디 던졌다.

"목숨을 보존하고 싶거든 이곳 새황 땅에서 여생을 마치시오! 다시 중원에 발을 들여놓았다가는 내가 용서치 않겠소!"

그러자 풍요원이 삼대마왕을 대신해 한 걸음 나서며 물었다.

"귀하가 태양천의 소천주인가요?"

"그렇소."

"난 불립마제의 딸 풍요원입니다."

강무영은 다소 놀란 듯 눈을 커다랗게 뜨며 그녀에게 시선을 고정시

컸다.

"낭자가… 백마성주의 딸이란 말이오?"

"그래요. 정의라는 허명 아래 희생되신 아버님과 어머님의 원한을 결코 잊지 않을 겁니다. 태양천과 백도무림은 내 손에 의해 철저히 괴멸될 겁니다."

"……."

강무영은 그녀의 한 서린 눈빛에 가슴이 무거워지고 말았다.

연약해 보이기만 한 여인이었지만 그녀의 전신에 서린 복수심은 칼날처럼 예리했다.

그는 그녀와 눈길을 마주칠 수가 없었다. 금방이라도 눈물을 쏟아낼 듯한 그녀의 눈망울을 대하면 그녀가 마왕의 딸이라는 사실도 잊고 연민에 젖게 될 것만 같았기 때문이다.

내미지상을 타고난 풍요원은 마공을 터득하기도 전에 선천적인 마력으로 상대를 흔들어놓았다.

다행히 단목비연이 강무영의 소매를 잡아끄는 바람에 그는 난처함에서 벗어날 수 있었다.

"뭐 해요, 사형. 어서 환 가가에게 가봐야죠."

"그래, 가자."

둘은 서둘러 협곡 입구로 몸을 날렸다. 조자웅은 격돌을 관전하다 검기의 파편에 어처구니없이 목숨을 잃은 수하들을 수습하고는 협곡 밖으로 향했다.

이제 협곡 내에는 백마성 마인들만 남게 되었다.

털썩!

극검마왕은 무너지듯 주저앉았다.

삼마왕은 비로소 그가 엄중한 부상을 입고도 애써 내색하지 않았다
는 것을 깨닫게 되었다.

"검마왕?"

놀란 풍요원과 삼마왕이 다가서자 검마왕은 손을 내저었다.

"삼마왕은 그대로 있게. 소성주만… 이리 오시오."

풍요원이 극검마왕 앞으로 다가앉으며 그의 손을 쥐었다. 그녀는 불
안한 눈빛으로 그의 안색을 살폈다.

"검마왕, 괜찮으신 거죠? 회복되실 수 있는 거죠?"

극검마왕은 보광검을 그녀의 손에 쥐어주었다. 많은 피가 검을 타고
흘러내렸지만 검에는 피 한 방울 묻어 있지 않았다. 과연 전설적인 명
검이었다.

"이 검은 이제부터 소성주의 것이오."

"예에……?"

그녀가 눈을 커다랗게 뜨며 격동에 젖자 그는 냉막한 모습으로 말을
이었다.

"노부가 죽는 건 놈의 검에 의한 것이 아니라 노부의 수명이 다했기
때문이오. 노부의 패배는 단 한 번뿐이오. 과거 소성주의 부친인 불립
마제에게만 패했을 뿐이오. 패배의 대가로 노부는 오랜 세월 백마성을
지켜왔소. 태양천주와 대결하지 못한 것이 아쉽지만… 아마도 복수는
소성주의 몫인 것 같소."

"흑흑… 검 할아버지."

그녀가 고개를 떨구며 슬픔에 찬 눈물을 흘리자 그는 그녀의 머리카

락을 쓸어주었다.

"울음을 거두고 노부의 말을 명심해 들으시오. 소성주는 너무 미약하고 삼마왕의 부족한 무공으로는 백마성을 재건할 수 없소. 유일한 희망은 전설의 태음마경(太陰魔經)을 얻는 것이오. 만일 그것을 얻을 수 없다면 포기하시오. 복수는 물론이며 백마성의 재건 역시 불가능한 일이 될 것이니 초야에 묻혀 사시오."

풍요원은 앵두 입술을 질끈 깨물었다.

"아닙니다, 검 할아버지. 반드시 태음마경을 찾아내겠어요. 세상에서 가장 사악한 마녀가 되는 한이 있더라도 반드시 피맺힌 한을 갚을 겁니다."

"소성주… 태양천주와 더불어 환유성의 검을 조심하시오. 복수를 하려면… 놈이 검신(劍神)의 위치에 오르기 전에 죽여야 할 것이오. 놈은 무림 사상 누구도 도달한 적이 없다는 검신의 경지를 목전에 두고 있소."

"예, 할아버지. 명심하겠어요."

풍요원은 마음을 모질게 먹고 울음을 참으려 했지만 쏟아지는 눈물을 주체할 수가 없었다.

극검마왕은 부복해 있는 삼마왕을 둘러보았다.

"목숨을 바쳐 소성주를 섬기게. 이는 불립마제와의 약조이니 절대 거역해서는 안 될 것이야. 내 죽어서도 이를 지켜보겠네."

삼마왕은 고개를 조아리며 비분에 찬 울음을 터뜨렸다.

"크으, 검마왕!"

"힘을 내십시오! 포기하시면 아니 되오!"

“소성주를 위해서라도 사서야 하오!”

극검마왕은 자세를 고쳐 단정히 앉으며 적염마왕에게 지시했다.

“적염, 자네의 적염마공으로 본좌를 태우게나.”

적염마왕은 전신을 와들와들 떨었다.

“검마왕?”

“어서!”

극검마왕의 단호한 어조에 적염마왕은 참담한 표정이 되어 두 마왕을 둘러보았다.

일 수유의 정적이 흘렀다.

마장들과 마인들은 비로소 극검마왕이 회복할 수 없는 극심한 내상을 입었다는 사실을 통감하게 되었다. 극검마왕이 한낱 요동의 사냥꾼에게 패배했다는 것은 도저히 믿을 수 없는 일이었지만 그것이 현실로 확인된 것이다.

사실 극검마왕은 이미 오장육부가 모두 분쇄된 상태였다. 워낙 심후한 내공과 결코 꺾이지 않는 자존심으로 흐트러진 모습을 보이지 않고 있었을 뿐이다.

풍요원은 피눈물을 흘리며 적염마왕을 향해 영을 내렸다.

“보내 드리세요… 적염마왕.”

“크으, 소성주.”

적염마왕은 비통한 심정으로 적염지화를 일으켰다. 그의 손에서 강렬한 불길이 피어올랐다. 적염지화가 뿌려지며 극검마왕의 몸뚱이는 순식간에 불덩이로 화했다.

화르르륵……!

　극검마왕은 전신을 불태우는 불꽃 속에서도 눈썹 하나 까딱하지 않았다. 그는 피를 토하고 쓰러지는 비참한 모습을 보이기를 원치 않았기에 한 줌 재로 소멸되기를 선택했다.

　타 들어가는 불꽃 속에서도 그는 잠시 전 벌어졌던 대결을 되새기고 있었다. 이미 마비된 몸이라 고통도 느껴지지 않았으며 몸은 죽어가고 있었지만 그의 정신은 패배를 승복치 못했다.

　'최후의 순간 터득한 심득은 오판이었다. 나의 오만이 나를 벤 것이다.'

　마음속의 회한이 메아리쳐 울리는 순간 그의 육신은 한 줌 재로 화하고 말았다.

　일대 마웅인 극검마왕의 비장한 최후였다.

■ 제54장
그녀의 선택

1

암흑마국에 대한 선전포고!

태양천주에 의해 발부된 포고령으로 무림천하는 격동의 시대를 맞게 되었다. 백도무림의 단합과 탕마척사(蕩魔斥邪)를 외치는 태양천주의 사자후가 중원천하에 울려 퍼진 것이다.

십수 년 전 사중악의 척결 이후 태양천주가 이렇듯 전면에 나서기는 처음 있는 대사건이었다.

암흑마국의 총단이 어디에 있는지는 밝혀지지가 않아 일단 집결지는 사천성 낙산으로 결정되었다. 암흑마국에 의해 철저히 유린된 아미파를 구원해 무림정기를 회복하자는 것이 중론이었다.

아울러 이번 기회에 암흑마국과 결탁한 악인궁과 천잔방을 괴멸시키자는 것도 출정의 목표로 삼았다.

물론 태양천주가 중원무림의 힘을 사천성으로 집중시킨 데에는 또 다른 이유가 있었다.

그것은 황제의 밀명을 수행하기 위한 일이기도 했다.

백도연합 세력은 사천 땅으로 향하면서 또 하나의 충격적인 소식을 접하게 되었다.

그것은 극검마왕의 죽음이었다.

백마성주였던 불립마제 이후 마도의 대종사로 군림해 온 극검마왕이 운명했다는 소식은 백도무림계에 있어 크나큰 낭보가 아닐 수 없었다. 이로써 백도무림은 백마성과 암흑마국이 결탁하는 부담을 떨칠 수 있게 되었다.

하지만 중원천하에 새롭게 부각된 두려움은 반검무적이었다. 극검마왕의 죽음이 반검무적과의 대결에서 패했기 때문이라는 풍문은 그다지 반갑지 않은 소식이었다.

반검무적은 중원의 영웅이 아니다.

그의 검은 정의의 검이 아니며 그에게는 의협심이 없다. 그의 검은 처음 황금을 쫓다가 이제는 피를 쫓는다. 적풍사 전사 칠십여 명을 몰살시키는 그의 검은 악마지검이다. 그의 반검은 태양천주를 노릴지도 모른다.

입이 있는 자들이 떠들어대는 소리에 환유성의 존재는 점차 어둠 속으로 묻혀갔다.

만일 그가 중원 출신이었다면 단비사도, 백수마왕, 악중잔 등과 같은 악의 수괴들을 죽인 업적만으로도 대영웅의 반열에 올랐을 것이다.

그러나 그가 요동 출신이라는 사실은 중원무림인들에게 있어 묘한 질투심을 불러일으켰고, 짧은 세월 동안 너무 강해지는 그의 무공은 천하인 모두에게 경원의 대상이 되었다.

그의 검이 해와 달을 관통할지 모른다!

환유성이 중원무림의 상징이랄 수 있는 태양천주와 월영궁주마저 위협할 수 있다는 사실에 모두들 그를 달가워하지 않았다. 설사 그가 단신으로 암흑마국을 격파한다 해도 그는 결코 태양천주와 같은 영웅이 될 수 없을 것이다.

의와 협으로 단련되지 않은 검은 결국 마검이 된다는 것이 무인들의 공통된 생각이기 때문이다.

2

서설이 내리는 와중에 뜻밖의 손님이 중산왕부를 방문했다. 방문객의 신분을 통보받은 중산왕은 친히 중문까지 나와서 손님을 맞이했다. 중산왕의 신분으로 이렇듯 예우를 차리기는 극히 드문 일이었다.

손님이 황송해하며 절을 올리려 하자 중산왕은 그의 손의 쥐며 호쾌한 웃음을 흘렸다.

"허허. 예를 거두게나, 현제(賢弟)."

"오랜만에 뵙습니다, 왕야. 그간 문후를 여쭙지 못해 송구스럽기만 합니다."

중산왕부를 찾아온 손님은 태양천주 단목휘였다. 그는 데리고 온 수하들에게 명했다.

"어서 진상품을 올려라."

수레와 마차에 가득 실린 진상품들이 속속 왕부 안으로 반입되었다.

단목휘는 중산왕을 향해 손을 모아 보였다.

"일전에 폐하를 알현했습니다. 폐하께서는 왕야의 충정을 높이 치하하시며 하사품을 전하라 하셨습니다."

일순 중산왕의 눈에 이채가 일었지만 그는 짐짓 감동스런 표정을 지으며 황도를 향해 예를 올렸다.

"오, 이런 망극할 일이 있단 말인가! 신년하례도 드리지 못했거늘 이 못난 아우를 이리도 생각해 주실 줄이야……."

"폐하께서는 왕야의 안부를 여쭙고 금명간 황도를 찾아와 주실 것을 당부하셨습니다."

"암, 가야지. 당연히 찾아뵙고 황은에 대한 인사를 올려야지."

두 사람은 향기로운 꽃잎이 뿌려진 대리석 길을 걸어 곤녕전으로 향했다.

중산왕의 거처인 곤녕전은 여러 채의 누대와 전각으로 둘러싸여 있었다. 황궁에 비해 규모가 작을 뿐 그 화려함은 조금치도 뒤지지 않는다.

겨울에도 얼지 않도록 뜨거운 물을 유입시켜 만든 연못에는 팔뚝만 한 비단 잉어가 넘실대고, 수면 위로는 금빛 부리의 백조가 유유히 미끄러지고 있었다.

잘 다듬어진 적송 위로는 백로들이 춤을 추고, 아직 잔설이 묻어 있는 매화나무마다 갓 피어난 꽃송이들이 그윽한 향기를 뿜어내고 있었다. 이 모든 정경이 커다란 월동창을 통해 비쳐져 한 폭의 그림을 연상케 한다.

접견실에는 질 좋은 숯불이 피어진 화로가 군데군데 놓여져 있어 창을 활짝 열어놓았어도 전혀 찬 기운이 들지 않았다. 접견실 곳곳에는 진귀한 난초가 그 섬세한 자태를 한껏 뽐내고 있었다.

두 사람은 용정차를 음미하며 의례적인 담소를 나누었다.

그들의 대면은 그다지 많지 않았다. 견융의 침공으로 위기에 천한 황도를 구원할 때가 그들의 첫 만남이었다.

그 후 중산왕의 강남을 순시할 때 한 번 태양천을 찾은 적이 있었고, 그 답례로 단목휘가 중산왕부를 방문한 적이 있었으니 이번이 네 번째 만남이었다.

두 사람은 시종 화기애애한 미소를 짓고 있었지만 내심은 긴장의 연속이었다.

중산왕은 단목휘의 방문이 단순한 예방(禮訪)이 아님을 알 수 있었고, 단목휘 또한 중산왕의 그런 속내를 충분히 읽고 있었던 것이다.

단목휘가 찻잔을 내리며 주변을 둘러보았다.

"실내에 모든 향기가 갖춰져 있지만 한 가지 향기가 빠진 것 같습니다."

"어떤 향기를 말하는 것인가?"

"화옥군주의 향기입니다, 왕야."

"허허헛, 난 또 현제를 대접하는 데 소홀함이 있었나 싶어 가슴이 뜨끔했네."

중산왕은 호쾌한 웃음을 짓고는 말을 이었다.

"령아는 한해야적들에 의해 납치된 이후 정신적 충격에서 벗어나지 못하고 있었네. 다행히 요즘 안정을 찾아 잠시 유람에 나섰네. 항상 현제를 존경하고 있었는데 이번 기회에 만나지 못한 것을 알면 몹시 아쉬워할 것이야."

"군주께서 안정을 찾았다니 다행입니다."

중산왕은 찻잔을 내리며 고개를 저었다.

"현제에게 아들이 없다는 게 참으로 아쉬운 일이야. 자네의 아들이라면 령아의 배필이 되기에 부족함이 없었을 텐데 말일세. 두 가문이 맺어진다면 그야말로 천하의 경사가 되었을 것이네."

"황송한 말씀이십니다."

단목휘는 찻잔을 매만지다 다소 심각한 표정을 지으며 본론을 꺼냈다.

"폐하께서 최근 일련의 불미스런 투서로 인해 몹시 고민하고 계십니다. 소제가 금번 왕야를 찾아뵌 이유도 그것을 말씀드리기 위함입니다."

"투서라고?"

"견융 국왕이 대부족장회의를 벌여 중원 침공을 노리고 있다는 첩보가 접수됐습니다. 이번 침공에는 새황무림도 대대적으로 동참할 것이기에 황실은 심각한 논쟁을 벌이고 있습니다. 그 외중에 외람되게도 망극한 투서가 날아든 것입니다."

"대체 어떤 투서란 말인가? 본좌를 음해하는 내용이 담겼던가?"

중산왕이 굳은 표정으로 묻자 단목휘는 손을 모으며 어렵게 응대했다.

“그렇습니다. 황망하게도 왕야께서 견융 국왕인 찰리합과 내통해 모반을 꾀하고 있다는 투서였습니다.”

“……”

중산왕은 잠시 그를 응시하다 몸을 일으켰다. 그는 뒷짐을 진 채 실내를 거닐었다. 한 걸음 한 걸음이 천 근처럼 무거웠다. 그는 단목휘를 등진 채 활짝 열어젖힌 창가에 섰다.

“하면 자네는 그것이 사실인지를 확인하러 온 건가?”

“송구스럽게도 그것이 솔직한 심정입니다.”

단목휘는 차분한 표정으로 빈 찻잔에 차를 따랐다.

중산왕은 창가에 서서 그림처럼 아름다운 정원을 바라보았다. 쉰 줄을 넘어섰지만 반백의 머리 외에는 주름살 하나 보이지 않는 건강한 피부를 지니고 있었다.

그의 입가에 의미심장한 미소가 번져 나갔다.

“이런 일에는 의당 황실의 관리가 방문을 해야 하거늘 어찌 무림에 몸을 담고 있는 자네가 나선 건가?”

“누가 감히 왕야 앞에서 이런 말씀을 올릴 수 있겠습니까?”

“허허, 하기는 황실의 졸장부들에게는 그런 담력이 없지. 본 왕부에 들어서는 순간 무릎부터 꿇었을 테니까. 그런 용렬한 신하들 속에서 폐하의 근심이 얼마나 크셨을까?”

그는 걸음을 옮겨 탁자로 다가섰다. 단목휘와 대좌한 그는 강렬한 눈빛으로 단목휘를 직시했다.

“본좌가 어떤 답변을 해주기를 원하는가?”

단목휘는 당당한 태도로 말을 받았다.

“소제는 왕야의 솔직한 답변을 원합니다. 왕야의 강직하신 성품으로 절대 변명은 하시지 않을 것이기 때문입니다. 하지만 투서가 모두 음모에 조작된 것이기를 간절히 바라고 있습니다.”

“자네 말대로 본좌는 치졸한 변명 따위는 하지 않네. 지금의 심정 같아서는 당장 왕부의 근위병들을 이끌고 황도로 가 본좌를 음해한 자들을 쳐 죽이고 싶네.”

단목휘는 얼른 몸을 일으켜 포권의 예를 취했다.

“송구하옵니다, 왕야. 공연히 왕야의 푸른 충정을 더럽힌 소제를 용서해 주십시오.”

“앉게나. 내 얘기는 아직 끝나지 않았네.”

“…….”

단목휘가 좌정하자 중산왕은 노기를 가라앉히며 화제를 약간 돌렸다.

“듣자니 무림에 암흑마국이란 사악한 무리들이 나타나 세상을 어지럽힌다면서?”

“그렇습니다, 왕야.”

“폐하께서는 오십만 황군보다 현제에게 더 의존하고 계시네. 일국을 상대할 현제의 무공을 감당할 자는 천하에 없으니까. 하지만 무림과 황실이 동시에 위험에 빠진다면 자네는 어떻게 대처할 생각인가?”

단목휘는 중산왕의 깊은 심기를 헤아리며 잠시 생각에 잠기다 대답했다.

“소제는 폐하께 충성을 서약했기에 황실을 위해 싸울 수밖에 없습니다. 무림은 태양천이 맡을 것입니다. 소제가 아니더라도 중원무림에는 인재가 많습니다.”

“자네는 무림인일세. 무림인으로서의 본분을 다해야 하지 않겠나?”

중산왕이 은근한 어조로 그가 나서는 것을 질책하자 단목휘는 심중을 모두 털어놓았다.

“왕야께서는 폐하의 친아우이시며 가장 강력한 친위군을 보유하고 계십니다. 왕야께서 북방에 주둔하고 계시기에 외적들이 감히 황실을 침범하지 못했던 것입니다. 왕야께서 황실의 종친으로 본분을 지키신다면 소제 역시 무림인으로 본분을 다하겠습니다.”

“…….”

찻잔을 쥔 중산왕의 손이 붉게 달아오르며 찻물이 부글부글 끓기 시작했다. 이는 절정의 내가고수만이 펼쳐 낼 수 있는 삼매진화에 의한 현상이었다.

그는 찻잔을 탁자 위에 내려놓았다.

“본좌를 대한 역모 투서에는 답변을 하지 않겠네. 그것이 사실인지 거짓인지는 자네가 판단하게. 한 가지 충고를 한다면 이런 일에는 무림인인 현제가 나서서는 안 되네. 세상의 주인이 바뀌어도 무림은 그대로 존속할 수 있네. 현제 혼자 황실과 무림 모두를 떠받들 수는 없을 일이야.”

단목휘는 몸을 일으켜 중산왕을 향해 정중히 읍을 올렸다.

“말씀 잘 들었습니다. 왕야의 만수무강을 기원하겠습니다.”

그가 접견실을 나섰지만 중산왕은 자리에서 일어서지 않았다. 그는 태사의에 편히 기댄 채 눈을 감았다.

그는 속내를 숨김없이 밝혔고 단목휘는 그것을 분명히 읽었다. 이제

돌이킬 수 없는 상황이었다. 물론 궁색한 변명을 할 순 있지만 그의 성격상 용납될 수 없는 일이다. 또한 대사를 치르려면 사전에 기밀이 발각되는 일도 각오해야 한다.

그는 금상황의 성격을 잘 알고 있었다.

문약하고 우유부단한 황제는 단목휘의 보고를 듣고 더욱 당황할 것이다. 중산왕부를 치기 위한 황군을 보내는 일은 절대 없다. 황제는 어떻게든 자신을 회유하려 할 것이기에 그는 계획을 앞당겨 서두를 필요가 없었다.

문제는 태양천주다. 그가 존재하는 한 과거의 실패를 답습할 우려가 있다. 밀명을 받은 주화령이 새황무림의 사천왕을 모두 회유한다면 대성공이겠지만 아직 확신할 수 없는 일이다.

'령아가 천마혈경을 수련했지만 단목휘의 적수는 될 수 없다. 놈의 전신에 서린 기도는 예전보다 훨씬 차분해졌어. 무극지체에 달한 것이 틀림없어.'

그는 나직이 한숨을 쉬며 탁자를 쳤다.

"암인!"

그의 음성이 끝나기 무섭게 창틀 아래의 그늘로 복면인 하나가 유령처럼 부복해 내렸다. 전신을 흑의로 감싼 그는 짙은 그늘의 일부처럼 보였다.

"부르셨습니까, 왕야."

"단목휘를 죽여야겠다."

"……!"

"너의 조직 모두를 희생시키는 한이 있더라도 그를 죽여야 한다."

복면인은 이마가 바닥에 닿도록 조아렸다.

"왕야, 세상 누구라도 죽일 수 있지만 그는 죽일 수 없는 불가침의 존재입니다. 그는 무도를 터득했기에 어떤 기습도 간파해 냅니다. 가슴에 살심을 품고서는 절대 그에게 접근할 수 없습니다. 속하조차 그의 삼초지적도 되지 못합니다."

중산왕의 봉목을 통해 번갯불 안광이 폭사되었다.

"닥쳐라! 본좌가 널 구하고 너희 조직을 감싸주었다면 마땅히 목숨을 바쳐 보답을 해야 하지 않겠느냐? 단목휘를 죽이지 못하면 이번 거병마저 수포로 돌아갈 수 있다!"

그의 격한 추궁에 암인이라 불린 복면인은 송구스러운 듯 고개를 조아렸다.

"용서하십시오, 왕야. 속하 역시 숙적인 그자를 죽이고 싶은 마음이 절실합니다."

"정녕 방도가 없단 말이냐?"

"……"

암인이 얼른 답변을 하지 않자 중산왕은 소매를 떨치며 분연히 자리에서 일어섰다.

"물러가라!"

"왕야, 고정하십시오."

암인은 두 손을 모으며 조심스럽게 아뢰었다.

"속하가 군주와 상의해 여러 가지 방도를 세워놓았지만 가능성이 낮아 감히 말씀을 드리지 못했습니다."

"그래? 령아도 알고 있는 일이라고?"

“예, 왕야. 사실 군주께서 획책하신 것이나 다름없습니다.”

중산왕은 그를 직시하며 강한 어조로 말했다.

“네 말대로 일말의 가능성이 있다면 시도해 보는 게 당연한 일 아니더냐?”

“공연히 시도해 실패한다면 다시는 단목휘를 노릴 기회가 없어지게 되어 선뜻 시행을 하지 못하고 있었습니다.”

중산왕은 뒷짐을 진 채 돌아섰다.

“윤허하겠다. 죽이지 못한다면 부상이라도 입혀라. 그가 상처를 입는다면 그를 죽이고자 하는 자들이 벌 떼처럼 들고 일어설 것이다. 그리만 할 수 있다면 네게 무림왕의 작위를 하사하겠다.”

암인은 일순 탐욕스런 눈빛을 번득이며 깊이 고개를 조아렸다.

“존명!”

3

곤륜산(崑崙山)은 예로부터 신선들이 사는 신성한 곳으로 추앙받는 성역(聖域)이다. 신강, 청해, 사천성으로 이어지는 장대한 산줄기는 무려 칠천 리에 달해 대륙의 등뼈로 불리기도 한다.

고원 위로 수십 겹의 능선이 겹쳐져 있는데 높은 능선과 고봉마다 희디흰 만년설로 덮여 있다.

기나긴 겨울을 지나서야 얼음이 녹기 시작하면서 용 울음과 같은 얼음 폭포가 형성되고 협곡을 할퀴고 쏟아지는 물은 멀리 장강과 황하의 발원지로 유입된다.

동곤륜은 신강과 서장이 접한 곳에 위치하며 청해성의 서단과 맞닿는다.

대륙의 강남 땅에는 이른봄이 찾아왔을 시기지만 곤륜산은 여전히 한겨울이다. 얼음으로 뒤덮인 봉우리 사이를 칼바람이 스쳐 가고 어린아이 손바닥만한 함박눈이 곤륜산 전역에 쏟아지고 있었다.

이런 폭설도 어느 한 골짜기 위에 이르면 온화한 열기에 의해 눈이 물안개처럼 흩뿌려진다.

바로 은영곡(隱影谷)이 그러했다.

은영곡은 곤륜에서도 가장 신비로운 절경이 숨겨져 있는 비역이다. 병풍처럼 둘러싼 주변의 산정은 모두 눈과 얼음으로 덮여 있지만 은영곡은 사시사철 꽃이 지지 않는 온화함으로 가득하다. 산중턱에서부터 흘러내리는 엄청난 수량의 온천수가 계곡 사이를 가로지르고 있기 때문이다.

계곡 곳곳에 위치한 전각과 누대는 투명한 은빛 대리석으로 축조돼 있어 마치 얼음으로 쌓아 올린 빙궁을 방불케 한다. 중원에서 멀리 떨어진 서방에 위치하지만 중원의 향기가 그대로 배어 나오는 건축물은 경이로움 그 자체다.

이곳이 바로 천하에서 가장 신비로운 방파 중 하나인 월영궁이다.

뜨거운 김이 피어오르는 온천수 속에 몸을 담그고 있는 여인은 구천옥녀가 하강한 듯 절세적 용모의 소유자였다.

가늘게 뻗은 검미가 여인의 매서운 성격을 대변해 주었지만 보석 같은 눈망울과 오뚝한 콧날, 도톰한 입술은 여인으로 더 이상 완벽할 수 없는 조화를 이루고 있었다.

중년의 나이에도 불구하고 땀방울이 송골송골 흘러내리는 여인의 피부는 옥처럼 희고 매끈하다.

여인은 특이한 백발을 어루만지며 나른한 표정으로 수욕을 즐기고 있었다. 그녀는 다소 결벽증이 있어 매일 수욕을 하여 몸의 청결을 유지해야 직성이 풀리는 성격이었다.

그녀가 바로 이십 년 이래 천하제일미의 명성을 유지해 온 월영서시 한소소였다. 흐르는 세월도 그녀의 미색을 쇠퇴하게 만들지 못할 만큼 그녀의 미모는 절대적이었다.

그녀는 크지도 작지도 않은 육봉을 어루만지며 물었다.

"어떤 이유라더냐?"

"꼭 사부님을 뵈어야 말씀드릴 수 있다 했습니다."

노천 온천탕가에 부복해 있는 여인은 사내처럼 건장한 체격을 지녔다. 제법 단정한 용모의 소유자였지만 그녀의 탱탱한 젊음조차도 한소소의 절대완미에 빛을 잃었다.

바로 월영궁에 입궁해 총령의 자리에 오른 요동의 여인 금류향이었다.

한소소는 희미한 미소를 지었다. 먹장구름 사이를 헤집고 쏟아지는 햇살처럼 신선한 미소였다.

"그래?"

"중원에서 만났을 때 제자와 의자매를 맺은 사이입니다. 빈청으로 들일까요?”

“류향, 넌 내게 한 단정의 맹세를 잊었느냐? 입궁 전의 어떠한 인연도 잊어야 한다.”

금류향은 찔끔하며 머리를 조아렸다.

“송구하옵니다, 사부님.”

한소소는 흰 천을 온천수에 담그며 몸을 문질렀다. 아직 사내의 손길이 닿지 않은 청백한 몸은 처녀처럼 탱탱했다.

“빈청으로 들일 필요 없다. 월영전 앞에 세워두어라.”

“예, 사부님.”

몸을 일으킨 금류향은 온천탕 주변에 둘러진 휘장을 나섰다. 그녀는 휘장을 닫으며 탕 밖으로 나서는 한소소의 알몸을 힐끔 훔쳐보았다.

뜨거운 온천수에 의해 김이 모락모락 피어오르는 한소소의 나신은 천하제일의 장인이 평생을 두고 제작한 옥녀상 그 자체였다. 어느 한 곳 흠잡을 데 없는 늘씬한 교구는 완숙한 관능미를 뿜어내고 있었다.

얼른 돌아선 금류향은 자신의 가슴을 누르며 나직이 숨을 몰아쉬었다.

‘사부님은 정말 매력적이야. 여자인 나조차 안고 싶은 욕망에 젖을 정도야. 저렇게 아름다운 분이 왜 사내를 멀리하는지 정말 알 수 없어. 가벼운 눈짓 하나로 어떤 사내도 모두를 굴복시킬 수 있을 텐데 말이야.’

그러다 그녀는 자신의 불경스런 생각을 자책하며 머리를 쥐어박았다.

‘단정(斷情), 단정… 젠장, 난 언제나 단정의 경지에 이를 수 있는 거지?’

4

새하얀 백발과 손등까지 덮은 짙은 흑의, 그리고 눈부신 얼굴은 극반의 대조를 이루었다. 그녀에게서 느껴지는 색깔은 오로지 흑과 백 둘뿐이었다.

한소소가 월영전 대리석 돌계단으로 나서자 오랜 시간 대기해 있던 취의여인이 얼른 부복하며 예를 올렸다.

"소녀 벽소군이 월영서시를 뵈옵니다."

백합 같은 미모의 여인은 바로 벽소군이었다.

청해호반에서 월영궁까지의 거리는 삼천 리 정도였지만 워낙 혹한의 기후에다 눈보라까지 몰아쳐 그녀는 보름이 걸려서야 당도할 수 있었다. 게다가 은영곡은 지형적으로 깊이 숨겨져 있어 찾아내기가 쉽지 않았다.

"네가 이곳까지 어쩐 일이냐?"

한소소의 음성은 냉랭하기만 했다.

벽소군은 몸을 일으키며 시선을 들었다. 중원지화라는 한소소의 명성을 이을 만큼 빼어난 미모를 지닌 그녀였지만 한소소의 완벽한 용모에 비하면 어딘가 모르게 뒤처지는 모습이었다.

"궁주님께서는 여전히 아름다우시군요. 어렸을 적 궁주님의 옥용을 한 번 뵌 이후 한시도 잊은 적이 없는데 아직도 그 모습 그대로이십니다."

한소소는 힐끔 그녀에게 시선을 던졌다.

"날 기억한단 말이냐?"

"십칠 년 전 검각을 찾아오신 적이 있지 않았습니까? 당시 소녀 나이 세 살이었지만 궁주님을 뵙는 순간 천상의 선녀를 만난 듯 황홀했습니다."

"훗, 영특한 아이로구나. 세 살 적 기억을 여태 잊지 않다니 과연 천기자 어른의 제자다워."

냉담한 성격의 한소소였지만 그녀 역시 여인이었기에 벽소군의 흠모 어린 찬사에 감정이 다소 누그러질 수밖에 없었다. 그녀는 긴 장옷을 휘날리며 돌아섰다.

"들어오너라."

그녀가 월영전 안으로 사라지자 벽소군은 옆에 시립해 있는 금류향에게 가볍게 목례를 보냈다.

"궁주님을 뵙게 배려해 주셔서 고마워요, 언니."

"얘기는 들었어. 그 환가 놈과 백년가약을 맺었다면서?"

"환랑을 너무 미워하지 마세요."

벽소군이 그를 두둔하자 금류향은 짙은 눈썹을 치켜 올리며 매섭게 쏘아보았다.

"내가 그 인간 때문에 상심해 월영궁에 몸을 담은 거야. 한때 그놈의 무심한 매력에 빠져 몸까지 주면서 붙잡으려 했지만 매정하게 날 차버렸어. 너 같으면 기분이 좋겠어?"

벽소군이 그녀의 손을 쥐며 다정스럽게 말했다.

"언니, 월영궁에 입궁했다면 단정의 맹세를 했을 겁니다. 정을 끊는

다는 건 단순히 애정을 말하는 것만이 아니에요. 증오도 잊을 수 있어
야 진정한 단정이죠."

"쳇, 네 혀는 여전히 예리하구나. 내가 너만큼 말주변이 좋았으면 유
성 그 녀석을 진작에 내 남자로 만들었을 거야."

"환랑도 여전히 언니를 많이 생각하고 있어요. 앞으로도 좋은 친구
로 만날 수 있을 거예요."

벽소군이 워낙 사근사근하게 나오자 금류향은 가슴속의 질투심을
훌훌 털어냈다.

"그래, 내 대신 마음 고생 많이 해. 워낙 까다로운 녀석이라 소군의
지혜로도 쉽게 다룰 수 없을 거야. 어서 들어가 봐."

그녀는 벽소군의 등을 다독이며 나직이 일러주었다.

"어떤 청이 있어 찾아왔는지 몰라도 쉽지는 않을 거야. 하지만 내가
도울 수 있다면 힘을 보탤게."

"고마워요, 언니."

그녀의 따뜻한 호의에 벽소군은 얼음 더미 같은 부담감이 절반은 녹
는 기분이었다.

5

빙염(氷焰)으로 불리는 얼음불은 은영곡에서만 볼 수 있는 특별한
구경거리다. 밝기만 할 뿐 결코 뜨겁지 않은 빙염에 의해 밝혀진 실내

는 푸른 기운이 완연했다.

빙하수를 끓여 만든 차는 유난히 향기로웠다.

벽소군이 차를 음미하며 한마디 하려 하자 한소소가 냉담하게 가로막았다.

"네 구변이 좋다는 건 익히 들어 알고 있다. 하지만 달콤한 혓바닥으로도 내 마음을 움직일 수 없으니 용건만 말해라."

벽소군이 잠시 생각을 굴리다 입을 열었다.

"머지않아 한 사람이 궁주님을 찾아올 겁니다. 단지 검을 논할 뿐 명예를 탐해서가 아닙니다. 그는 비무에서 패해 죽을 수도 있지만 죽음 따위는 전혀 무시하는 사람입니다. 소녀가 판단컨대 아직 그는 궁주님과 겨룰 검학을 연마하지 못했습니다. 소녀는 그의 의지를 다른 방향으로 돌리려 했지만 워낙 고집불통이라 어려웠습니다. 이렇게 궁주님을 뵙고 청을 드리려는 건 그와의 비무를 잠시 보류했으면 하는 마음에서입니다."

한소소의 눈빛이 얼음장처럼 차가워졌다.

"네 말에는 어폐가 있구나. 그자의 무공이 날 능가해 훗날 나를 죽일 수 있을 때까지 기다려 달라는 말이 아니냐?"

"그런 뜻이 아닙니다. 지금 그의 의지는 한껏 고조된 상태입니다. 약간의 세월이 흐르면 그는 자신의 방법이 잘못됐다는 것을 깨닫게 될 겁니다. 목숨을 건 비무만이 전부가 아니니까요. 소녀가 보류라고 말씀드렸지만 아마 그와의 비무는 절대 성사되지 않을 겁니다."

벽소군은 어떻게든 그녀의 자존심이 상하지 않게 설득하려 했지만 그녀의 태도는 변함이 없었다.

"천기자 어른이 제자를 잘못 가르쳤군. 지금이 어떤 상황인데 천하의 위급함은 좌시한 채 네 낭군을 위해 쓸데없이 시간을 허비하고 있는 것이냐?"

"궁주님, 그의 무공은 천하를 위해 긴요하게 쓰여질 수 있습니다. 그가 의도한 것은 아니었지만 그의 반검에 의해 숱한 사마악도들이 쓰러졌습니다."

"닥쳐라!"

한소소는 대리석 탁자를 내려치며 몸을 일으켰다.

"환유성과는 한번 겨룬 적이 있지. 그자의 절대쾌검은 확실히 독보적이었어. 내가 월환검을 뽑지 않고 소수공으로 상대하는 바람에 죽이지는 않았다. 하지만 다시 도전해 온다면 반드시 월환검으로 상대해 주겠다. 두 번의 용서는 없어."

그녀는 자신의 목에 환처럼 차고 있는 월환검을 매만졌다.

"그자는 반드시 내 손에 죽게 될 것이다."

벽소군은 그녀의 살기등등한 모습에 가슴이 철렁 내려앉았다.

"궁주님, 그는 극검마왕과의 대결로 인해 엄청난 부상을 입었습니다."

"후훗, 나도 소식은 들어 알고 있다. 극검마왕을 격파했다면 능히 나와 겨룰 자격이 있지."

한소소는 팔짱을 낀 채 천천히 실내를 거닐었다.

"물론 정당한 대결을 가질 것이다. 본 궁의 영약을 모두 복용시켜서라도 그자의 내상을 회복시킨 후 겨루겠다. 사실 지난번에도 그자는 내상을 입은 상태였지. 내 스스로 점혈을 하여 공력을 억제했지만 정당한 대결은 아니었어. 그 대결은 내게 있어 평생 잊지 못할 수치다.”

가슴이 새까맣게 타 들어간 벽소군이 그녀 앞에 털썩 무릎을 꿇었다.

“궁주님의 무공은 천하제일이십니다. 하지만 반검무적의 검 또한 검선급 경지에 올라 있습니다. 두 검이 부딪친다면 모두가 다칠 수 있습니다. 반드시 검을 맞대는 것만이 무림의 후배를 가르치는 방법은 아닙니다. 그가 새롭게 검을 연마할 수 있도록 제발 배려해 주십시오, 궁주님.”

한소소는 만년빙처럼 차디찬 웃음을 터뜨렸다.

“호호호, 이제 네가 날 능멸하기까지 하는구나. 내가 그자의 검에 털 끝 하나 다칠 것 같으냐? 태양천주라도 날 이길 수 없어. 내가 도전을 회피한다는 건 있을 수 없는 일이다. 내 자존심이 절대 허락치 않아.”

그녀는 꼿꼿이 미끄러지며 문으로 향했다.

“너도 본 궁에 머물러 있어라. 네가 보는 앞에서 그자를 죽여주겠다.”

벽소군은 가볍게 입술을 깨물다 결연한 표정으로 되어 외쳤다.

“궁주님, 소녀의 사부님을 생각해서라도 제발 청을 들어주십시오!”

“뭐라……?”

문을 나서려던 한소소가 움찔하며 멈춰 섰다. 벽소군은 맑은 눈을 반짝이며 말을 이었다.

“사부님께서 생전에 소녀에게 한 가지를 일러주셨습니다. 소녀의 능력으로 해결할 수 없는 일이 닥치면 월영궁을 찾아가 보라 하셨습니다. 아마도 월영서시께서 소녀를 도와주실 것이라 말씀하셨습니다.”

“…….”

묵묵히 듣고 있던 한소소는 한참을 서 있다 다시 탁자로 미끄러져 왔다. 의자에 앉은 그녀는 천천히 찻잔을 들어 입으로 가져갔다.

한 모금의 차를 들이킨 그녀는 차분하게 입을 열었다.

“그래, 삼천공의 절기를 얻은 내가 이런 경지에 이를 수 있었던 건 천기자의 어른의 가르침 덕분이었지. 내 스스로 깨우치려면 수십 년은 걸릴 일이었다. 그분께서 사흘 밤낮에 걸쳐 세 분 사부님의 절학을 해독해 주시지 않았다면 지금의 나도 없었다. 그 어른의 은혜는 평생 잊을 수 없어.”

그녀는 가볍게 손을 들었다.

“앉거라.”

그녀의 무형진력에 이끌려 벽소군은 저절로 몸을 일으키게 되었다. 벽소군이 마주 앉자 그녀는 온화한 표정으로 말했다.

“네 청이라면 내 한 가지는 들어주겠다. 하지만 잘 생각해서 말해라. 오직 한 번뿐이다. 다른 중대한 것을 요구한다 해도 들어줄 수 있으니 신중하게 결정해.”

“말씀드린 대로 반검무적과의 비무를 보류해 주십시오. 그것이 유일한 소청입니다.”

한소소는 아미를 찌푸리며 그녀를 질책했다.

“그의 목숨이 천하보다 중요하단 말이냐? 악의 무리들에 의해 태양천이 무너져도 난 방관할 수 있다. 천하가 모두 피에 잠겨도 난 나서지 않을 것이야. 감히 본 궁으로 쳐들어올 무리들은 없으니까.”

“궁주님께서는 무림 사상 가장 위대한 삼천공의 후예이십니다. 그분의 절학을 이은 이상 천하의 혼란을 좌시하지만은 않으시리라 믿습니다."

벽소군의 명쾌한 답변에 한소소는 가는 미소를 지었다.

"좋아. 네 소원이 그렇다면 네 청을 들어주겠다."

"고맙습니다, 궁주님."

벽소군이 몸을 일으켜 정중히 예를 올리자 한소소가 팔짱을 긴 채 편안히 기대앉았다.

"대신 조건이 있다."

"말씀하십시오. 뭐든 궁주님의 뜻에 따르겠습니다."

"내 조건은 네가 월영궁의 제자가 되는 것이다."

"예에?"

벽소군이 눈을 커다랗게 뜨자 한소소는 시선을 들어 빙염이 타오르는 등을 올려다보았다.

"삼천공의 절학은 무림의 보물이다. 불행히도 본 궁 제자 중 누구도 제대로 그것을 터득할 자질이 없다. 내 대에서 삼천공의 절학을 단절시킬 수는 없는 일이다. 소군은 중원제일의 재녀이니 능히 삼천공의 절학을 계승할 수 있을 것이야."

"하오나… 월영궁의 제자가 되려면 단정의 맹세를 거쳐야 하지 않습니까?"

"맞아. 단정의 맹세를 해야 된다."

한소소가 의미심장한 미소를 짓자 벽소군은 심각한 고민에 빠졌다.

"궁주님, 소녀는……."

"당장 답변하지 않아도 된다. 네 인생이 걸린 일이지. 신중히 결정할 시간을 주겠다.”

몸을 일으킨 한소소는 문을 향해 미끄러져 갔다.

“아……!”

벽소군은 장탄식을 하며 자리에 털썩 주저앉았다.

월영서시의 제자가 되어 삼천공의 절학을 수련한다는 건 엄청난 복연일 수 있다. 삼천공의 절학은 무림 사상 가장 강하다고 평가될 만큼 위대한 무공 절기다. 그것을 계승한 월영서시가 중원지화에 올랐듯 벽소군도 천하제일의 고수가 될 수 있다.

그러나 문제는 단정의 맹세다.

그것은 환유성과의 영원한 이별을 의미한다. 다시는 그의 여인으로, 그의 아내로 살아갈 수 없음을 말하는 것이다.

그녀는 스르르 눈을 감았다.

천하에서 가장 지혜롭다는 그녀였지만 이 순간만은 선뜻 결정을 내릴 수가 없었다. 죽음이 갈라놓지 않는 한 환유성과 헤어진다는 건 생각한 적도 없는 그녀였다.

하지만 그가 월영서시와 비무를 벌인다면 살아날 가능성은 거의 없다. 태양천주가 중원의 태양이라지만 그녀는 중원과 새황 모두를 굽어볼 수 있는 절대여제(絕對女帝)다. 새황의 전설적인 존재인 성존(聖尊)만이 그녀와 비교될 수 있을 정도다.

결국 그를 위해 그와 헤어져야만 하는 것일까.

“환랑…….”

문득 그녀는 환유성의 분노에 찬 일갈을 떠올렸다.

"천하 때문에 당신이 죽게 된다면 천하인 모두를 죽이겠어!"

벽소군은 입술을 질끈 깨물며 고개를 설레설레 저었다.

"그것은 환랑이 용서치 않을 거야. 그 사실을 알게 되면 환랑은 분노에 젖어 날 죽일지도 몰라. 게다가 그는 지옥 끝까지 찾아가서라도 월영서시와 죽음의 대결을 벌일 게 분명해."

그녀는 깊은 갈등과 고민에 빠져들었다.

만상석부에서 전대 선인이 남긴 어려운 문제를 모두 해결한 그녀였지만 지금의 상황은 당시보다 백 배는 어려웠다.

가장 슬기로운 해결책은 환유성과 월영서시의 대결을 사전에 봉쇄하거나 월영서시가 자존심이 상하지 않는 방법으로 대결을 보류하는 일이다. 하지만 그런 해법은 찾아낼 수가 없었다.

그녀는 눈물을 글썽이며 두 손을 모아 기원했다.

'아, 어떻게 해야 하지? 어떻게 해야 대결을 막고 환랑을 지킬 수 있는 거지? 사부님… 제발 도와주세요.'

제55장

양치기 노인의 정체

1

영합(寧合)은 대다수 강족들로 이루어진 마을이다.

완만한 능선 자락에 백여 채의 파오가 세워져 부락을 이루고 있었다. 겨울의 끝자락이지만 워낙 높은 고원 지대라 옷깃 속으로 스며드는 바람이 아직도 차다.

완만한 구릉 위로 방목된 양, 야생 염소, 야크, 말 등이 언 땅을 비집고 겨우 돋은 푸른 싹을 찾아 뜯고 있었다.

한 청년이 부락을 한눈에 내려다볼 수 있는 능선 중턱에 누워 마른 풀을 입에 물고 있었다. 옷차림은 추레했고 머리카락은 산만하게 흩어져 있었다. 잘 씻지 않아 때가 덕지덕지 낀 얼굴이지만 이목구비는 제법 반듯했다.

왼쪽 볼에 깊게 새겨진 혈흔이 일견 섬뜩했지만 나른하게 반개한 눈빛은 맑고 잔잔해 칼자국을 새긴 인물치고는 흉악하게 보이지 않았다.

그는 바로 극검마왕과 엄청난 대결을 벌인 후 부상을 입고 청령산을 떠나온 환유성이었다.

가는 길을 소추에게 맡겼기에 그는 이곳이 어디인지도 모른다. 다행히 한어를 아는 부락의 노인을 통해 청령산에서 서쪽으로 오백 리 정도 떨어진 곳임을 알 뿐이었다.

그는 워낙 심한 내상을 입었기에 파오 하나를 빌려 요양을 취해야 했다.

부락민들은 처음 그를 무척 경계했지만 그가 중원인이 아닌 요동 출신이라는 사실에 조금은 적개심을 씻었다. 요동인이라면 동이족(東夷族)이니 그들과 같은 부류라 할 수 있기 때문이다.

환유성은 굶어 죽지 않을 정도로 하루에 한 끼만 먹으면서 운공조식을 취해 내상을 치유해 갔다. 만상심법은 선인이 남긴 절학답게 요상 효과가 뛰어났다. 게다가 그는 구룡신주 중 하나인 정령주를 복용한 바 있어 회복이 빨랐다.

여느 사람 같았으면 반년은 족히 요양을 취해야 했지만 그는 보름 만에 예전 공력의 칠팔 할 정도는 회복할 수 있었다.

그는 햇살 속에 누운 채 골똘히 생각에 잠겼다.

중원과 새황을 두루 다니며 무수한 격전을 치른 그였지만 극검마왕과의 대결은 가장 힘겨운 싸움이었다. 물론 월영서시의 소수공에 적중돼 죽을 뻔한 적도 있었고, 주화령의 악마지공에 전신혈맥이 모두 뒤엉킨 적도 있었지만 그것은 그가 지극한 심득을 얻기 전의 일이었다.

그는 극검마왕과의 극한에 이른 대치 속에서 자신도 모르게 인간 한계에 이를 수 있었다.

어느 상황에서든 마음먹은 대로 검을 펼쳐 낼 수 있는 경지에 도달한 것이다. 검신의 경지가 어떤 것인지는 모르지만 그는 검을 통해 세상을 볼 수 있었고, 검이 자신의 몸과 동일시되는 검신합일에 젖게 되었다.

한데 과거와는 비교할 수 없을 만큼 급성장한 그의 검으로도 극검마왕의 마검을 완전히 격파하지 못했다. 물론 그는 살아 있고 극검마왕은 죽었으니 외견상 분명한 그의 승리다. 그러나 그것은 결코 떳떳하지 못한 부끄러운 승리였다.

그는 극검마왕의 말을 떠올렸다.

"본좌의 검법은 완벽하거늘 건방의 약점에 집착해 손방(巽方)을 소홀히 하다니!"

극검마왕의 지적대로 그는 본의 아니게 심리적 압박을 가해 극검마왕의 황극검법을 흩뜨린 것이다.

만일 극검마왕이 노파심에 젖어 건방에 공력을 집중시킨 우(憂)만 범하지 않았다면 승부의 결과는 예측할 수 없었을 것이다. 오히려 싸늘한 시체는 그의 몫이었고, 극검마왕이 살아 있었을지도 모를 일이었다.

환유성은 씹던 풀을 내뱉었다.

"극검마왕… 훗날 저승에서 만나면 한 번 더 겨뤄야 할 사람이었어."

이때 그는 지평선 저편에서 달려오는 요란한 말발굽 소리에 상념에서 깨어나 천천히 몸을 일으켰다.

때땡땡—!

영합 부락민들은 경종을 울려 방목 나간 동료들에게 위급함을 알리고는 서둘러 전투 태세를 갖추었다. 용사들은 반월도와 창, 화살로 무장한 채 부락 입구로 나섰다.

침입자들은 갈색 모발에 갈색 눈동자를 지닌 회족(回族)으로 신강과 청해를 넘나들며 약탈을 일삼는 비적들이었다. 기마술에 능한 그들은 고함을 지르며 방목된 가축들 사이로 뛰어들며 몰이를 했다.

용사들은 일제히 말을 몰아 달려갔다.

"부락을 지켜라!"

"못된 놈들, 기껏 키운 가축들을 뺏어가려 하다니!"

부락 수호에 나선 용사들과 비적들은 한바탕 싸움을 벌였다. 자주 있어왔던 싸움인지 용사들은 진세를 이루어 비적들을 쫓아내는 데 주력했다. 비적들은 워낙 사나운 자들이라 약탈의 피해를 최소한으로 줄이는 정도가 용사들이 바라는 일이었다.

비적들 일부가 양과 당나귀, 야크 이십여 마리를 이끌고 지평선 쪽으로 달아나기 시작했다.

적당히 싸우던 비적들은 소기의 성과를 올렸다 싶자 급히 말머리를 돌렸다. 그들은 달아나면서 연신 화살을 쏘아대며 용사들의 추격을 방해했다.

용사들은 분하고 속이 쓰렸지만 큰 피해를 입지 않은 것을 위안 삼았다.

"됐네. 언제고 저 죽일 놈들을 모조리 쓸어버릴 때가 오겠지."

"돌아가자고."

그들은 심하게 몰이를 당해 쓰러진 가축들을 챙기기 시작했다.

한데, 달아나던 비적들이 덤불 사이에 숨어 있던 강족 여인을 하나 찾아냈다. 여인은 방목을 나갔다가 미처 돌아오지 못하고 숨어 있다 발각된 것이다.

"아악, 살려줘!"

강족 여인의 다급한 비명 소리에 용사들은 급히 말에 오르며 박차를 가해 추격에 나섰다.

"야오랍이 납치됐다!"

"추악한 놈들, 이제 여인까지 납치하다니!"

"야오랍을 구하라!"

용사들이 쫓아오자 비적들은 완만한 능선을 타고 오르며 화살을 날려 용사들 몇을 거꾸러뜨렸다.

"켈켈, 뒈지고 싶으냐?"

"이 계집은 우리 차지다!"

능선 저편에서 벌어지는 한바탕의 소란에도 유성은 물끄러미 지켜보기만 했다.

그가 서둘러 소추를 타고 추격하면 능히 여인을 구할 수 있는 일이지만, 타 부족 간의 일이라 개입하고 싶은 마음이 없었다. 그의 무심함이 많이 수그러들었지만 의협심으로 발전되기까지는 아직도 상당한 시일이 흘러야 할 것이다.

비적들의 활 솜씨는 뛰어나 강족 용사들은 쉽사리 접근할 수가 없었다. 그러는 사이 비적들은 능선 위까지 올라섰다.

능선을 넘어가면 영합 부락의 영역 밖이다. 여인 한 명 때문에 부락의 용사들 모두가 위험에 빠질 수는 없기에 여인에 대한 구출은 포기할 수밖에 없다.

먼 거리였지만 비적들의 득의에 찬 웃음소리가 아스라하게 들려왔다.

이 순간, 어디선가 날아든 광선 줄기가 능선으로 뻗어 나갔다. 광선은 그대로 비적들을 관통했다.

퍼퍼퍼—!

연이은 폭음과 함께 광선 줄기에 관통된 비적들의 상체가 산산이 부서졌다. 비명도 채 지르기 전에 그들은 하체만 남은 참혹한 시체로 화하고 말았다.

광선 줄기는 하나의 나무 지팡이였다. 순식간에 비적들 십여 명의 목숨을 앗아간 지팡이는 능선 너머로 날아가 떨어졌다.

"……?"

환유성의 놀라움은 이루 말할 수 없었다.

벌떡 일어선 그는 눈을 커다랗게 뜨며 지팡이가 날아든 궤적을 따라 시선을 이동시켰다.

파오 주변의 우리로 양 떼를 몰아넣는 한 노인이 그의 시선에 들어왔다. 워낙 거리가 멀어 노인의 용모까지는 분간할 수가 없었다. 그저 다리를 심하게 저는 절름발이임을 알 수 있었을 뿐이다.

"으음, 믿을 수가 없군."

환유성은 노인이 위치한 곳과 비적들이 죽은 능선까지의 거리를 가늘해 보았다. 족히 오백 장은 넘을 먼 거리였다.

그는 잠시 혼란에 빠졌다.

병기도 아닌 단순한 나무 지팡이를 날려 오백 장 밖의 적을 살상하는 것이 과연 가능한 일일까. 그것도 한 명이 아니라 십수 명에 달하는 표적을 모두 관통시켰으니 이는 신기라고 밖에 할 수 없는 일이다.

강족 용사들 역시 어찌 된 상황인지 알 수가 없지만 여인을 무사히 구출하게 된 것을 하늘의 도움으로 여겼다. 그들은 모두 말에서 내려 부락 수호신에게 감사의 예를 올렸다.

"와아아!"

"수호신께서 우리 부락을 지켜주셨다!"

가슴을 졸이며 지켜보던 부락민들 모두는 감격에 젖어 환호성을 질렀다.

환유성은 짐승 우리를 닫고 부락민들과 어울리는 노인에게로 시선을 고정시켰지만 이내 부락민들과 뒤섞인 그의 모습을 찾아낼 수가 없었다.

"이런 수법은 검도 최상승이라는 어검술을 익힌 개세고수만이 펼쳐낼 수 있다. 내가 알기로 이런 절기를 펼쳐 낼 수 있는 사람은 세상을 통틀어 다섯 명도 되지 않아."

그는 옆에서 한가롭게 풀을 뜯고 있는 소추의 갈기를 어루만졌다. 그의 가슴속으로 묘한 설렘이 파문처럼 번져 나갔다.

그는 또 한 번 개안(開眼)을 하게 되었다. 하늘 밖의 하늘을 본 것이다. 그가 마음속으로 닿아 있다고 여긴 하늘은 진정한 하늘이 아니었다.

그는 입가에 환희에 찬 미소가 물씬 배어 나왔다.

"세상은 천외천(天外天)이야!"

2

환유성이 절름발이 양치기 노인의 파오로 찾아간 것은 짧은 해가 서산에 걸렸을 때였다. 그는 구유주 한 통을 어깨에 걸머메고는 파오 안으로 들어섰다.

"들어가도 되겠소?"

등받이도 없는 의자에 앉아 있던 절름발이노인은 단도로 나무 지팡이를 다듬고 있었다.

"이미 들어왔지 않은가?"

쉰 듯한 음성이었지만 어딘가 모르게 위엄이 서린 어조였다.

파오 안으로 들어선 환유성은 무심한 눈빛으로 내부를 둘러보았다.

파오는 그다지 넓지 않은 데다 절반은 새끼 양들을 위해 짚단이 깔려 있어 아주 어수선했다. 나무 침상과 작은 통나무 탁자가 가구의 전부였다. 얼마 되지 않는 옷가지는 늘어진 줄 위에 아무렇게나 얹어져 있었다.

환기도 잘 시키지 않아 냄새가 지독했지만 환유성은 전혀 개의치 않은 표정으로 탁자 위에 구유주를 내리며 앉았다.

"한잔하시겠소?"

그는 귀퉁이가 깨진 사발을 두 개 찾아 구유주를 부었다.

침상에 걸터앉아 지팡이를 다듬고 있던 노인이 비로소 고개를 쳐들며 그를 응시했다.

천년고목의 등걸처럼 쭈글쭈글한 주름살은 족히 백 년 세월을 지내온 듯싶었다. 늘어진 갈색 곱슬머리는 때와 먼지로 범벅이 되었고, 이도 듬성듬성 빠져 있었다.

그럼에도 불구하고 갈색 빛을 발하는 눈망울은 아이처럼 맑았다. 노인의 눈만 보고 있으면 과연 백 년 풍상을 겪으며 늙어버린 노인인지 의심스러울 정도였다.

노인은 절뚝절뚝 걸음을 옮겨 환유성 앞에 마주 앉았다.

그는 시큼한 구유주를 단숨에 한 사발 들이켰다. 이가 별로 없어 절반은 턱을 타고 흘러내렸다.

그는 때묻은 소매로 입가를 닦으며 물었다.

"자네가 얼마 전부터 부락에 머물러 있다는 한족이군?"

"한족은 아니오."

노인은 건성으로 고개를 끄덕였다.

"맞아. 요동 출신이라 했지 아마?"

"한어에 능하시군."

환유성은 술을 한 모금 들이키고는 식사를 겸해 가져온 건육 안주를 우물우물 씹었다.

"노부는 백 년을 살아오면서 세상에 안 가본 곳이 없네. 중원에서 십수 년은 지냈으니 능할 수밖에."

"난 환유성이오."

“노부는… 모두들 율로라 부르니 자네도 그리 부르게나.”

“이곳에 산 지 오래됐소?”

율로는 이가 부실해 씹기도 불편하듯 단도로 건육을 잘게 썰었다.

“칠팔 년은 됐네.”

“그전에는 어디에서 지냈소?”

“노부를 심문하는 겐가?”

율로가 몹시 불쾌한 표정을 짓자 환유성은 자신의 빈 사발에 술을 채웠다.

“말하기 싫으면 하지 않아도 괜찮소.”

“그렇다면 술맛 떨어지는 일은 없겠군.”

율로는 맑은 눈으로 가볍게 웃음을 지었다.

환유성은 주변에서 어슬렁거리는 새끼 양들을 둘러보았다. 새끼 양들은 매애매애 울어대며 율로 뒤로 모여 섰다. 율로는 새끼 양들을 쓰다듬어 주며 한마디 던졌다.

“자넨 악인은 아니군. 양이란 녀석들은 아주 예민해 사악한 기운을 지닌 자들을 보면 질색을 하며 달아나지.”

“선인도 아니오.”

“알고 있네. 이 녀석들이 자네에게 붙지 않는 걸 보면 착한 사람은 못 되는 게 확실해.”

환유성은 물끄러미 그를 응시하다 뜬금없이 물었다.

“율로의 무공이라면 중원과 새황 어디에도 적수가 없을 정도인데 왜 이런 외진 부락에 숨어 사는 거요?”

율로는 새끼 양 한 마리를 안아 다독이며 천연덕스럽게 물었다.

"그게 무슨 소리인가?"

"오백 장 밖에서 나무 지팡이를 날려 비적들 십수 명을 정확히 관통시킨 무공은 내 처음 보았소. 상승검도인 어검술이 분명하오. 그런 절학을 아무렇게나 펼칠 정도라면 내 검으로도 율로를 이길 수 없을 것 같소."

율로는 그의 말을 전혀 못 들은 듯 새끼 양을 내려주고는 건육을 우물거렸다.

"에고, 없는 이마저 빠지겠군. 왜 이렇게 질겨?"

"내 몸이 회복되는 대로 율로와 한번 겨뤄볼 생각이오."

도전하는 자는 적극적이었지만 받아들이는 자는 도통 반응이 없었다.

"어지간히 회복된 것 같은데 내일 떠나게나."

"떠나고 말고는 내가 결정할 일이오."

"때로는 쓸데없는 호기심 때문에 몸을 망치는 수가 있네."

율로는 몸을 일으키고는 절뚝절뚝 침상 쪽으로 걸어갔다. 침상에 걸터앉은 그는 다시 나무 지팡이를 손질하기 시작했다.

환유성은 술통을 흔들어 남은 술을 가늠하고는 빈 술잔에 절반만 따랐다.

"나도 남의 과거사는 관심이 없소. 그저 율로의 검법을 보고 싶을 뿐이오."

잔을 들이킨 그는 잘 자라는 인사도 없이 파오를 나갔다.

율로는 그가 나가든 말든 개의치 않고 지팡이를 다듬는 데에만 전념했다. 잔가지를 쳐내 매끄럽게 된 지팡이를 쥐고 살피던 그가 갑자기 지팡이를 뚝 분질렀다.

그는 환유성이 나선 파오의 입구 쪽으로 시선을 고정시켰다. 아이처럼 맑은 눈망울에 형용할 수 없는 광채가 발산되었다.

"……."

한참을 응시하던 그는 안광을 거두고는 나직이 한숨을 쉬었다.

"그저 모든 원한을 접고 초야에 묻혀 살려 했건만… 운명은 왜 또 나를 괴롭히려 한단 말인가?"

3

대륙의 중심이라 할 수 있는 장안은 신춘을 맞이해 인파로 북적이고 있었다.

서북방의 전운과 무림천하의 변란이 동시에 전개되는 상황이었지만 장안의 상점들과 객잔, 기루는 여전히 문전성시를 이루고 있었다.

전쟁이 터지면 엄청난 물자가 소요되기에 대규모 상단마다 철과 피륙, 양곡, 마필을 확보하기에 여념이 없었고, 상인들의 왕래가 잦으니 객잔과 기루 또한 덩달아 몰려드는 손님을 맞느라 부산을 떨어야 했다.

장안제일의 기루 원앙각 역시 부호들의 잦은 회합으로 어지간한 사람은 발도 들여놓을 수 없을 만큼 북적였다.

하지만 장안의 소란스러움 속에서도 단 한 곳 벽향원만은 예외였다. 벽향원은 굳게 문을 닫아건 채 일체의 손님을 받지 않았다. 세상이 예전과 같은 평온을 되찾을 때 비로소 문을 연다는 것이 옥잠화의 입장이었다.

일부 사람은 기녀답지 못한 처신이라며 괘씸하게 여기기도 했지만 대다수 사람들은 과연 옥잠화다운 결정이라며 그녀를 높이 평가했다.

원앙각은 이제 단순한 기루가 아니었다.

각주 홍예화가 만금을 아끼지 않고 만년음양선과를 구해 강무영에게 증정한 이후 원앙각의 명성은 더욱 높아졌다. 태양천주는 감사의 뜻으로 면사금전(免赦金錢)을 하사했다. 이는 옥잠화가 받은 은사금전과 더불어 태양천주만의 신물이다.

하기에 벽항원이 문을 닫았다 하여 불만을 품은 자들도 함부로 시비를 걸 수가 없었다. 원앙각에 대해 행패는 곧 태양천주의 권위에 대한 도전이기 때문이다.

위하(胃河) 좌우로 늘어선 매화나무마다 짙은 향기가 피어오르고 낙조 빛에 물든 물결이 황금빛으로 곱다.

잔잔히 흐르는 위하의 수면은 상춘객들의 놀잇배로 가득했다. 청홍의 등을 밝힌 놀잇배마다 기루와 악사를 대동한 문객들과 부호들이 술잔을 마주 치며 겨우내 움츠렸던 몸을 활짝 폈다.

여기저기서 문객들이 옛 시인의 시를 읊조리면 가기(歌妓)들이 꾀꼬리 같은 음성으로 노래를 불러 화답한다.

수면 위로 정겨운 웃음소리가 넘실거리는 가운데 갑판 좌우로 휘장을 두른 놀잇배 한 척이 하류를 따라 천천히 흘러가고 있었다.

주인의 지시 때문인지 늙은 사공은 다른 배와 인접하는 것을 피할 뿐 배가 물결을 따라 흘러가도록 내버려 두었다.

두 시녀는 비단 휘장을 걷고 망사 휘장을 내려 밖의 정경을 볼 수 있
도록 배려하고는 선실 안의 주인에게 고했다.

"아가씨, 이제 나오셔도 됩니다."

한 여인이 긴 치맛자락을 사락사락 이끌며 나서는 순간 저물어가던
석양이 기절하듯 서산 뒤로 내려앉았다.

백옥처럼 흰 피부와 허리까지 치렁치렁한 금발, 그리고 가을 호수처
럼 시원스런 푸른 벽안은 여인의 옥용을 더욱 신비스럽게 만들어주었
다. 요란스럽게 치장을 하지 않았지만 그러하기에 더욱 신선한 아름다
움을 느끼게 해준다.

여인은 바로 천하제일의 기녀 옥잠화였다.

그녀는 간단한 주안상이 차려진 탁자 앞에 앉았다. 망사 휘장이 드
리워져 안에서는 외부의 야경을 감상할 수 있지만 외부에서는 그녀의
용태를 쉽게 파악할 수 없다.

예전에 무심코 나섰다가 은살귀서에게 큰 곤욕을 치른 후부터 그녀
는 비교적 조심스럽게 행동하게 되었다.

그녀의 용모는 워낙 독특해 신분이 쉽게 발각된다.

그녀가 아무리 천하제일의 기녀라는 명성을 지녔어도 기녀는 기녀
일 뿐이다. 누구라도 쉽게 그녀에게 농을 걸어올 수도 있고 수작을 부
릴 수도 있다. 그녀가 태양천의 비호를 받고 있기에 목숨을 걸고 욕을
보일 자는 없겠지만 공연히 모습을 드러내 불상사를 일으킬 필요는 없
는 일이다.

옥잠화는 모처럼의 나들이에 가슴이 시원해졌다. 두 시비인 여홍과

소청을 마주 앉혀 술을 주고받으며 여느 상춘객처럼 매화 향기 그윽한 봄밤을 즐겼다.

"아, 정말 상쾌해. 벽향원이 아무리 잘 꾸며졌어도 자연 그대로의 이런 정취에 어찌 비하겠어?"

발갛게 상기된 그녀의 모습이 더욱 매력적으로 보인다.

시비인 여홍과 소청은 그녀가 환유성을 만난 이후 자주 상념에 빠지는 것을 알기에 연신 수다를 떨며 그녀의 기분을 풀어주기에 애썼다.

"그래요, 아가씨. 벽향원을 찾아올 손님도 없으니 각주님께 말씀드려 멀리 강남까지 외유나 다녀오시죠?"

"소인들도 항주와 소주는 꼭 한 번 구경 가고 싶어요. 하늘에는 천당이 있고 지상에는 소항(蘇杭)이 있다잖아요? 정말 멋질 거예요."

옥잠화는 위하변의 매화나무를 바라보며 다소 애조 띤 미소를 지었다.

"나도 그러고 싶지만 혹시 그분이 찾아오시면 어쩌지?"

"아가씨……."

"그래, 너희들이 무슨 말을 하려는 줄 알아. 하지만 어쩌겠어? 내 마음은 모두 그분이 가져가 버린걸. 내가 기녀 생활을 그만두어도 난 벽향원을 떠날 수 없어. 언젠가 한 번은 그분이 찾아오실 테니까. 유일한 바람은 내가 늙고 추해지기 전에 그분을 한 번 만나뵙는 거지."

그녀는 술을 한 잔 들이키고는 자조적인 웃음을 지었다.

"후훗, 정말 우스워. 찾아올 사람은 생각지도 않고 있을 텐데 혼자 몸달아 기다리고 있으니 말이야."

이럴 때면 칠현금을 뜯고 노래라도 불러 상심을 달래야 했지만 그녀의 노랫소리와 금음의 솜씨 또한 워낙 뛰어나 신분이 금방 탄로나고 만다. 지금 그녀의 마음을 달래줄 것은 술뿐이었다.

그녀가 다시 술을 청하자 여홍이 만류했다.

"아가씨, 많이 취하셨어요."

"괜찮아. 취하려고 마시는 게 술이 아니겠어?"

소청이 시무룩한 표정으로 한마디 했다.

"공자님께서 일전에 만금상단을 통해 황금을 보내오신 후부터 더 울적해지신 것 같아요."

"왜 아니겠니? 그분이 비록 선금이라 말하셨다지만 빚을 정리하신 거지. 아마도 영원히 날 찾지 않을지도 몰라."

옥잠화답지 않은 신세타령에 두 시비는 덩달아 슬퍼졌다. 그들의 상전을 가슴 아프게 만든 무심한 사내가 너무 원망스러웠다.

세상에 알려지지 않은 비밀이 한 가지 있다.

홍예화가 만금을 들여 만년음양신과를 구입하게 된 것은 옥잠화의 강력한 요청 때문이었다. 그녀는 벽향원을 통해 벌어들인 수천금을 아낌없이 내놓았고 나머지만 홍예화가 충당한 것이다.

그녀가 강무영을 위해 이토록 애를 쓴 이유는 아주 간단하다.

환유성이 강무영을 구하기 위해 의독성수를 악인궁 수뇌들 손에서 구출했다는 소문 때문이었다. 강무영이 환유성에게 소중한 존재라면 자신 또한 도와야 한다는 것이 그녀의 생각이었다.

그녀의 이런 심정을 그가 눈곱만치라도 짐작할 리 없겠지만 그녀는 그를 위해서라면 목숨이라도 내놓을 만큼 병적인 집착에 빠져 있었다.

그녀가 너무 취한다 싶자 소청은 늙은 사공에게 눈짓을 보냈다. 사공은 부지런히 노를 저어 배를 강변에 댔다.

그녀를 태우기 위한 마차가 줄곧 강변을 따라 달려왔기에 소청과 여홍은 옥잠화를 부축해 곧바로 마차에 오를 수 있었다.

다각다각……!

마차는 적당한 속도로 달려갔다.

옥잠화는 마차 안에 기대앉아 창문을 가린 휘장을 슬쩍 젖혔다. 강변을 따라 갓 피어난 풀들이 융단처럼 펼쳐져 있었다.

그녀는 문득 낯익은 장소를 발견하고는 환유성과의 첫 만남을 떠올렸다.

'맞아. 이곳이었어! 차라리 은살귀서에게 욕을 당했다면 그저 한순간의 치욕으로 끝났을 일이었는데…….'

그녀는 모두가 꺾고자 하는 천하의 꽃인 자신을 한갓 잡초처럼 여기는 그의 무심한 눈빛을 상기했다.

'처음에는 단지 그분의 무심함을 깨뜨리기 위한 오기였었지.'

거의 죽어가는 그를 소추가 태우고 찾아왔을 때 그녀는 그의 마음을 얻을 수 있다는 자신감에 기뻐했다. 하지만 얻은 것은 상심뿐이었다. 그녀가 자존심까지 굽히며 애원했지만 돌아온 것은 겨울바람처럼 차가운 냉대였다.

'야속하신 분… 당신과 하룻밤을 보냈다면 이처럼 허전하지는 않을 겁니다. 당신과의 깊은 추억을 평생토록 가슴에 담아두었을 테니까요.'

옥잠화의 푸른 눈망울에 맑은 이슬이 그렁그렁 맺혔다. 너무도 아름다운 눈에서 흐르는 눈물은 보석처럼 반짝였다.

이 순간, 단말마와 함께 마차가 심하게 흔들리며 말들의 구슬픈 울음소리가 들려왔다.

이히힝—!

마차는 방향을 잃고 길 옆 구덩이로 처박혔다.

"에그머니나!"

"대체 무슨 일이지?"

놀란 여홍과 소청이 마차 문을 열고 밖으로 나섰다.

"아앗!"

두 시비는 목이 달아난 채 쓰러진 마부와 두 필의 말을 보고는 새파랗게 질렸다.

마차는 한 무리의 불한당에 의해 포위된 상태였다. 번득이는 창검을 들고 다가서는 자들은 탐욕스런 눈빛을 번들거렸다. 원앙각에 대한 행패는 태양천에 향한 도전이었지만 그들은 전혀 개의치 않는 모습이었다.

그들을 대동한 우두머리는 시꺼먼 얼굴색이 쥐를 방불케 했다. 바로 천사신검의 제자인 은살귀서였다.

"이년들, 또 만났구나."

그는 너무도 놀라 이를 딱딱 마주치는 여홍과 소청의 머리채를 한 손으로 잡아채 쓰러뜨렸다.

"이년들은 니들 차지다!"

그가 두 시비를 수하들에게 던져 주자 수하들은 음탕한 괴소를 흘리며 두 시비의 옷을 찢듯이 벗겨갔다. 여홍과 소청은 힘을 다해 앙탈을 부렸지만 오히려 그들의 욕정을 자극할 뿐이었다.

“무슨 짓들이냐!”

마차에서 내려선 옥잠화가 외치자 은살귀서는 섬뜩한 웃음을 지으며 뚜벅뚜벅 다가섰다.

“옥잠화, 네년을 다시 만나게 되었구나.”

옥잠화는 그를 보게 되자 가슴이 덜컥 내려앉았다. 술기운이 싹 가신 그녀는 기울어진 마차 벽에 등을 기댔다.

“은… 은살귀서, 네놈이 또 이런 짓을?!”

그녀에게 다가선 은살귀서는 그녀의 멱살을 콱 쥐었다. 그는 대뜸 혀로 그녀의 볼을 핥았다.

“네년 때문에 내 팔이 달아났다. 어떻게 배상할 생각이냐?”

옥잠화는 그를 밀치며 그의 더러운 침이 묻은 볼을 소매로 문질렀다.

“환 공자께서 왜 너 같은 자의 목을 베지 않았나 모르겠다. 이 비열한 놈!”

“흐흐, 네년은 사흘 밤낮 동안 날 위해 봉사해야 한다. 연후 싸구려 사창가에 팔아넘기겠다. 네년의 잘난 몸뚱이는 천하 사내들 모두를 위해 필요하지.”

옥잠화는 그를 직시하며 매섭게 외쳤다.

“날 건드리면… 태양천에서 용서치 않을 것이다!”

“태양천?”

은살귀서는 짐짓 두려운 표정을 짓다가 느닷없이 오만한 웃음을 터뜨렸다.

“케헤헤… 미친년, 태양천도 이제 끝났다. 사부님께서는 지금 심각하게 저울질을 하고 계신다. 이 참에 암흑마국을 돕는다면 한자리는 차지할 수 있을 테니까. 저물어가는 태양천 따위를 누가 두려워한단 말이냐?”

은살귀서는 그녀를 쓰러뜨리고는 발로 가슴을 짓눌렀다.

“악!”

옥잠화는 숨이 턱 막혀왔다. 그의 발을 밀치려 했지만 그녀의 연약한 힘으로는 어림도 없는 일이었다.

“행여 혀를 깨물고 자결할 생각은 마라. 그랬다가는 네년의 두 시비를 짐승 우리에 처넣어 수간을 당하게 만들 테니까.”

옥잠화는 사내들에 의해 농락당하는 두 시비의 비명 소리를 들으며 눈을 질끈 감았다.

“은살귀서, 네놈은 반드시 천벌을 받게 될 것이다!”

“흐흐, 천벌? 그 따위 게 있다면 세상천지에 악당들은 존재하지 않았어.”

은살귀서는 키득거리며 그녀를 깔고 걸터앉았다.

“젠장, 손이 하나뿐이라 되게 불편하군.”

그는 옥잠화의 육봉을 거칠게 애무하며 그녀의 입술에 입을 맞춰갔다. 그녀가 도리질을 하며 그의 역겨운 입 냄새를 피하자 그는 냅다 따귀를 갈렸다.

“이 화냥년!”

“악!”

모진 손길에 맞은 옥잠화는 정신이 아득해졌다. 입가로 가는 선혈이 흘러나왔다.

은살귀서는 몸을 일으키고는 허리춤을 풀었다.

"네년은 오늘 세상에서 가장 짜릿한 쾌락에 젖을 것이다."

그가 막 흉물스런 부위를 드러내기 직전이었다. 갑자기 박 깨지는 소리와 함께 수하들의 다급한 비명성이 들려왔다.

"캐액!"

"허억, 웬 놈이냐!"

두 시비를 거의 알몸으로 만든 채 희롱하던 수하들은 기겁을 하며 물러섰다. 그들은 병장기를 꼬나 쥔 채 바싹 긴장한 표정으로 주변을 쓸어보았다. 역한 피비린내 속에 벌써 네 명의 동료가 머리통이 깨진 채 널브러져 있었다.

한 명의 건장한 청년이 쌍철극을 걸머멘 채 천천히 다가서고 있었다. 고슴도치수염의 청년은 한눈에도 완력이 대단해 보이는 체력이었다.

그는 부릅뜬 고리눈으로 수하들을 쓸어보았다.

"연약한 부녀자나 노리는 쓰레기 같은 놈들!"

은살귀서는 잔뜩 인상을 찡그리며 바지를 추켜 올렸다.

"젠장, 결정적인 순간마다 꼭 훼방꾼이 나타나는군."

그는 고슴도치수염의 청년과 마주 서며 쇠갈퀴를 뽑아 들었다. 그는 상대의 당당한 체격에 내심 주눅이 들었지만 든든한 사부를 믿고 있기에 두려울 것이 없었다.

"웬 놈인지 모르지만 당장 꺼져라! 내 사부님은 천하오검 중 으뜸인 천사신검이시다!"

고슴도치청년은 가소롭다는 듯 쩌렁쩌렁한 웃음을 터뜨렸다.

"푸하핫! 천사신검이 그토록 대단한 존재냐?"

"미친놈, 아무리 무식해도 천사신검을 모른단 말이냐?"

"물론 안다. 사황의 검법을 계승한 절세검객이지. 하지만 지금 이 순간 네놈을 구해줄 능력은 없다."

청년은 어깨에 걸머멘 쌍철극을 그대로 내려쳤다. 상대의 허세 따위는 전혀 도외시한 가차없는 공세였다.

"허억!"

은살귀서는 급히 쇠갈퀴를 휘둘러 막았다.

비록 천하의 난봉꾼이지만 그는 절세검객을 사부로 둔 일류고수다. 환유성과 같은 절대쾌검에게 걸려 한 팔을 잃었지만 웬만한 고수와는 능히 겨룰 능력이 있는 그였다.

하건만 고슴도치수염의 청년은 상상도 못할 고수였다. 가볍게 쌍철극을 내려쳤을 뿐이건만 그 위력은 산악을 쪼갤 정도였다.

챙그렁!

은살귀서의 철구가 깨지며 동시에 그의 머리통도 함께 박살났다. 사부를 등에 업고 세상 넓은 줄 모르고 거들먹거리던 그로서는 너무도 어처구니없는 최후였다.

"허억!"

"두, 두령께서?!"

"마, 맙소사! 이제 우리는 모두 천사신검께 죽었다!"

수하들은 아우성을 치며 모두 달아났다.

겨우 옷을 걸쳐 입은 여홍과 소청은 옥잠화와 부둥켜안으며 울음을 터뜨렸다.

“흐흑, 아가씨!”

“정말 다행입니다요.”

“그래, 너희들도 무사했구나.”

옥잠화는 두 시비를 진정시키고는 고슴도치수염의 청년 앞에 서며 한쪽 무릎을 꿇었다.

“은공께 감사드립니다. 소녀 옥잠화라 하옵니다.”

“오, 소저께서 그 유명한 장안제일기녀 옥잠화란 말이오?”

청년은 의외라는 표정으로 그녀를 내려다보다 손을 흔들었다.

“어서 일어나시오. 하마터면 쥐새끼 같은 놈에게 큰 곤욕을 당할 뻔했소.”

옥잠화는 참혹하게 죽은 은살귀서를 힐끔 보고는 얼른 외면했다. 그녀는 몹시 걱정스런 눈빛으로 청년을 응시했다.

“은공께서는 이제 큰 화를 입게 되셨습니다. 저 추악한 자를 그저 혼내 쫓아보내셨어야 했습니다. 이자의 사부는 천사신검으로 아주 무서운 고수입니다. 어서 피하셔야 합니다.”

청년은 별반 대수롭지 않은 표정으로 응수했다.

“하하핫! 죽어야 할 놈을 죽였을 뿐인데 날 어찌하겠소?”

“그런 말씀 마십시오. 천사신검은 용렬한 사람으로 제자의 악행을 알면서도 전혀 꾸짖지 않았습니다. 그의 제자가 죽었으니 반드시 복수를 하러 올 겁니다.”

“복수를 해도 날 찾아올 것이니 옥 소저는 걱정 마시오.”

옥잠화는 청년이 천사신검을 전혀 두려워하지 않자 내심 놀라움을 금할 수 없었다.

‘설마 천사신검을 능가할 절세고수란 말인가?’

청년은 그녀를 향해 눈을 찡긋해 보이며 호쾌한 음성으로 청했다.

“이것도 인연인데 벽향원에서 술 한잔 마실 수 있겠소?”

“예에……?”

옥잠화는 조금은 특별한 사람이다 싶어 물끄러미 그를 바라보았다. 사내로서는 호감을 가질 만한 호걸풍의 용모였다.

“하핫! 너무 경계하지 마시오. 소문에 의하면 옥 소저는 내 친구와 각별한 관계라 하여 관심을 갖는 것뿐이오.”

“친구라 하셨나요? 대체 어느 분이시기에…….”

“반검무적으로 불리는 녀석이오. 환유성 말이오.”

“아……!”

옥잠화는 그 이름을 듣는 것만으로 가슴이 설레었다. 그가 지척에 있는 듯 가슴이 두근거렸다.

그녀는 다소 상기된 표정으로 물었다.

“정녕 환 공자의 친구시옵니까?”

“요동 시절 함께 현상범들을 사냥했던 사람이오. 환유성, 금류향과 더불어 요동의 삼대 현상범 추적자로 이름을 떨쳤지. 난 장백투호 영호찬이오.”

옥잠화는 공손하게 손을 모았다.

“영호 대협이셨군요. 몰라뵈어 송구스럽습니다.”

“하핫, 중원에 들어서는 잠깐 현상범들을 사냥했으니 나에 대해서는 잘 모르는 것이 당연하오.”

옥잠화는 허리를 굽히며 그를 안내했다.

“가시지요. 기꺼이 벽향원으로 모시겠습니다.”

“한데 말이오, 난 은자가 별로 없소. 벽향원에서 하룻밤을 지내려면 무려 황금 삼백 냥이 있어야 한다면서?”

영호찬이 슬쩍 옥잠화의 눈치를 살피자 그녀는 살포시 미소를 지었다.

“벽향원은 지금 영업을 하고 있지 않습니다. 이건 사적인 접대일 뿐입니다. 게다가 소녀를 구해준 은공이신데 미천한 기녀라 하여 어찌 그 은혜를 모르겠습니까?”

“그렇다면 편한 마음으로 방문하겠소.”

영호찬은 앞서 걸으며 그녀를 향해 호탕한 웃음을 지었다.

“잠자리는 요구하지 않을 테니 부담은 갖지 마시오. 하핫!”

옥잠화는 볼을 살짝 붉혔다. 그녀는 여홍과 소청을 대동하고 그의 뒤를 따랐다.

‘환 공자와 달리 호탕한 분이시군.’

그녀는 가슴을 누르며 흥분을 가라앉혔다. 환유성과 연관된 일이라면 무엇이든 그녀를 설레게 하기 때문이다.

‘환 공자, 이 친구 분을 통해 당신에 대한 얘기를 듣는 것만으로 소녀는 행복할 수 있답니다.’

4

따뜻한 봄볕을 맞으며 풀을 뜯는 가축들의 모습이 더없이 한가하게 보인다.

영합 부락 주변의 초지 위로 수천 마리의 가축이 삼삼오오 어울려 풀을 뜯고 있었다. 능선 위로는 비적들을 경계하기 위한 용사들이 번을 섰고, 어린 목동들은 갓 배운 기마술을 자랑하며 기슭을 따라 달리고 있었다.

절름발이 율로는 절뚝절뚝 걸음을 옮기며 실개천으로 양 떼를 몰아가는 중이었다. 지팡이를 짚으며 걷는 그의 모습은 금세라도 쓰러질 듯 보여 안쓰럽기까지 했다.

다각다각……!

가벼운 말발굽 소리와 함께 그의 뒤로 말끔하게 손질된 소추가 다가섰다. 부락을 떠날 요량인지 환유성은 간단한 행장을 꾸리고 있었다.

소추가 희디흰 백마로 탈바꿈한 것은 부락의 아이들 덕분이었다. 말을 가족처럼 아끼는 아이들이라 지저분한 소추의 몰골을 차마 볼 수 없어 깨끗하게 목욕을 시켜준 것이다. 게다가 정성껏 빗질까지 해줘 소추의 모습은 흡사 천마를 방불케 했다.

소추는 그런 아이들을 태우고 부락 주변을 삽시간에 열 바퀴나 돌며 아이들을 즐겁게 해주었다.

율로는 그를 쳐다보지도 않고 물었다.

"이제 떠날 참인가?"

"부상도 어느 정도 쾌유되었소. 율로가 비검을 받아주지 않으니 머물 이유도 없지 않소?"

"부락민들에게 얘기를 들으니 자네 무서운 고수더군? 자네가 환유성이라면 분명 반검무적일 테지. 극검마왕이 자네와의 대결에서 패해 죽었다는데 사실인가?"

환유성은 예의 권태로운 표정으로 대답했다.

"비무를 한 건 확실하지만 그가 죽는 건 못 봤소. 난 그와의 비무는 생각하고도 싶지 않소. 기억에서 지우고 싶은 부끄러운 대결이었소."

"중요한 건 결과 아닌가? 자네가 어떤 술수를 부렸던 살아남은 자는 자네였으니 승자임에는 분명하지."

율로는 어린 양 한 마리를 안아 다독였다.

환유성은 넓은 초지를 둘러보며 말을 받았다.

"살아 있다 하여 반드시 승자는 아니오. 때로는 삶이 치욕스러울 수도 있으니까."

그의 시선이 율로의 맑은 눈에 꽂혔다.

"율로처럼 말이오."

순간 율로의 주름진 얼굴이 가볍게 씰룩거렸다. 그는 어린 양을 내려놓으며 공연히 지팡이로 엉덩이를 쳤다.

"자네 혀가 아주 예리하군. 상대의 심장을 후벼 팔 만큼 독해."

"가겠소."

환유성은 소추를 몰아 능선으로 향했다.

율로는 지팡이를 불끈 쥐었다. 과거의 그였다면 이 건방진 청년을 일초반식으로 처단했을 것이다. 누구도 그 앞에서 고개조차 들지 못했건만 지금은 한갓 추레한 양치기 노인이 되어 비웃음을 참아야 했다.

그가 애써 비웃음을 참아 넘긴 건 신분이 탄로날까 우려해서가 아니었다.

모든 것을 잃은 대신 명예와 야망보다 더 소중한 심적 평화를 얻은 그였기에 다시는 강호의 은원에 연루되지 않기 위해서였다.

피맺힌 원한을 가슴 밑바닥에 묻으며 복수심마저 극복한 그는 그저 남은 여생을 초야에 묻혀 살기를 원했다. 하기에 영합 부락에서 살아 온 칠 년 삶은 그의 칠십 년 영광보다 행복할 수 있었던 것이다.

율로는 나직이 한숨을 쉬며 지팡이를 내렸다.

'이것이 나의 마지막 시험이다. 이미 나름대로 삶을 깨우쳤다 자부했거늘 아직도 심적 동요를 이겨내지 못하다니…….'

그가 고개를 저으며 막 몸을 돌릴 때였다.

뿌우우—!

뿔 나팔 소리와 함께 능선 위에서 번을 서던 부락의 용사 둘이 부락을 향해 말을 몰아왔다. 다시 비적들이 나타났나 싶어 목동들과 아낙들은 급히 가축들을 몰아 부락으로 향했다.

"어서 마을로 피하시오!"

용사들이 말을 달리며 외쳐 대자 율로가 물었다.

"또 비적 놈들인가?"

"아니오. 비적치고는 너무 숫자가 많소."

"하면 적풍사의 무리들인가?"

다른 용사가 머리를 긁적이며 대답했다.

"흡사 군병들 같소. 기치를 높이 쳐들고 달려오는데 깃발에는 '國'이란 글자가 새겨진 것 같소."

"……!"

율로의 표정이 심각하게 굳어졌다. 용사 둘이 다른 곳으로 달려가자 그는 양 떼를 내버려 둔 채 절뚝절뚝 능선으로 향했다.

환유성은 능선 위에 서서 지평선 자욱이 먼지를 일으키며 달려오는 무리들을 응시하고 있었다.

대다수 기마병들로 족히 삼백 명은 되어 보였다.

덮개가 없는 교자에는 두 명이 타고 있었고, 장신의 복면인 둘이 꼿꼿이 선 채 날아오고 있었다. 복면인 둘은 각기 비수와 쇠사슬로 무장했는데, 한 번 도약할 때마다 이삼십 장을 가볍게 건너뛰었다.

소추 옆으로 율로가 다가섰다.

"자네는 피하는 게 좋겠군. 암흑마국의 마두들일세."

"피할 사람은 율로요. 날 찾아온 놈들이니 내가 상대하겠소."

율로가 의아한 표정으로 그를 올려다보았다.

"자네를 찾아왔다고? 자네는 암흑마국과도 원한이 있는가?"

"없소. 아마 놈들이 내게 원한이 있을 것이오."

환유성은 소추를 몰아 천천히 능선 아래로 향했다. 그는 상대가 누구든 아무런 두려움 없이 맞설 수 있는 사람이다.

율로는 환유성을 굽어보며 지그시 이를 물었다. 가슴속의 갈등이 흔들리는 눈빛을 통해 내비쳐졌다. 지팡이를 쥔 그의 손등에 푸른 힘줄이 두둑 돋아 오른다.

'두 마신과 팔대마공 중 둘이 출동한 이상 이 아이는 절대 이길 수 없다. 극검마왕을 격파한 절세지검을 지녔다 해도 저들 모두를 당해낼 수는 없어.'

그는 지그시 눈을 감았다.

그가 환유성과 만난 지는 며칠에 불과했다. 그가 처음 구유주를 들고 찾아온 이후 간혹 만나 술을 나누고 사람들과 둘러앉아 구운 고기를 먹은 것이 전부였다.

대화는 별로 없었다. 그들은 자신에 대해 서로 밝히지 않으려 하니 대화가 이루어질 수가 없었다. 하지만 두 사람은 멀리서 서로를 보는 것만으로 정신적 교감을 느낄 수 있었다.

환유성에 있어 율로는 신비 그 자체였고, 율로에게 있어 환유성은 난생처음 대하는 보석이었다.

이들은 세상을 꿰뚫어 볼 수 있는 심안을 지닌 사람들이다. 상대를 지켜보는 것만으로 서로의 심중을 파악할 수 있다. 철저하게 변모된 모습을 지닌 자라도 그들의 심안을 속일 수 없다.

하건만 그들은 서로를 정확히 들여다볼 수 없었다. 각기 지닌 심안이 서로에게 방패가 되었기 때문이다. 이는 두 개의 거울을 마주 세워 놓고 들여다보면 그 안에 무한한 거울이 담겨 있는 것과 같은 현상이었다.

그러나 길지 않은 만남 속에서도 두 사람은 서로에게 경이감을 느끼며 심리적으로 얽혀 있었다. 그것은 인간의 힘으로는 결코 이해할 수 없는 운명적 만남이었던 것이다.

율로는 스르르 눈을 뜨며 암흑마국의 마인들 앞으로 당당히 내려서는 환유성을 내려다보았다.

한참을 지켜본 그는 심적 갈등을 해소한 맑은 눈빛을 발했다. 그는 시리도록 푸른 하늘을 응시하며 나직이 중얼거렸다.

"너의 능력만큼 얻을 것이다."

■ 제56장

새황(塞荒)의 무신(武神)

이히힝—!

요란한 말 울음소리와 함께 기마병들이 능선을 등진 환유성을 향해 초승달 형태로 진세를 갖추었다. 그들 앞으로는 넋이 빠진 실혼인들이 꼭두각시처럼 환유성을 향해 다가섰다.

환유성은 귀심곡 입구에서 그들과 한번 겨룬 적이 있기에 굳이 높이 세워 든 깃발을 보지 않더라도 암흑마국의 마인들임을 한눈에 알 수 있었다.

그는 실혼인들과 검수들 따위에는 전혀 관심이 없었다. 그의 시선이 두 명의 장신복면인에 닿는 순간 그는 가슴이 서늘해지는 한기를 느껴야 했다.

그들의 전신에서 뿜어지는 칼날 같은 기운은 상상을 초월하는 마기

였다. 그 위력은 그에게 있어 최강의 상대였던 극검마왕을 능가할 정
도였다.

'인간이 아니군.'

환유성은 대번에 두 장신복면인이 정상적인 인간이 아님을 간파할
수 있었다.

인광이 번득이는 두 눈에는 동공이 없었다. 순간적인 움직임은 빨라
도 관절의 움직임은 뻣뻣하고 몸에서 뿜어지는 부패한 냄새로 미루어
강시가 분명했다.

교자 위에 거만하게 버티고 앉아 있는 두 사람이 실혼인들 앞으로
나섰다.

한 명은 환유성과 한바탕을 접전을 벌인 바 있는 귀명마공이었다.
화려한 장포를 걸치고 있었지만 안면은 그물망처럼 베어져 보기에도
끔찍했다. 손가락 끝이 베어져 나간 두 손은 천으로 감싸져 있었다.

귀명마공은 원독에 찬 눈빛으로 환유성을 쏘아보았다.

"환가야, 과연 태자의 예상대로 멀리 달아나지 않았구나."

"내가 달아날 이유가 뭐냐?"

"크크, 죽지 않으려면 달아났어야지. 하기는 무모하기만 한 네놈이
그럴 리는 없지."

귀명마공은 옆의 교자에 앉은 인물을 소개했다.

"이분은 네놈을 처단하기 위해 친히 납신 태극마공(太極魔公)이시
다."

태극마공이라 불린 자는 키가 넉 자도 안 돼 보이는 꼽추노인이었
다. 다소 붉은 얼굴에 흰 모발, 유난히 긴 팔을 지녀 흡사 원숭이를 방

불게 했다.

그는 오만하게 환유성을 훑어보고는 귀명마공을 질책했다.

"저런 놈에게 당했단 말인가?"

귀명마공은 과거 지옥삼흉 중 일 인으로 천하의 대살성이었지만 태극마공 앞에서는 고양이를 만난 쥐처럼 고개를 굽실거렸다.

"소, 송구하오, 태극마공. 순간적으로 방심하는 바람에……."

"풍문대로 극검마왕을 격파한 놈이라면 방심은 아니야. 자네의 역량이 부족해서지."

태극마공은 흰 구레나룻을 매만졌다.

"네놈이 태자를 만나 두 가지 시합을 벌였다 들었다. 태자는 본좌에게 세 번째 시합을 대신해 달라고 부탁하더군."

"뭔데?"

"클클, 네놈이 목을 베이고도 살아 있는 수 있는지 확인해 달라 하더군."

"훗, 그 비겁한 놈이 왜 직접 나서지 않고 당신 같은 늙은이한테 부탁하는 거야?"

환유성의 오만한 응수에 태극마공의 얼굴색이 더욱 붉어졌다. 하지만 그는 나름대로 정신 수양을 거친 듯 애써 노기를 눌러 참았다.

"발칙한 놈. 요동의 촌놈답게 워낙 무식해 본좌를 보고도 못 알아보는구나."

"원숭이 사촌인가?"

환유성이 그의 모습을 빗대 비아냥거리자 태극마공의 입에서 폭발적인 괴성이 터져 나왔다.

"카우우, 이놈!"

그의 구레나룻과 머리카락이 철사줄처럼 빳빳하게 돋았다. 순간 그의 몸에서 흑백의 기류가 피어오르며 머리 위로 거대한 원반 모양을 형성했다. 흑백의 기류가 급속도로 회전하자 거대한 원반은 태극 도형으로 변했다.

위이잉—

태극원반은 톱날처럼 맹렬히 회전하며 환유성의 머리 위로 떨어져 내렸다.

환유성은 일순 긴장하지 않을 수 없었다.

손도 움직이지 않고 뿜어내는 상대의 공세는 상상을 초월할 만큼 가공했다. 그의 공력이 일취월장했지만 산악이 통째로 붕괴되는 듯한 위력을 뿜어내는 태극강기는 무시할 수가 없었다.

환유성은 만상심법을 일으켜 호신강기를 펼치고는 반검을 휘둘렀다.

"만상호무벽(萬象護武壁)!"

무수한 검형이 피어오르며 그의 몸 주변으로 두터운 검막을 형성했다.

극검마왕의 대결 이후 그의 만상백변식은 다시 한 단계를 올라섰다. 원하는 대로 공격과 수비를 자유롭게 조절할 수 있는 경지에 이른 것이다.

과거였다면 상대의 공격을 곧바로 받아쳤겠지만 이제는 그런 무모함에서 다소 벗어날 수 있었다.

콰— 콰쾅—!

엄청난 굉음에 거대한 평원 전체가 들썩였다.

날아들던 태극강기는 환유성의 검막에 부딪쳐 산산이 부서지며 그의 주변으로 내리 꽂혔다. 그가 위치한 반경 삼 장 이내를 제외하고는 지표가 이 장 깊이로 파헤쳐졌다. 태극마공의 간단한 공세에 능선의 일각이 붕괴된 것이다.

'가공할 공력이군.'

환유성은 겨우 반검을 회수해 검집에 꽂았지만 가슴이 답답해졌다. 반검을 통해 전해진 상대의 태극강기는 실로 가공했다. 공력으로만 논한다면 극검마왕과 비교해도 손색이 없을 만큼 엄청났던 것이다.

태극마공은 단지 검을 휘둘러 자신의 성명절학을 막아낸 환유성을 응시하며 가상하다는 듯 괴소를 흘렸다.

"클클, 대단해. 본좌의 일초를 감당하다니. 과연 태자가 두려워 피할 만한 자로군."

"당신도 제법 하는데?"

"발칙한 놈, 네놈에게는 기본적인 예의도 없단 말이냐?"

환유성의 응수는 시종일관 덤덤하기만 했다.

"난 그런 거 몰라."

"오냐, 강한 놈이니 예식 따위는 접어주지. 네놈을 가상히 여겨 죽이기 전에 본좌가 누구인지 알려주겠다."

환유성은 특유의 권태로운 표정을 지었다.

"당신이 누구인지 알고 싶지도 않아. 그래 봐야 마국의 졸개일 뿐이겠지."

태극마공은 이를 빠드득 갈며 외쳤다.

"이놈아, 본좌는 마국의 팔대마공 중 수좌인 태극마공으로, 한때 혈해전(血海殿)의 주인이기도 했다! 혈해사신(血海死神) 헌원광이 바로 본좌다! 이제야 알겠느냐?"

환유성은 만상석부에서 지내는 동안 벽소군을 통해 무림의 정세와 절세고수들에 대한 이야기를 들은 적이 있었다.

그에게는 별로 관심이 없는 일이라 귀담아듣지 않았지만 혈해사신의 이름도 거론된 것은 분명했다. 하지만 그는 기억에 떠올리기도 귀찮아 한마디로 일축했다.

"못 들어봤어."

"크으… 뭐, 뭐라?"

태극마공 헌원광은 붉은 두 눈에서 파란 독기를 뿜어냈다. 평생을 살아오면서 이처럼 지독한 수모를 당해보기는 처음이었다.

그가 누구던가.

혈해사신이라면 새황사천왕의 일원으로 드넓은 신강과 청해 일대를 호령하는 혈해전의 종주다. 새황십대고수 중에서도 서열 이위로 명실상부한 새황무림 최고위급 고수다. 그는 스스로 중원의 태양천주와 비교할 만큼 자부심이 대단한 자였다.

그가 통솔하는 혈해전은 한번 출동하면 주변을 피바다로 만든다 하여 붙여진 이름이다.

오십 년 이래 그와 대적해 살아난 자가 없어 죽음의 신으로도 불린다. 중원에서조차 두려워할 만큼 널리 퍼진 그의 명성은 듣는 것만으로 공포를 느끼게 해준다. 한데 그러한 그의 존재가 환유성 앞에서 한갓 버러지처럼 무시당했으니 그의 모멸감은 이루 말할 수 없었다.

귀명마공이 얼른 그의 심기를 위로했다.

"태극마공, 검만 휘두를 뿐 워낙 무지한 놈이오. 그저 개가 짖었다고 생각하시오."

"그, 그래, 저 어린 강아지 따위한테 본좌가 격동된다는 건 수치이지."

태극마공은 거친 숨을 몰아쉬며 분노를 가라앉혔다.

"먼저 본국의 암흑마신들을 상대해 보아라. 네놈의 알량한 솜씨를 지켜보겠다."

그가 소리없이 입술을 달싹이자 두 장신복면인의 입 부위에서 녹색의 독기가 뭉클뭉클 뿜어져 나왔다. 두 복면인은 무릎도 굽히지 않은 채 미끄러지며 환유성의 좌우로 내려섰다.

그들의 정체는 암흑사마신 중 둘이었다. 과거 천마제국의 십대마신들을 강시로 부활시킨 것이다.

백 년 전에도 무적을 구가하던 그들의 마공이 고스란히 남아 있는 데다 금강지체에 버금가는 철강시로 화했기에 그들을 감당할 자는 극히 드물다.

섬북의 대결에서 태양천주에 의해 혈황마신이 파괴되었고, 사자천왕 연풍헌이 동귀어진 수법으로 지옥마신을 파괴했지만 두 마신은 아직 건재했다.

두 자루 비수를 쥔 자가 유령마신이고, 가시 돋친 쇠사슬을 움켜쥔 자가 천살마신이었다.

환유성은 소추의 등에서 내려서며 소추의 목덜미를 다독여 주었다.

"넌 피해 있어."

주인을 따라 무수한 격전을 지켜보았던 소추는 다소 우려의 눈빛으로 주인을 지켜보다 능선 위로 올라갔다.

환유성은 태극마공에게로 시선을 던졌다.

"늙은 원숭이, 이따위 강시나 믿고 설치지 말고 직접 나서라."

"뭐, 뭐야, 늙은 원숭이?"

태극마공이 격한 감정을 드러내며 몸을 솟구치려 하자 귀명마공이 대신 말을 받았다.

"크크, 어린 강아지. 본국의 마신들을 상대하기가 두려우냐? 하기는 태양천주조차도 죽을 뻔했지. 오만한 사자천왕 역시 마신들 손에 오장육부가 박살났지. 네놈은 사지가 갈기갈기 찢겨 죽게 될 것이다."

귀명마공은 자신의 악마지공까지 격파한 환유성의 신비한 검법에 대해 각별한 경계심을 지니고 있었다. 물론 태극마공과 합세한다면 절대 패할 리 없겠지만 공연히 목숨을 담보로 한 대결을 벌일 이유가 없었다.

'네놈의 능력으로는 철강시로 화한 두 마신을 결코 파괴하지 못할 것이다. 네놈이 진력이 바닥나면 내 손으로 네놈을 사로잡아 세상에서 가장 혹독한 형벌을 가할 것이다!'

그는 교자에서 내려서며 태극마공을 향해 손을 모아 보였다.

"요동의 촌놈 따위를 태극마공께서 직접 상대하는 건 높은 위엄에 먹칠을 하는 셈이오. 두 마신이 적당히 요리한 후 소제가 나서 지난 패배를 씻겠소. 태극마공께서는 그저 지켜보기만 하시면 되오이다."

태극마공은 오만한 자세로 교자에 기대앉으며 귀명마공의 청을 받아들였다.

“좋아. 귀명 아우의 뜻이니 윤허하겠네.”

그는 두 마신을 향해 공격 명령을 지시했다.

“유령, 천살! 놈을 죽여라!”

그의 영이 떨어지는 순간 유령마신이 연기처럼 사라졌다. 그의 육신은 사라진 채 두 자루 비수가 환유성의 등판을 향해 날아들었다. 동시에 천살마신의 쇠사슬이 환유성의 가슴을 향해 뇌전처럼 쏘아져 왔다. 강시로는 생각되지 않을 만큼 쾌속한 공세였다.

“차앗!”

환유성의 몸이 한 바퀴 회전하자 두 줄기 검기가 빛살처럼 앞뒤로 뻗어 나갔다. 일초이식의 절대쾌검이었다.

차차창—!

날카로운 금속성과 함께 두 자루 비수가 팅겨지고 쇠사슬이 휘감겼다.

어느새 허공으로 솟아오른 유령마신은 두 자루 비수를 손에 쥐었다. 그는 두 발을 거꾸로 한 채 곤두박질치듯 떨어져 내렸다. 얼마나 기괴한 신법인지 순간적으로 형체가 사라지며 다른 방향에서 모습을 보여 어느 곳을 노리는지 가늠할 수가 없었다.

휘리리링……!

천사마신은 엄청난 속도로 쇠사슬을 휘두르며 정면으로 날아들었다. 공기를 찢는 첨예한 파공성은 흡사 대지를 휩쓰는 돌풍을 방불케 했다.

상방에서 내리 꽂히고 전방에서 돌진해 오는 두 마신의 합격술은 완벽한 조화를 이루었다. 아무리 날랜 신법을 지녔다 해도 피할 겨를이 없을 정도였다. 방법은 정면 돌파뿐이었다.

환유성은 양손으로 반검을 감싸 쥐고는 극한의 만상심법을 운기했
다.

"만상비류폭(萬象飛流暴)!"

눈부신 섬광과 함께 그의 몸이 한 자루 검으로 화했다.

번쩍—!

수백 수천의 검형이 폭발하며 사위로 비산하였다. 꼬리를 물고 분출
되는 검형은 제각기 호선을 그리며 유령마신과 천살마신을 향해 날아
갔다.

유령마신은 특유의 유령귀환술을 펼쳤지만 폭출하는 검형을 파고들
수가 없었다. 그의 비수가 환유성의 몸에 이르기도 전에 수백 개의 검
형이 그의 몸을 강타했다. 연이은 폭음과 함께 그의 육신은 십 장 밖으
로 날아갔다.

천살마신의 쇠사슬 역시 연이은 검형의 충돌에 심하게 흔들렸다. 쇠
사슬에 의해 형성된 강막을 뚫고 검형이 파고들었다.

퍼퍼펑—!

그 역시 전신 가득 검형에 적중돼 뒤로 날아갔다. 발목까지 바닥에
박힌 그의 몸은 뒤로 오 장을 미끄러져서야 겨우 멈춰 섰다.

환유성을 뒤덮은 광휘가 사라지며 검을 비껴 든 그의 모습이 드러났
다. 한순간 가공할 절학을 전개해서인지 과다한 진력의 소모로 그의
안색이 다소 창백했다.

만상백변식은 한 단계 상승할 때마다 위력이 배가되지만 그만큼 진
기의 소모도 극심하다. 최근 들어 그는 자신의 공력에 대한 한계를 절

감할 정도가 되었다.

믿었던 두 마신이 밀려나자 암흑마국의 두 마공은 잔뜩 구겨진 표정을 지었다.

"으음… 이럴 수가?!"

"젠장. 놈이 더 강해진 것 같군."

공세를 펼치다 튕겨진 두 마신의 흉측한 몰골은 참담하기 짝이 없었다. 복면이 뜯겨져 반쯤 부패된 흉물스런 모습이 그대로 드러난 것이다.

걸레 쪽처럼 찢긴 장포 아래로 드러난 육신은 그물망처럼 베어져 있었다. 강시로 화한 몸이라 피가 흐르지 않았지만 육신의 일부가 뭉개지고 뼈가 부러졌다. 만일 그들이 강기가 아닌 사람의 몸이었다면 이미 절명했을 것이다.

뼈가 어긋나는 기괴한 음향과 함께 두 마신이 다시 다가섰다.

파괴되지 않은 한 절대 물러서지 않는 두 마신은 재차 공세를 펼쳐왔다. 워낙 심한 타격을 받아 그 위력은 감소했지만 일초 일식마다 산악을 붕괴시킬 위력을 담고 있었다.

환유성은 두 마신을 상대로 반검을 휘두르며 접전을 벌였다. 그의 반검에 적중된 마신들은 멀리 튕겨졌다가 이내 기력을 회복하고는 다시 달려들었다.

참으로 끔찍한 마물이 아닐 수 없었다.

콰콰쾅―!

접전장에서 터져 나오는 뇌성과 섬전은 주변 오십 장 이내를 휩쓸었다.

십 초를 거듭하면서 환유성은 은근히 부아가 치밀었다.

그는 무수한 격전을 치렀지만 장기전을 펼친 적은 거의 없었다. 적풍사의 삼천 전사들을 상대로 한 싸움 외에는 대부분 일초로 승부를 냈다. 그가 쓰러지든 상대가 쓰러지든 승부가 빨랐다. 하지만 이번의 대결은 참으로 곤혹스럽기만 했다.

철강시로 화한 두 마신은 그의 강력한 검공을 맞고도 쓰러지지 않는다. 죽지 않는 적을 상대로 싸우는 것만큼 괴로운 대결은 없다. 결국 아무리 뛰어난 무공을 지닌 자라도 지치기 마련이다.

삽시간에 극심한 진기를 소모한 환유성은 이를 악물었다.

‘아무래도 혼신의 집중력으로 한 놈씩 파괴하기 전에는 승산이 없겠군.’

쾌검을 연출해 두 마신의 병기를 쳐낸 그는 반검을 감싸 쥐며 극한의 진기를 운집했다. 그의 몸 일 장 주변으로 희뿌연 강기막이 형성되었다. 강기막 안에 감추어진 그의 몸이 강렬한 광휘를 발하기 시작했다.

이를 지켜보던 귀명마공이 회심의 미소를 지었다.

“크크. 계책대로 되었소, 태극마공. 누구라도 불패의 마신들과 겨루다 보면 목숨을 걸고서라도 파괴하고 싶은 본능에 젖게 되오. 놈의 무공이 아무리 뛰어나도 두 마신을 동시에 파괴할 수는 없소. 놈이 혼신의 공격을 펼친 후라면 기력이 탈진된 상태니 함께 놈을 공격하면 능히 죽일 수 있소.”

그의 제안에 태극마공은 떨떠름한 표정을 지었다.

“부상을 당한 놈을… 그것도 협공하잔 말인가?”

"태극마공, 태자의 당부를 잊으셨소? 아주 끈질긴 놈이니 수단과 방법을 가리지 말고 죽이라 했소. 두 마신이 파괴되는 것까지 용인한다 하였소. 태자가 그토록 두려워하는 놈이라면 반드시 죽여야만 하오."

"자네 손으로 해결하게."

태극마공이 애써 자존심을 지키려 하자 귀명마공이 음침한 음성으로 그의 염장을 질렀다.

"하면 소제가 삼상(三相)의 자리에 올라도 수긍하시겠소?"

"끄응……!"

침음성을 발한 태극마공이 교자에서 둥실 떠올랐다.

"좋아, 준비하게."

두 마공은 제각기 공력을 끌어올리며 기습의 순간을 노렸다.

천살마공은 쇠사슬을 맹렬히 휘두르며 한 덩어리가 된 채 날아들었다. 강렬한 마화로 이글이글 타오르는 그의 모습은 흡사 긴 꼬리를 이끌며 추락하는 유성과도 같았다.

피피핑—!

머리 위로는 무수한 분신을 일으킨 유령마신이 비도술을 전개해 비수를 내던졌다. 가공할 공력이 깃든 비수는 하나하나가 번갯불이 되어 환유성의 호신강막을 향해 내리 꽂혔다.

환유성은 전면으로 날아드는 천살마신을 향해 반검을 내려쳤다.

"만상쇄뢰섬(萬象碎雷閃)!"

파지직!

무수하게 비산된 검형이 천살마신을 향해 쏟아져 날았다. 꼬리에 꼬리를 물고 뻗어 나가는 검형은 마치 하나의 표적을 향해 발출된 수천

군병의 화살처럼 장관을 이루었다.

엄청난 굉음과 함께 천살마신의 쇠사슬이 파괴되었다. 뒤를 이은 검형이 연속적으로 천살마신의 가슴을 강타했다.

퍼퍼펑—!

잇단 폭음과 함께 천살마신은 연이어 뒷걸음질을 쳤다. 어지간한 고수라도 전신이 으깨질 공세였지만 철강시로 화한 마신의 몸뚱이는 무쇠처럼 굳셌다.

검형이 적중된 동체에서 무수한 불꽃이 피어올랐지만 그의 몸은 좀처럼 부서지지 않았다.

“차아앗!”

환유성은 신검합일이 되어 허공을 갈랐다.

유령마신의 비수가 소나기처럼 그의 몸을 강타했지만 그는 오로지 천살마신을 파괴하는 데 주력했다. 호신강막을 강타하는 충격에 피가 끓어올랐지만 그는 애써 집중력을 유지했다.

신검합일로 날아든 그는 천살마신의 가슴에 반검을 깊숙이 꽂았다. 가슴뼈가 으스러진 천살마신의 입에서 짐승의 포효성과 같은 괴성이 터져 나왔다.

“카아아아!”

천살마신은 가슴이 으스러진 상태에서도 죽지 않고 양손을 갈퀴처럼 세워 환유성의 어깨를 내려쳐 왔다.

“가라, 마물!”

환유성은 극한의 공력을 운집한 채 반검을 비틀었다.

콰아앙!

요란한 폭음과 함께 천살마신의 동체가 산산이 조각났다. 마침내 공포스런 철강시 하나가 파괴된 것이다.

두 마공의 표정이 심하게 일그러졌다.

"으으, 지독한 놈!"

"기어코 천살마신을 파괴하다니!"

환유성은 너무도 과도한 진력을 쏟아서인지 심한 현기증을 느끼며 비틀비틀 물러섰다. 눈앞이 별빛으로 반짝거려 구별을 할 수가 없었다.

이 순간 유령마신의 비수가 그의 전신을 향해 쏟아져 내렸다.

'침착해라, 유성!'

환유성은 스스로를 채찍질하며 질끈 눈을 감았다. 앞을 분간할 수 없는 상황이라면 감각에 의존하는 편이 훨씬 나았다.

그의 심안이 발휘되었다.

유령마신의 분신이 쏟아내는 비수는 무려 수백 자루나 되었다. 단순한 허상이 아니었다. 비수 하나하나마다 암석도 관통할 파괴력을 지니고 있었다.

제각기 호선을 그리며 날아드는 비수의 공세는 과거 무림의 일절로까지 불리었던 유령파멸비(幽靈破滅匕)였다.

쐐애애액─!

환유성은 암흑 공간에서 내리 꽂히는 비수의 형상을 정확히 볼 수 있었다. 비수가 날아드는 궤적이 현란했지만 그의 심안은 상대의 쾌속한 공격도 느린 속도로 볼 수 있는 능력을 지니고 있었다.

그는 공력을 거의 소진했지만 쾌검은 어떤 상황에서도 펼칠 수 있었다.

“무흔쾌섬!”

팽그르르 회전하는 그는 절대쾌검을 발휘해 유령파멸비를 차례로 쳐냈다.

따따따땅!

그의 전신으로 쏟아지던 비수들이 연이어 튕겨져 나갔다. 일순간에 수십 차례의 쾌검식이 전개된 것이다. 빛을 쪼갠 듯한 찰나지간에 이토록 빠른 검식을 연속적으로 발출할 수 있는 사람은 천하에서 오직 그뿐이다.

잔뜩 벼르고 있던 두 마공은 너무도 기막힌 광경에 입을 딱 벌리고 말았다.

“으… 이럴 수가!”

“이번에 죽이지 못하면 다시는 기회가 없다!”

두 마공은 급격한 호선을 그리며 허공으로 솟구쳐 올랐다.

심안을 발휘해 수백 개의 유령파멸비를 모두 쳐낸 환유성은 겨우 안도의 한숨을 내쉬며 눈을 떴다. 그러나 마국의 공세는 아직 끝나지 않았다.

그는 전면으로 날아드는 두 마공을 응시하고는 지그시 입술을 깨물었다.

“비열한 놈들!”

태극마공은 허공을 디딘 채 강기로 형성된 태극원반을 내던졌다.

“뒈져라!”

귀명마공은 사악한 마귀의 형상으로 화해 악마지공인 지옥마겁풍을 전개했다.

"카카카, 태워 죽이리라!"

환유성은 날아드는 두 마공의 공세를 직시하기만 했다.

힘을 짜내면 겨우 쾌검을 전개할 수는 있을 것이다. 하지만 쾌검으로 감당하기에 두 마공의 공세는 너무도 엄청났다. 그가 공력을 회복한 상태라 하여도 과연 그들을 상대할 수 있을지 자신할 수 없을 정도였다.

또 한 번 직면하는 죽음의 마수였다.

이 순간, 능선 위에서 격전장을 내려다보고 있던 율로가 강렬한 안광을 발하며 나무 지팡이를 쳐들었다.

그의 전신에서 믿을 수 없는 광휘가 폭사되었다. 마치 동녘으로 떠오르는 일출과 같은 광휘였다. 그 속에서 빛에 휩싸인 나무 지팡이가 쏘아져 나왔다. 그의 손을 떠나간 지팡이는 이내 한줄기 섬광으로 화했다.

오백 장 거리를 가로질러 비적들을 관통한 그 빛이었다.

번― 쩍―!

세상의 모든 빛을 압도한 섬광은 그대로 두 마공을 향해 내리 꽂혔다. 너무도 강렬한 섬광에 두 마공의 가공할 절기마저 빛을 잃었다.

"허억?!"

"아앗!"

대경실색한 두 마공은 환유성을 향해 펼치던 공세를 돌려 섬광을 향해 발출했다. 지옥마겁풍과 태극원반이 날아드는 섬광과 동시에 충돌했다.

꽈― 꽈꽝―!

지축을 뒤흔드는 굉음과 함께 수백 수천의 번갯불이 지표를 강타했
다.

소용돌이 돌풍이 곳곳에서 휘몰아쳐 오르고 지반이 흔들리며 땅거
죽이 쩍쩍 갈라졌다. 강기의 파편으로 인해 관전하고 있던 암흑마국의
검수들 수십 명이 수족을 잃었고, 실혼인들 태반이 몸뚱이가 잘려져 나
갔다.

실로 통천가공할 격돌이었다.

허공에서 회전해 겨우 내려선 두 마공은 너무도 강력한 충격에 온몸
을 덜덜 떨었다.

그들로서도 대체 어찌 된 상황인지 분간을 할 수가 없었다. 그들이
합공을 막아낼 고수가 세상에 존재한다는 것 자체가 믿을 수 없는 일
이었다. 비록 창졸간의 기습이라 전력을 다한 것은 아니었지만 일초
격돌에 의한 충격은 이루 말할 수 없었다.

이런 놀라움은 환유성도 마찬가지였다. 그는 능선 쪽으로 천천히 고
개를 돌렸다.

절뚝절뚝.

율로가 심하게 다리를 절며 능선을 따라 내려오고 있었다. 지팡이가
없어서인지 걸음을 내딛는 그의 모습이 몹시 위태로워 보였다.

"……?"

두 마공은 눈을 부릅뜬 채 율로를 직시했다.

잠시 전 그들의 합공을 저지한 인물이 그인가를 확인하기 위해서였
다. 하지만 아무리 눈을 씻고 살펴보아도 개세고수의 모습으로는 보이
지 않았다. 한갓 양치기 노인일 뿐이었다.

“죽여라!”

귀명마공이 짤막하게 외치자 금검수들 다섯이 율로를 막아섰다. 마국의 금검수라면 무림의 절정급 쾌검수들과 버금갈 실력자들이었다.

그들은 내려서기 무섭게 율로를 향해 쾌검을 발출했다.

쐐애액—

다섯 줄기 쾌검은 각기 율로의 미간과 목젖, 심장, 단전으로 날아들었다.

환유성은 그를 도우려 했지만 워낙 거리가 먼 데다 달려갈 공력마저 소진돼 그저 망연히 바라볼 수밖에 없었다.

율로는 자신의 오대사혈로 꽂히는 쾌검을 무시한 채 절뚝절뚝 다가섰다. 순간 그의 몸으로 날아들던 다섯 줄기의 검기가 씻은 듯 사라졌다. 금검수들이 모두 심장이 관통된 채 쓰러진 것이다.

실로 귀신이 곡할 노릇이었다.

아무런 행동도 취하지 않았건만 그를 공격하던 자들이 마치 보이지 않은 검에 관통된 듯 죽어버렸으니, 이는 고금에 없는 기문이었다. 다시 금검수 일곱이 나섰지만 그들 역시 마찬가지였다. 그들이 발출한 쾌검이 율로의 몸에 이르기도 전에 미간과 심장이 터지며 쓰러져 버렸다.

이 광경을 본 태극마공은 전신을 부들부들 떨며 사색이 되었다.

“이, 이것은 무형심검(無形心劍)?!”

귀명마공은 그 말에 입을 쩍 벌렸다.

“무, 무형심검? 서, 설마 성존!”

율로는 절뚝거리며 환유성 옆으로 다가섰다.

환유성은 구명지은을 입었지만 별반 달가워하는 표정이 아니었다. 그는 새파랗게 질린 채 굳어 있는 두 마공을 쓸어보며 퉁명스럽게 말했다.

"이자들 때문에 지팡이를 잃었다고 변상해 달라 하지 마시오."

율로도 공치사를 받고 싶지 않은 듯 태연하게 응수했다.

"그럴 수는 없네. 자네 손으로 쓸 만한 지팡이를 하나 만들어줘야 하네."

"율로가 저 귀찮은 마물이나 처리해 주었으면 이럴 일은 없었소."

환유성이 유령마신을 가리키자 율로는 희미한 웃음을 지었다.

"마물 따위나 상대하자고 내가 지팡이를 정성껏 다듬었겠나?"

태극마공은 시시각각 안색이 변하며 율로를 직시했다. 그의 눈빛은 의혹과 두려움으로 심하게 요동쳤다.

율로는 점잖게 그를 꾸짖었다.

"헌원광 네 이놈, 아무리 마국의 졸개가 되었거늘 명색이 혈해전의 전주였던 네가 어찌 이렇게 비열한 족속이 되었느냐?"

새황제이의 고수를 아이처럼 야단치는 그의 태도에 태극마공은 두려움에 젖어 뒷걸음질을 쳤다. 그는 마치 귀신을 대한 듯 눈을 부릅떴다.

"저, 정녕 성존이시란 말이오?"

"헌원광, 예전 같았으면 그 말 한마디로 네놈의 두 눈을 뽑았을 것이다."

"으으… 이럴 수가! 부, 분명 성존께서는 운명하셨다 들었거늘……."

"가서 너희들 국왕에게 전해라. 무신은 아직 살아 있다."

율로가 절뚝거리며 몇 걸음 다가서자 태극마공은 기겁을 하며 몸을 솟구쳤다.

"퇴각하라!"

그는 교자를 타지도 않고 앞서 달아났다. 귀명마공 역시 수하들의 머리를 넘어서며 그의 뒤를 따랐다.

죽은 자들은 먼지 속에 묻히고 산 자는 모두 멀어져 갔다.

환유성이 율로 옆으로 다가서며 다소 놀랍다는 표정으로 물었다.

"정말 새황성존(塞荒聖尊)이시오?"

마국의 무리들을 사라져 간 지평선을 물끄러미 응시하던 율로가 가볍게 몸을 떨며 물었다.

"그를… 아는가?"

"조금은 들어봤소."

"허헛, 조금은 들어봤다고? 칠십 년 동안 빛나던 태양이 저문 지 겨우 칠 년밖에 되지 않았건만…… 쿨럭쿨럭!"

율로는 심한 기침을 토하며 앞으로 고꾸라졌다. 갑작스레 혼절한 그의 입에서 붉은 선혈이 꾸역꾸역 흘러나왔다.

"율로?"

환유성은 자세를 굽혀 그의 상세를 살폈다. 그의 앞자락이 시뻘겋게 물들고 있었다. 그의 앞자락을 헤친 환유성은 절로 신음을 발하고 말았다.

"으음!"

율로의 가슴에는 주먹 하나 들어갈 만큼의 커다란 상처가 나 있었다. 뭉클뭉클 뿜어지는 피 사이로 허연 뼈와 장기까지 드러나 보였다.

그는 본래 강철인간도 살아남기 힘들 만큼의 치명상을 입고 있었던 것이다. 이미 오래전에 죽었어야 할 그였지만 워낙 강인한 체력과 심후한 공력 덕분에 생명을 유지할 수 있었던 것인데, 잠시 전 과도한 진력을 소모하면서 그의 상처가 도지게 된 것이다.

환유성은 숙연한 표정으로 그의 몸을 안아 들었다. 워낙 말라서인지 수수깡처럼 가벼웠다.

환유성은 축 늘어진 율로를 내려다보며 지그시 이를 물었다.

"죽지 마시오, 성존. 죽은 사람에게는 빚을 갚을 수 없으니 난 평생 괴로워할 것이오."

제57장

신검은 주인이 따로 있다

1

쾅―!

내리 꽂히는 엄청난 검기에 원앙각의 정문이 대번에 박살났다. 가까
스로 피신한 경비 무사들은 경종을 울리며 급히 방어 태세로 돌입했다.

흙먼지가 피어오르는 가운데 왜소한 체구의 노인이 부서진 돌계단
위로 내려섰다.

세모꼴 눈에서 안광이 폭사됐고 잔뜩 격앙된 감정 때문인지 매부리
코가 연신 벌렁거렸다. 그는 허리춤의 장검을 질질 끌며 원앙각 안으
로 들어섰다.

대번에 그를 알아본 경비 무사들이 외쳤다.

"허억! 천사신검?"

"뭐, 뭐야, 천사신검이라고?!"

“맙소사!”

왜소한 체구의 노인은 바로 천하오검 중 하나인 천사신검이었다. 그는 뒷짐을 진 채로 오만한 걸음걸이로 다가섰다.

“내 제자를 죽인 놈을 당장 내놓지 못할까!”

경비 무사들은 일제히 병장기를 내리며 무릎을 꿇었다. 그들의 능력으로 천사신검과 같은 절세고수와 대적하는 것은 계란으로 바위를 치는 격이었다.

송충이눈썹을 한 경비대장이 고개를 조아렸다.

“노선배님의 제자인 은살귀서의 죽음은 저희 원앙각과는 무관합니다. 제발 고정하십시오.”

“닥쳐라, 이놈! 감히 내 제자를 죽인 악적이 원앙각에 머물러 있음을 알고 왔거늘 누구를 능멸하려는 것이냐!”

“노선배님, 이곳은 기루가 아닙니까? 누구나 올 수 있는 곳입니다. 소인이 그를 불러오겠습니다.”

“오냐, 당장 끌고 오너라! 원앙각이 태양천의 비호를 받고 있다지만 내 제자를 죽인 원수 놈을 두둔했다가는 기왓장 하나 남지 못할 것이다!”

천사신검이 신경질적으로 소맷자락을 휘젓자 전각 한 채가 통째로 주저앉았다. 경비 무사들은 그의 엄청난 내공에 모두 기가 질려 입도 벙긋할 수 없었다.

이때 꾀꼬리처럼 영롱한 음성이 장내로 흘러들었다.

“무림의 원로께서 이 무슨 경망된 행동이십니까?”

옥잠화가 두 시비를 대동한 채 다가서고 있었다. 손님을 맞지 않기에 화장도 하지 않은 얼굴이었지만 오히려 신선한 아름다움을 느끼게 해주었다.

천사신검은 옥잠화를 찬찬히 쓸어보고는 입맛을 쩍 다셨다.

"네년이 옥잠화로구나? 노부의 제자 녀석이 너 때문에 죽었으니 너 또한 죄를 면치 못할 것이다."

"은살귀서는 두 번씩이나 소녀를 범하려 했습니다. 어찌 제자의 죄는 거론치 않고 그의 죽음만을 생각하십니까?"

천사신검은 가당치 않다는 듯 눈을 부라렸다.

"네 이년! 기녀 주제에 어디서 함부로 주둥이를 놀리는 것이냐! 노부의 제자가 원하면 의당 치마를 벗으면 될 일이지 무슨 죄를 범했다는 것이냐?"

옥잠화는 천사신검의 편협함에 치를 떨었다. 하지만 자신으로 인해 원앙각에 엄청난 재앙이 닥치는 것을 원치 않았다. 그녀는 천사신검 앞에 무릎을 꿇으며 비단 주머니를 올렸다.

"노대인, 이것을 받으시고 진노를 푸십시오."

"뭐냐?"

"태양천주께서 하사하신 은사금전(恩赦金錢)이옵니다."

"은사금전?"

천사신검은 눈을 가늘게 뜨며 비단 주머니 속에서 황금으로 빛나는 금전을 꺼내 쥐었다. 태양천의 막강한 권능이 담긴 은사금전이 분명했다. 강호의 도리가 어긋나지 않은 한 어떤 요구도 할 수 있는 보물이다.

금전을 매만지던 천사신검은 기괴한 웃음을 흘렸다.

"크흐훗, 네년이 이따위 은사금전으로 노부를 위협할 수 있다 생각하느냐?"

“노대인께서 태양천주와 각별한 사이임을 알고 있습니다. 천주께서 하사하신 은사금전을 생각해서 제발 용서해 주십시오.”

“예전이라면 은사금전이 그만한 위력을 지녔지.”

천사신검이 금전을 움켜쥐자 금전은 그의 손아귀 속에서 조각조각 부서졌다.

“노대인?!”

옥잠화가 눈을 커다랗게 뜨자 천사신검은 금전 부스러기를 홱 뿌렸다.

“태양천 따위가 대체 뭐란 말이냐?”

원앙각의 경비 무사 열댓 명이 금전 부스러기에 적중돼 아픈 비명과 함께 나뒹굴었다. 금 조각 하나하나가 암기가 되어 그들의 몸을 관통한 것이다.

옥잠화는 심각한 사태를 감지하며 무릎 꿇은 채로 몸을 뒤로 물렸다. 그녀의 이마에 땀을 송골송골 배어 나왔다.

‘은사금전을 파괴했다는 건 태양천과 적이 되겠다는 것을 의미해. 아, 이제 원앙각은 보존할 수 없게 되었어.’

천사신검은 물 흐르듯 미끄러지며 옥잠화의 머리채를 콱 움켜쥐었다.

“악!”

“네년은 죗값으로 노부를 섬겨야 한다. 이를 거역한다면 원앙각의 모든 계집들을 죽이겠다. 알겠느냐?”

천사신검이 탐욕스런 눈빛을 발하자 옥잠화는 잠시 입술을 곱씹다 고개를 떨구었다.

“소녀 한 몸으로 죗값을 치를 수 있다면 기꺼이 노대인을 모시겠습니다.”

“크흐흣, 당연히 그래야지.”

그는 옥잠화를 가까이 이끌며 물었다.

“한데 노부의 제자를 죽인 놈은 어디로 갔느냐?”

“떠나셨습니다.”

“뭐야, 떠났다고?”

천사신검의 세모꼴 눈이 표독스럽게 빛났다. 그는 옥잠화의 미간에 손끝을 댔다.

“솔직히 말해라. 한 치의 거짓이라도 아뢰었다가는 네년의 잘난 얼굴을 뭉개주겠다.”

“사실이옵니다.”

옥잠화는 결연한 표정을 지으며 스르르 눈을 감았다. 천사신검은 섬뜩한 미소를 지었다.

“크흣, 좋아. 네년이 바른말을 할 때까지 이곳에 있는 연놈들을 죄다 죽이겠다.”

그는 송충이눈썹의 경비대장을 향해 지풍을 튕겼다.

“뒈져!”

경비대장은 입을 딱 벌린 채 날아드는 죽음을 멍하니 바라보기만 했다. 순간, 한줄기 섬광이 날아들며 천사신검의 지풍을 막아냈다.

퍼엉!

일진폭음과 함께 경비대장이 튕겨져 날아가고 건장한 청년이 장내로 내려섰다. 아직 술기운이 덜 가신 듯 벌건 얼굴이었다. 그는 고리눈을 부릅뜨며 외쳤다.

“늙은이, 옥 소저의 옥체에서 그 더러운 손을 떼라!”

옥잠화는 그를 보고는 다소 절망적인 표정을 지었다.

"영호 공자······."

고슴도치수염의 건장한 청년은 장백투호 영호찬이었다. 그는 쌍철극을 걸머멘 채 비틀비틀 다가섰다.

"오라, 늙은이가 바로 그 쥐새끼의 사부인가 보군?"

천사신검은 옥잠화를 홱 밀쳐 내고는 영호찬과 마주 섰다.

"네놈이 감히 노부의 제자를 죽인 악적이냐?"

영호찬은 천하오검의 일 인을 앞에 두고도 전혀 두려워하는 기색이 없었다. 그는 술 냄새를 풀풀 풍기며 당당히 응수했다.

"그 쥐새끼가 마부까지 죽이고 옥 소저를 범하려 했으니 죽어 마땅하지. 명색이 천하오검의 하나라는 당신이 제자를 그렇게밖에 못 가르쳤다니 정말 한심한 일이야."

"이놈!"

천사신검이 손을 휘젓자 다섯 줄기의 탄지검이 발출되었다.

피피핑—

탄지검은 빛살 같이 뻗어 나가며 영호찬의 오대사혈을 향해 내리 꽂혔다.

영호찬은 쌍철극을 내려 바람개비처럼 회전시켰다. 빠르게 회전하는 철극은 그대로 커다란 방패가 되었다. 연이은 폭음과 함께 천사신검의 탄지검은 모두 무산되었다.

천사신검의 세모꼴 눈이 가늘게 번득였다.

'이, 이놈 봐라?'

그는 상대를 경시하던 생각을 싹 지우며 내심 경각심을 높였다.

탄지검은 기검에 버금갈 초절정급 무공 절기다. 그런 절기를 펼쳐 낼 수 있는 고수는 천하에 흔치 않다. 하건만 두터운 철판도 관통할 강력한 위력의 탄지검을 가볍게 해소했다면 만만한 상대가 아님이 분명했다.

영호찬은 머리채가 흩어져 산발이 된 옥잠화를 보며 우려의 표정을 지었다.

"괜찮소?"

"공자, 왜 나오셨습니까? 그냥 술에 취해 계셨다면 쉽게 해결될 수 있었을 겁니다."

영호찬은 정색을 하며 당당히 외쳤다.

"그럼 말씀 마시오! 나로 인해 옥 소저에게 불상사가 생긴다면 유성 그 녀석이 날 어떻게 생각하겠소? 친구의 연인을 지켜주는 것 또한 우정이오."

"아……!"

옥잠화는 그의 호쾌함에 감동하여 눈물을 글썽였다.

영호찬은 천천히 걸음을 옮겨 천사신검을 향해 다가섰다. 그는 쌍철극을 어깨에 걸쳤다.

"이곳은 기루다. 영업에 방해가 되니 조용한 곳으로 가자."

"네놈은 대체 누구냐?"

"하하핫. 여태 날 소개하지 않았군. 난 장백투호 영호찬이란 사람이다. 반검무적처럼 요동에서 온 인간 사냥꾼이지."

천사신검은 그의 성명은 들어본 적이 없지만 환유성의 별호가 거론되자 몹시 떨떠름한 표정이 되었다.

"뭐야? 하면… 반검무적과는 어떤 관계냐?"

“좀 알지.”

천사신검은 지난날 환유성과 제대로 대결을 벌이지 못한 일을 떠올리며 영호찬을 앙갚음의 대상으로 삼았다.

“잘됐군. 놈에게서 제자의 팔을 벤 죗값을 받아내지 못했는데 오늘 네놈을 통해 톡톡히 받아내야겠다.”

“하핫. 반검무적의 쾌검이 무서워 달아난 주제에 어디서 객기를 부리는 것이냐!”

그는 건강한 체격답지 않게 날렵하게 허공으로 치솟았다.

“복수를 하고 싶으면 따라와라.”

그가 해연약파의 경신술을 펼쳐 원앙각의 담장을 넘어가자 천사신검도 둥실 떠올랐다. 그는 옥잠화를 향해 일침을 놓았다.

“놈의 목을 벤 후 돌아오겠다. 만일 네년이 달아난다면 원앙각을 초토화시킬 테니 꼼짝 말고 있어라!”

몸을 번득이는 순간 그는 이미 이십 장 밖을 날고 있었다.

“아가씨!”

“아가씨, 괜찮으세요?”

두 시비가 다가서며 부축하자 옥잠화는 가슴을 손으로 누르며 고개를 끄덕였다.

“괜찮아.”

그녀는 두 사람이 멀어져 간 전각 사이로 시선을 고정시켰다. 그녀는 자신을 구해준 영호찬의 안위가 몹시 걱정되었지만 문득 마음 한구석에서 피어오르는 의구심을 지울 수가 없었다.

‘이해할 수가 없군. 영호 공자는 마치 천사신검이 찾아와 주기를 기다리는 것 같았어. 그래서 일부러 며칠 동안 벽향원에 머문 게 분명해.
왜일까? 왜 그런 무서운 고수와 대결하려는 거지?

2

　장안에서 서쪽으로 백여 리쯤 떨어진 곳에 위치한 위석산은 태백산
의 준령 한 자락을 베어다 옮겨놓았기에 제법 산세가 험준했다. 대부
분 바위로 이루어져 마른 계곡에는 물 한 방울 흐르지 않았다.
　영호찬이 대결 장소로 정한 곳은 사면이 병풍 같은 벼랑으로 둘러진
협곡 안이었다. 협곡으로 들어서는 통로는 좁고 깊어 사람 하나가 겨
우 지나칠 정도였다.
　영호찬은 바위 바닥에 쌍철극를 꽂으며 대결을 준비하고 있었다.
　곧 이어 내려선 천사신검은 잔뜩 경계하는 눈빛으로 주변을 살폈다.
그는 초절한 무공을 지닌 절세고수답지 않게 의심이 많고 편협했다. 혹시
무슨 함정이 숨겨져 있지는 않은지 확인을 해야 마음을 놓을 수 있었다.
　세심히 살펴도 별다른 위험을 찾을 수 없자 그는 비로소 안심하며
영호찬에게로 시선을 던졌다.
　"크흐훗, 네놈이 죽기에 딱 좋은 곳이군. 달아날 곳도 없으니 네놈이
살아날 가능성은 전무하다."
　"하핫. 내가 할 소리다, 천사신검. 네가 행여 겁을 먹고 달아날까 우
려해 이런 장소를 선택한 것이다."

천사신검의 세모꼴 눈이 실낱처럼 가늘어졌다.

"뭐라? 하면 네놈은 노부와 대결하기 위해서 의도적으로 노부의 제자를 죽였단 말이냐?"

"아주 아둔한 늙은이는 아니군. 솔직히 말하면 네가 가진 두 가지 물건이 좀 필요해."

"두 가지 물건?"

영호찬은 손에 침을 뱉으며 쌍철극을 뽑아 들었다.

"그래, 하나는 네가 지닌 막사검이고, 다른 하나는 네 못생긴 모가지다."

잠시 그를 쏘아보던 천사신검은 날카로운 웃음을 터뜨렸다.

"카하핫. 미친놈. 이제야 네놈 의도를 알겠다. 천하신검인 막사검을 탐하는 무리 중 하나였군."

그는 허리춤에 찬 긴 장검을 뽑아 들었다.

스르릉!

맑은 음향과 함께 반투명한 검신이 모습을 드러냈다. 검신 한가운데가는 혈선이 새겨져 있는 모양이 특이했다. 막사검은 워낙 검광이 강렬해 어슴푸레한 협곡 안이 이내 환해졌다.

"막사검… 무인이라면 누구든 목숨을 걸고 탐낼 만한 신검이지. 과거 내가 기연을 얻어 사황동부에서 이 검을 찾아낸 이후 많은 놈들이 제 몸 타는 줄 모르고 불 속으로 뛰어드는 불나방처럼 달려들다 모두 죽었지."

천사신검은 검신을 어루만지며 예리한 살기를 뿜어냈다.

영호찬은 철극을 비껴 든 채 막사검을 감상하며 찬사를 보냈다.

"과연 천하에 다시없는 신검이군. 그 예기만으로 피부가 베어지는 느낌이다. 또한 검신에서 풍겨지는 압도적인 기세는 전설의 보검으로 손색이 없구나."

천사신검은 상대의 찬사에 우쭐해졌다.

"그래도 보는 눈은 있는 놈이군. 막사검에 죽는 걸 영광으로 생각해라."

"천사 늙은이, 네게는 어울리지 않는 검이다. 그런 검은 천하제일인의 손에 쥐어져야 제 위력을 발휘할 수 있는 법이다."

천사신검은 오만한 자세로 목을 우득우득 움직였다.

"크흐훗, 노부가 천하제일검이거늘 누가 감히 막사검의 주인이 될 수 있단 말이냐?"

"하하핫, 확실한 건 네놈은 자격이 없다는 거다."

영호찬의 조롱에 찬 웃음소리에 천사신검은 극도로 분노했다.

"뒈져!"

치솟은 천사신검이 냅다 일검을 휘둘렀다. 사황의 절학은 천사파멸검법이었다. 검극에서 뿜어내는 검기가 광선처럼 영호찬을 향해 내리꽂혔다.

"차앗!"

영호찬은 쌍철극을 힘차게 휘두르며 쐐기형 검기와 맞섰다.

차차창―!

일진폭음과 함께 영호찬은 손아귀가 파열되는 아픔을 느끼며 주르륵 뒤로 밀렸다. 그의 완력이 아무리 뛰어나도 천사신검의 패검을 감당하기에는 다소 무리였다.

일검으로 다소 득세한 천사신검은 한껏 자신감에 취했다.

“크흐흣, 그 따위 실력으로 감히 막사검을 탐낸단 말이냐?”

그는 허공을 밟고 날아들며 연속적으로 극강한 패검을 구사했다.

“노도진풍— 파멸압정!”

츄츄츄웃—

과연 천하오검의 일 인으로 불리기에 부끄러움이 없는 검식이었다. 하늘을 새까맣게 뒤덮으며 쏟아지는 쐐기형 검기는 실로 공포스러운 광경이었다.

“합뢰격!”

영호찬은 상대의 엄청난 공세에 감히 반격을 꾀할 겨를이 없었다. 그는 연신 쌍철극을 휘두르며 천사신검의 검기를 쳐내기에 바빴다.

차차창!

날카로운 금속성이 연이어 터지며 쌍철극의 창대가 댕강 절단 나고 말았다. 내상을 입은 영호찬은 울컥 한 모금의 피를 토해냈다.

“크흐훗, 이제 네놈의 목이 베어질 차례다!”

천사신검은 양손으로 막사검을 움켜쥐며 힘차게 내려쳤다.

어마어마한 검기가 내리 꽂히며 지표를 갈랐다. 지진을 만난 듯 지표가 쩍 벌어지며 영호찬을 집어삼킬 듯 휩쓸어왔다.

영호찬은 감히 받아치지 못하고 급히 뒤로 몸을 날렸다. 벼랑에 등을 기댄 그는 벽호공을 전개해 벼랑을 타고 기어올라 갔다.

“어림없다!”

허공을 밟고 치솟은 천사신검은 마음껏 막사검을 휘둘렀다. 대번에 영호천을 요절낼 기세였다. 수백의 검기가 섬전처럼 날아들자 영호찬은 천근추 수법을 전개해 급히 하강했다.

콰— 콰쾅—!

검기가 파고들자 벼랑 전체가 폭발하며 집채만한 바윗덩이들이 쏟아져 내렸다.

이 순간 천사신검은 아찔한 현기증을 느끼며 자신의 눈을 의심했다.

“엇?”

쏟아지는 바윗덩이 속에서 튀어나오는 십수 명의 복면인을 찾아낸 것이다. 바위와 유사한 은신포(隱身袍)로 위장해 있었기에 그들은 전혀 눈에 띄지 않다가 붕괴되는 순간 모습을 드러낸 것이다.

쐐애액—

독랄한 살초가 천사신검의 전신으로 내리 꽂혔다. 오로지 상대를 죽이고자 고안된 무서운 살식이었다.

“젠장, 함정이었군!”

천사신검은 비로소 자신이 함정에 빠진 것을 깨닫고는 힘차게 막사검을 휘저었다. 과연 막사검의 위력은 대단했다. 기습을 노린 살수들의 병장기가 모두 베어져 버렸다.

병장기를 잃어버린 살수들은 제각기 암기통을 꺼내 들었다.

피피핑—!

수백 발의 암기가 일시에 발출되었다. 극독을 바른 암기들은 빛살처럼 천사신검의 전신으로 쏟아져 내렸다.

폭포수처럼 뿜어지는 암기세례에 천사신검은 전의를 상실했다.

‘빌어먹을, 얼마나 많은 살수들이 숨어 있을지 알 수 없군. 일단 피하는 것이 상책이다.’

그는 절세무공을 지닌 자답지 않게 겁이 많고 용렬했다. 막사검과 함께 팽그르르 회전한 그는 암기세례를 모두 튕겨내고는 협곡의 입구로 몸을 날렸다.

목숨을 걸고 싸운다면 영호찬과 살수들 모두를 죽일 수도 있지만 그는 확신이 없는 승부에 목숨을 거는 일이 없었다. 무인으로서 목숨을 가볍게 여기는 것도 문제이지만 지나치게 삶에 집착하는 것 또한 무공을 펼치는 데 걸림돌이 된다.

협곡의 입구로 날아가던 그는 지표 밑에서 치솟는 차디찬 살기에 등골이 오싹해졌다.

"뭐야?"

급히 몸을 띄운 그는 막사검을 휘둘러 무형의 살기를 차단했다.

차차창—!

잇단 금속성과 함께 동강난 두 자루 칼이 허공으로 치솟았다.

"윽……!"

전혀 예기치 못한 기습으로 두 다리에 약간의 부상을 입은 천사신검은 협곡의 유일한 출입구를 막아선 인물을 직시하다 눈을 커다랗게 떴다.

"혈야회(血夜會)……?"

허공을 밟고 서 있는 인물은 복면과 흑색 장포를 뒤집어써 하나의 그림자처럼 보였다.

그의 등에는 다양한 칼들이 부챗살처럼 펼쳐진 채 꽂혀 있었다. 잠시 전 천사신검에 의해 두 자루 칼을 잃었지만 그에게는 아직도 십여 자루의 칼이 남아 있었다.

어떠한 감정도 느낄 수 없는 칙칙한 눈빛의 복면인이 바로 혈야회주 백병사도(百兵死刀)였다.

과거 혈야회는 잔악한 살수 단체로 지목된 사중악의 일원이었다. 그들 역시 태양천을 위시한 백도연합에 토벌에서 예외일 수 없었다. 혈야회의 백대살수 중 칠 할이 제거되면서 무림 최강의 살수 단체라는 현판을 내려야 했다.

외견상 그들은 중원을 떠난 것으로 알려졌지만 그들은 중원을 떠나지 않았다. 야망의 화신인 중산왕에게 충성을 맹세해 명맥을 유지해 온 것이다.

중산왕의 밀명을 수행하는 암인(暗刃)이 바로 그였다.

백병사도는 아무런 대꾸도 없이 두 자루 칼을 뽑아 들며 열십 자로 교차시켰다.

천사신검은 등 뒤로 접근해 오는 영호찬과 살수들을 감지하며 눈알을 데굴데굴 굴렸다.

이토록 극한의 위기에 처해보기도 처음이었다. 세상에서 가장 까다로운 상대가 살수들이다. 한순간 방심을 했다가는 목숨을 내던진 그들의 살초에 여지없이 목이 베이기 때문이다.

그는 백병사도를 직시하며 물었다.

"백병사도, 대체 왜 노부를 노리는 것이냐?"

동강난 철극을 손에 쥔 영호찬이 대신 대답했다.

"이미 말하지 않았더냐, 천사 늙은이. 네 목과 막사검이 필요하다고 말이다."

"달리 이유가 있을 것 아니냐? 네놈들이 단지 막사검을 얻자고 이토록 치밀한 술책으로 노부를 함정에 몰아넣었겠느냐?"

천사신검이 어떻게든 타협점을 찾아보려 애쓰자 백병사도가 삭막한 음성으로 말했다.

"천사신검, 대업을 위한 일이니 조용히 죽어다오."

"대업? 어떤 일인지 모르겠지만 노부도 협조할 수 있다. 태양천은 이미 저물었다. 너희는 혹시 암흑마국의 청부를 수행하는 중이 아니더냐? 그렇다면 잘된 일이다. 노부 역시 암흑마국에 가입할 생각이었다. 태양천주의 은사금전을 파괴한 이상 노부가 갈 곳은 암흑마국뿐이다. 어서 칼을 거두고 노부를 암흑마국으로 안내해 다오."

노회한 여우답게 그는 혈야회와 태양천의 원한 관계를 헤아리며 협상을 모색했다. 그러나 백병사도의 삭막한 살기는 변함이 없었다.

"죽여라!"

그의 차디찬 살인령이 떨어지자 십여 명의 살수가 일제히 연막탄을 터뜨렸다.

퍼퍼펑―!

자욱한 흑무가 피어오르며 삽시간에 협곡 안을 가득 채웠다. 바람 한 점 불어오지 않는 협곡이라 곡 내는 삽시간에 칠흑 같은 흑무로 휩싸였다.

'아뿔사!'

천사신검은 순간적으로 지체한 것을 후회했지만 돌이키기에는 너무 늦었다.

연막이 터지는 순간 위험을 무릅쓰고서라도 최대한 솟구쳐 피했어야 옳았다. 혹시나 있을 암기세례를 우려해 상황 판단을 흐린 것이 실책이었다.

흑연무는 워낙 짙어 아무리 안력을 높여도 이 장 밖을 꿰뚫어 볼 수가 없었다. 그는 꼼짝없이 흑연무 속에 갇히고 만 것이다.

그는 급히 호신강기를 펼쳐 흑연무의 침투를 봉쇄했다. 찰나지간 스 며든 연기를 맡자 가슴이 답답해지는 것으로 미루어 극독이 함유된 독무가 분명했다. 당분간 호신강기로 독무를 막아낼 수는 있지만 공력에 는 한계가 있다.

'찢어 죽일 놈들! 이 함정만 벗어난다면 네놈들 모두를 세상에서 가장 고통스럽게 죽여주리라!'

천사신검은 잔뜩 앙심을 품으며 막사검을 휘저었다.

흑연무가 막사검에 닿자 불꽃을 발하며 뒤로 밀렸다. 사악한 기운을 해소하는 위력을 지닌 막사검답게 대단한 위력이었다.

천사신검은 조심스럽게 걸음을 옮기며 연신 막사검을 휘둘렀다. 독기운을 막기 위해 호신강기를 펼치는 데 공력을 집중했기에 파멸검법 까지 동시에 펼쳐 낼 수가 없었다. 일단은 출입구를 찾아 피신하는 게 급선무였다.

'출구만 보이면 신검합일(身劍合一)을 펼쳐 피신할 수 있다.'

그는 바싹 마른 입술을 혀로 핥았다.

얼마나 긴장을 했는지 열 걸음을 걷기도 전에 그의 전신이 축축하게 젖어들었다. 그는 비 오듯 땀을 흘리며 언제 있을지 모를 기습에 대비 하며 막사검을 단단히 쥐었다.

일순 그는 발바닥으로 파고드는 극렬한 통증을 느끼며 바닥을 내려 다보았다.

"허억!"

견고한 돌 바닥이 물결처럼 요동치고 있었다. 위장포가 펼쳐져 있었던 것이다. 어느새 바닥에서 치솟은 비수가 그의 발바닥을 뚫고 발등까지 튀어나와 있었다.

"크으, 악독한 놈들!"

천사신검은 급히 허공으로 몸을 띄우며 바닥을 향해 막사검을 내려쳤다.

퍼엉!

폭음과 함께 은신을 위한 위장포가 찢겨지며 살수 하나가 모습을 드러냈다. 피투성이가 된 살수는 비수를 쥔 채 풀썩 쓰러졌다. 혹독한 수련을 겪었는지 죽는 순간까지 비명 소리 한 번 없었다.

그의 몸에서 흐르는 피가 반쯤 녹은 비수에 닿자 푸시식 푸른 연기로 화했다.

"으으, 화혈독비(化血毒匕)?"

천사신검의 표정이 참담하게 일그러졌다.

화혈독비는 철이 아니라 오로지 독으로만 제련한 극독의 비수로 스치기만 해도 독기가 혈맥을 타고 심장까지 침투한다. 워낙 맹독이라 삼매진화로도 태울 수 없다.

비수에 찔린 발이 천 근처럼 무거워지자 천사신검은 다시 바닥으로 내려설 수밖에 없었다. 급히 혈도를 찍어 지혈했지만 이미 독 기운이 혈관을 타고 전신으로 퍼지기 시작했다.

지금이라도 그가 취할 수 있는 최상의 방법은 과감하게 화혈독비에 찔린 다리를 자르고 정면 돌파를 감행하는 길뿐이다. 탈출할 수 있는 확률은 희박하지만 이 자리에 남는 것보다는 희망적이다.

하지만 그는 스스로 자신의 다리를 자를 만큼 모진 인간은 못 되었다.

“벽병사도, 제발… 살려주게나.”

천사신검은 절뚝절뚝 걸음을 옮기며 치욕스럽게 목숨을 구걸했다. 그는 연막 속을 향해 외쳤다.

“원하는 대로 막사검을 주겠네! 이 늙은 것의 목이 무슨 소용이 있겠는가? 막사검을 내줄 테니 목숨만 살려주게!”

절세적 검객으로서 도저히 취해서는 안 될 굴욕적인 모습이었다.

백병사도가 연막 속에서 모습을 드러냈다. 그의 칙칙한 눈빛은 시종 변함이 없었다.

“막사검을 내려놓아라.”

“사, 살려준단 말인가?”

“고통없이 죽여주겠다.”

“으으, 악독한 놈!”

극도로 절망한 천사신검은 이를 악물며 막사검을 휘둘렀다.

“네놈부터 죽여주겠다!”

그는 함께 죽겠다는 각오로 극강의 천사파멸검법을 전개했다. 하지만 그 위력은 예전의 절반에도 미치지 못했다. 정신력은 혼란스럽게 흩어졌고 독기로 인해 공력까지 격감되었기 때문이다.

백병사도는 양손을 어깨 뒤로 돌려 빠르게 도를 뻗어냈다.

차차차창—!

천사신검의 검법은 약화됐지만 막사검의 날카로움은 여전히 그 위력은 잃지 않고 있었다.

연속적으로 발출한 백병사도의 칼이 일곱 자루나 베어졌다. 그는 여덟 번째 칼을 휘둘러서야 겨우 천사신검의 공격을 막아낼 수 있었다.

“크으윽!”

천사신검은 막사검을 내리며 울컥 검붉은 피를 토해냈다.

공세를 펼치느라 공력을 끌어올리는 바람에 혈맥으로 스며든 독기가 심장까지 침투한 것이다. 그가 가슴을 움켜쥐며 비틀거리는 순간 그의 옆으로 내려선 영호찬이 철극을 휘둘렀다.

퍼억!

천사신검의 수급이 몸뚱이와 분리된 채 하늘 높이 솟아올랐다.

참으로 허무한 최후였다.

광세기학과 절세신검을 얻어 천하오검에 올랐지만 그것이 그의 한계였다. 사황의 패검을 연성하기에 그의 자질은 너무 미흡했고, 절세신검을 다루기에 그의 심성은 너무 용렬했다. 결국 그는 한갓 살수 집단에 의해 비참한 최후를 맞은 것이다.

영호찬이 천사신검의 수급을 집어 들자 백병사도가 그에게 막사검을 건넸다.

“잠살(潛殺), 네가 왕야의 마지막 희망이다.”

“알고 있소.”

영호찬은 천사신검의 허리춤에서 검집을 뽑아 들고는 막사검을 꽂았다. 그는 막사검을 손에 쥐며 힘찬 미소를 지었다.

“태양은 내 손에 베어질 것이오.”

제58장

잊혀진 전설(傳說)

1

　율로가 혼수상태에서 깨어난 건 사흘이 지나서였다. 그는 자신의 입 안으로 흘러드는 뜨거운 기운을 느끼며 시선을 돌렸다.

　환유성이 손가락을 베어 피를 그에게 먹여주고 있었다. 언제부터 그리했는지 모르지만 과다한 출혈 탓으로 환유성의 안색은 백지장처럼 창백하게 변해 있었다.

　율로는 힘겹게 손을 들어 그의 손을 밀쳤다.

　"난 흡혈귀가 아닐세."

　"예전처럼 내 피가 보혈이 아닌 게 아쉽소. 하지만 만년인형설삼의 영기와 정령주의 효험이 조금은 남아 있을 테니 율로에게 해는 되지 않을 것이오."

　환유성이 계속 피를 먹여주려 하자 율로는 짜증을 부렸다.

"노부를 더 고통스럽게 만들지 말게나."

환유성은 잠시 그를 응시하다 손을 거두었다. 그는 손가락을 천으로 싸매고는 몸을 일으켰다.

"부락 아주머니가 끓여다 준 죽이 조금 있소."

"앉게나."

"……."

"노부가 오래 살지 못할 몸이라는 걸 자네도 알 것이야. 죽기 전에 내 가슴속에 담긴 이야기를 하고 싶네."

율로는 자신의 가슴을 누르며 가쁜 숨을 몰아쉬었다.

환유성은 강족의 의원을 청해 지혈초를 붙이고 천으로 친친 동여맸지만 워낙 깊은 상처라 지혈이 제대로 되지 않았다. 가슴을 동여맨 천이 피로 흥건했다.

환유성은 의자를 끌어다 나무 침상 앞에 놓고 앉았다.

"난 남의 애기를 오래 들을 만큼 참을성이 없소."

"헉헉, 그래도 들어야 하네. 노부의 내력은… 천하의 운명과 결부돼 있네."

"그렇다면 더욱 듣고 싶지 않소. 난 천하의 운명과는 무관한 사람이오."

율로는 밭은기침을 토해내고는 피 섞인 침을 소매로 닦았다.

"천하가 무엇인가? 천하는 곧 사람일세. 자네 역시 천하의 구성원 중 한 사람이니 천하의 운명 속에서 벗어날 수 없네."

"……."

환유성은 물끄러미 그를 내려다보다 등받이에 몸을 기댔다.

"성존에게 빚이 있으니 들어줄 수밖에 없겠소. 말씀해 보시오."

"이미 짐작했겠지만 노부는 새황성존(塞荒聖尊)으로 추앙받았던 사람일세. 노부의 이름은 율한추라 하네."

마침내 자신의 신분을 밝힌 율로의 말에 환유성은 가볍게 고개를 끄덕였다.

참으로 믿기 어려운 일이 아닌가.

새황성존 율한추(律汗樞)!

그는 칠십 년간 새황무림을 지배해 온 새황의 살아 있는 전설이었다. 무인의 꿈이라는 금강불괴지신에 이른 무신이기도 했다.

과거 삼천공의 장렬한 희생 속에 패주한 천마제국의 후예들이 새황을 무대로 마국을 재건하려 했지만 율한추는 그것을 용납치 않았다.

그는 새황사천왕인 천산무궁, 혈해전, 적풍사, 포달랍사의 정예들을 이끌고 천마제국의 잔당들을 소탕했다. 이로 인해 무림 사상 가장 막강한 마의 세력이 소멸됐으니 중원과 새황 모두에게 있어 크나큰 쾌거가 아닐 수 없었다.

율한추는 지독한 무광(武狂)으로 무공 수련과 새로운 무공을 창안하는 데만 전념할 뿐 천하제패의 야망은 없었다. 새황사천왕은 그를 자파의 총수로 영입하려 했지만 그는 어느 방파에도 얽매이지 않았다.

그의 유일한 즐거움은 천하를 주유하며 새로운 무학을 견식하고 그것을 수련하는 일이었다.

그의 발자취는 중원십만리를 관통하고도 부족해 멀리 동해와 부상국까지 이르렀고, 남국의 열도와 북방의 빙하 지대까지 이르지 않은 곳이 없었다.

또한 그는 무학을 연구하는 데 있어 정사마불과 방문좌도를 가리지 않았다.

만 가지 부류의 무공도 그 기원은 하나이기에 결국 어떤 무학도 하나로 귀결된다는 만류귀종(萬流歸宗)이 그가 터득한 이치였다. 그는 무림 사상 가장 방대한 무공을 터득했으며, 무학만으로 논한다면 쌍뇌천기자의 이론을 능가할 정도였다.

그의 존재는 바람과 같아 새황과 중원을 오가면서도 별다른 흔적을 남기지 않았다. 존재하되 보이지 않기에 그는 더욱 신비로운 전설이 되었다.

태양천주와 월영서시가 중원의 해와 달이라면 새황성존은 드넓은 새황 전체를 비추는 별이었다.

그런 존재가 치명적인 부상을 입고 칠 년 동안이나 양치기 노인으로 살아왔다면 그 자체가 천하를 진동시킬 대사건이 아닐 수 없었다.

율한추는 먼지로 얼룩진 파오의 천장을 올려다보며 입을 열었다.

"노부는 천산에 은거해 일 갑자 동안 터득한 무공을 연구하며 남은 생을 마치려 했네. 모두들 노부를 무신으로 추앙했지만 노부는 아직 그런 경지에는 이르지 못했지. 하지만 마음속에는 무신의 절기를 창안해 보겠다는 의욕으로 가득했네. 모든 무학을 집대성한 불멸의 절대무공 말일세."

"……."

"그러던 중 한 명의 절세기재를 만나게 되었네. 그토록 뛰어난 자질과 근골을 지닌 기재는 노부 평생 두 번째였지. 노부는 그 아이를 제자로 삼아 노부의 무공을 전수하려 했네."

"첫 번째는 누구요?"

환유성이 궁금한 마음에 묻자 율한추는 그를 바라보며 희미한 미소를 지었다.

"자네는 아닐세. 하지만 자네의 오성만큼은 누구보다도 뛰어난 것 같군. 노부가 만난 최고의 기재는 태양천주일세. 만일 그가 노부만큼 무공에 전념했다면 진작 무신의 경지에 올랐을 것이야."

환유성은 고개를 끄덕이며 그의 말을 수긍했다.

"난 그를 만난 적이 없지만 모두가 그를 그렇게 평가하니 틀린 말은 아닐 것이오."

"태양천주는 진정한 천년지재일세. 십수 년 전 태양천주를 처음 보는 순간 노부는 그를 제자로 삼고 싶은 마음이 간절했네. 하지만 그는 이미 자신만의 무학을 창안한 상태였네. 그토록 어린 나이에 이미 절정의 경지에 올랐다는 사실에 노부는 질투심을 느끼고 말았지."

"그와 겨뤄보았소?"

환유성이 뜬금없이 묻자 율한추의 눈빛에 이채가 일었다.

"그와 겨루어보았냐고? 물론 우리는 한 번 검을 맞댄 적이 있었지. 정말이지 노부 평생 잊지 못할 비무였네……."

율한추는 힘에 겨운 듯 말끝을 흐렸다. 잠시 숨을 몰아쉰 그는 환유성을 물끄러미 바라보았다.

"인내심이 대단하군. 무림인이라면 누구라도 그 승부에 대해 알고 싶을 텐데 왜 묻지 않는가?"

"알고 싶지 않소."

"왜?"

율한추가 송충이눈썹을 치켜 올리자 환유성은 단호한 어조로 대답
했다.

"성존이 태양천주를 이겼다면 내 꿈이 무의미해지기 때문이오. 나의
목적은 오로지 태양천주와 한 번 비무를 하는 거였소. 반대로 성존이
패했다면 솔직히 성존의 얘기를 더 듣고 싶지 않소. 성존은 더 이상 무
신일 수 없기 때문이오."

"허허… 무섭군. 정말 독한 사람이야. 자네는 노부를 두 번 죽였네.
첫 번째는 수치스러운 삶의 연장을 비아냥대더니, 이제는 노부의 명예
마저 뭉개 버리려는 것인가?"

"논쟁은 그만둡시다. 하실 말씀은 많은데 시간은 별로 없는 것 같
소."

환유성은 손을 뻗어 구유주가 담긴 술통을 집어 들고는 한 모금 들
이켰다.

율한추는 피 섞은 기침을 토해내고는 가슴을 두드렸다. 그가 손끝으
로 술통을 가리키자 환유성은 그에게도 한 모금 먹여주었다. 죽어가는
노인에게 있어 한 모금은 술은 독약과도 같다. 하지만 그 독약은 때로
회광반조의 현상을 일으키기도 한다.

율한추의 얼굴에 화색이 돌며 한결 보기 좋은 모습으로 변했다.

"어디까지 얘기했던가? 그래, 제자 놈을 맞이했다고 했지. 녀석의
오성과 자질은 극히 뛰어나 노부를 흡족하게 해주었네. 이십 년만 꾸
준히 연공한다면 노부가 이루지 못한 무신의 꿈을 이룰 수도 있을 정
도였지."

"성존의 부상은 제자한테 당한 거였소?"

환유성의 날카로운 직관에 율한추는 다소 놀란 표정을 지었다.

"대단하군. 자네 말대로 노부의 가슴에 검을 꽂은 자는 제자 놈이었네."

가슴 아픈 과거를 회상하는 그의 눈빛이 침잠하게 가라앉았다.

"놈은 어디서 구했는지 절세신검인 간장검을 구해와서는 노부에게 바치겠다고 했네. 과연 간장검은 예리하더군. 아무런 경계심도 없는 상황이었지만 노부의 금강지체를 파괴할 수 있는 검은 흔치 않으니 말일세."

환유성은 눈을 가늘게 뜨며 턱을 어루만졌다.

"암흑마국의 태자인 파천공자란 놈이 간장검을 지녔소. 혹시 놈이 성존의 제자였소?"

율한추의 주름진 얼굴이 딱딱하게 굳어졌다.

"놈을… 만난 적이 있는가?"

"잠시 겨뤄본 적이 있었소. 놈이 내 아내를 위협하는 바람에 대결은 무산됐소. 물론 놈은 끝내 검을 뽑지 않았지만. 지난번 두 마공이 졸개들을 이끌고 날 찾아온 이유도 그 때문이었소."

"그랬군. 하기는 놈은 절대적 확신이 없는 한 결코 대결을 벌이려 하지 않는 놈이지."

율한추의 맑은 두 눈에 은은한 분노의 기운이 뿜어졌다.

"을주환! 노부의 가슴에 치명적인 부상을 입힌 자가 바로 그놈일세. 당시 놈은 불과 열두 살의 어린아이였네. 어린 나이에도 그토록 간악할 수 있다는 사실에 노부는 소름이 돋지 않을 수 없었네."

순간적인 격동으로 그의 가슴을 동여맨 천에서 피가 뿜어졌다. 그는 고개를 저어 감정을 가라앉히며 말을 이었다.

"하지만 그 정도에 죽을 노부는 아니었지. 한데 노부가 놈을 때려죽이려 할 때 상상도 못할 신비고수가 출현했네. 그제야 노부는 깨닫게 되었지. 간악한 제자 놈은 계획적으로 노부의 제자가 된 것이었네."

환유성은 조금씩 성존의 과거에 대한 윤곽을 잡아갈 수 있었다.

"신비고수라는 자가 혹시 암흑마국의 국왕이오?"

"그러하네. 노부는 마국왕과 대결을 벌였지. 비록 노부가 치명상을 입었지만 패한다는 건 상상도 하지 않았네. 한데⋯⋯."

"그건 패배가 아니오. 대결이랄 수도 없는 추악한 기습에 당했을 뿐이오."

환유성이 그답지 않게 위로의 말을 건네자 율한추는 단호하게 고개를 저었다.

"아니야. 마국왕은 전설적인 양심신공을 터득한 자일세. 그자가 구사한 무공이 뭔지 아는가? 그자는 한 손으로 천마혈경의 절대마공을 전개했고, 다른 한 손으로는 백도 최강이라는 삼천공의 절학을 펼쳐 냈네. 노부가 온전한 상태였다 하더라도 결코 승산이 없는 대결이 되었을 것이야. 결국 노부는 그자의 손에 패하고 말았네. 간악한 제자 놈은 내 가슴에 꽂힌 검을 뽑고는 만장애 벼랑 아래로 걷어차더군."

실로 엄청난 무림비사였다.

짙은 장막에 싸여 있는 암흑마국의 숨겨진 내막이 일부 밝혀진 것이다. 마국왕은 훗날 중대한 걸림돌이 될 새황성존을 간악한 술책으로 처단한 것이다. 이런 내막을 아는 자는 암흑마국에서도 최고위급뿐이다.

하기에 세상에는 아직도 새황성존이 바람처럼 천하를 주유하고 있는 것으로만 알려져 있다.

율한추가 잠시 침묵을 지키자 파오 안은 숨 막힐 듯한 정적에 휩싸였다. 웬만한 사람이라면 좀 더 소상한 내력을 알기 위해 율한추에게 조목조목 캐물었겠지만 환유성은 그와 함께 침묵을 유지했다.

장탄식과 함께 율한추가 다시 입을 열었다.

"천하에서 마국왕을 상대할 수 있는 사람은 태양천주와 월영서시 둘뿐이네. 하지만 그들이라 하더라도 단독으로 겨룬다면 승산이 없어."

"내가 한번 겨뤄보겠소."

환유성의 당돌한 도전에 율한추는 잠시 말문을 잃고 말았다.

"천하를 위해서가 아니오. 그런 자라면 한번 싸워볼 만하지 않겠소?"

율한추는 한참 동안 그를 직시하다 스르르 눈을 감았다.

"자네가 죽음을 두려워하지 않는 사람이라는 것을 아네. 내 자네에게 한 가지 충고를 해주고 싶군. 그저 자네보다 세상을 오래 산 늙은이의 노파심이라 여기지 말게나. 목숨을 소중히 여기게나. 목숨을 경시하는 건 필부의 만용일 뿐일세. 그렇다고 삶에 연연하라는 말이 아닐세. 삶은 실로 가치가 있는 일이야."

율한추는 다시 밭은기침을 하며 피를 쏟았다.

환유성이 타인의 고통에 가슴이 저려보기는 이번이 처음이었다. 그의 말을 막고 싶었지만 그것은 그를 더 고통스럽게 만드는 일이라 그냥 지켜볼 수밖에 없었다.

"노부가 왜 수년의 삶은 단축하면서까지 자네를 도와주었는 줄 아는가?"

“조금은 알 것 같소.”

“그래, 노부의 남은 삶보다 자네의 삶이 더 소중하기 때문일세. 노부의 판단이 틀리지 않았기를 바라네.”

“생각해 보겠소.”

환유성은 지그시 입술을 곱씹었다.

타인에게 빚을 지기 싫어하는 그였지만 이번만큼은 너무도 큰 빚을 지고 말았다. 자신으로 인해 율한추의 수명이 단축되었으니 이는 도저히 갚을 수 없는 빚이었다.

율한추는 피로 물든 자신의 가슴을 두드렸다.

“부담은 가질 필요 없네, 이건 노부의 의지였으니까. 하여간 만장애에서 떨어진 노부는 만신창이가 된 몸으로 겨우 목숨을 건질 수 있었네. 처음에는 너무도 원통하고 분한 마음에 죽을 수가 없었지. 반드시 무공을 회복해 복수하겠다는 일념으로 꼬박 일 년 넘게 운공으로 요상을 하며 지냈네.”

“…….”

“하지만 그런 외중에 노부는 평생토록 깨우치지 못한 삶의 의미를 나름대로 터득하게 되었네. 불문의 화두인 색즉공공즉색(色卽空空卽色)이라고나 할까?”

환유성은 다소 이해할 수 없는 표정으로 물었다.

“진정 복수에 대한 집념을 씻었단 말이오?”

“그러하네. 노부가 당시 죽지 않은 건 마국왕이 일부러 죽이지 않았기 때문인 것도 알게 되었지.”

“성존에게 더 오랫동안 고통을 안겨주기 위해서란 말이오?”

율한추의 모습에 짙은 그늘이 드리워졌다.

"그것이 아닐세. 마국왕은 노부를 죽이려는 순간 아주 고통스런 심적 괴로움에 휩싸였어. 당시는 몰랐지만 노부는 훗날 그 눈빛을 떠올릴 수 있었네."

"성존과 아는 사람이오?"

환유성이 의아한 표정으로 묻자 율한추는 고개를 저으며 화제를 돌렸다.

"자네가 노부에게 빚이 있다니 한 가지 부탁을 하겠네."

"말해 보시오."

"노부를 위해서 간악한 제자 놈을 죽여주게. 놈만 사라진다면 마국의 위협도 종식될 것이네."

환유성은 힘있게 고개를 끄덕였다.

"마국왕과 대결하려면 그 느끼한 놈과 싸우는 것은 당연한 수순이오."

"을주환을 죽여야 하는 건 필연이지만 마국왕과의 대결은 선택의 문제일세."

환유성은 그가 계속 자신을 제어하려 하자 도전적인 어조로 물었다.

"성존은 내가 마국왕을 절대 못 이길 것 같소?"

"무모한 짓 말게나."

율한추는 맑은 눈빛으로 환유성을 직시했다. 회광반조가 최고조에 오른 듯 그의 눈빛은 강렬하면서도 위압적이었다.

"노부의 지금 무공 수위는 과거의 삼할에도 미치지 못하네. 하지만 그 정도로도 자네를 능가할 수 있어."

"장담하지 마시오. 성존과 난 검을 맞댄 적이 없소."

환유성이 강하게 반박하자 율한추는 그를 심하게 질책했다.

"자네는 마국의 두 마공조차 감당하지 못한 사실을 잊었는가? 자네가 만약 노부에 대한 빚을 갚고자 마국왕과 대결하려 한다면 크나큰 오판일세. 자네가 을주환 그놈만 죽여주면 노부의 복수를 대신해 주는 것이니 빚을 갚는 것과 다름없네."

율한추는 피 섞은 기침을 토해내고는 거친 숨을 몰아쉬었다. 생명지기가 고갈된 듯 그의 맑은 눈빛이 순식간에 흐려졌다.

"마국왕은 태양천주와 월영서시에게 맡기게나."

"난 여태껏 내 결정을 번복한 적이 없소. 하지만 지금은 몹시 곤혹스럽소. 아마 성존의 뜻을 따르지 못할 것 같소."

율한추는 장탄식을 지으며 허리춤을 뒤졌다.

"후우, 쇠심줄 같은 고집이군."

그는 가죽 주머니를 환유성의 손에 쥐어주었다.

"노부의 평생 심득을 기록했네. 일천 개의 글자로 압축한 천원단서(天元丹書)일세. 물론 자네는 이미 일가를 이룰 무공을 연성했으니 자존심 때문이라도 보지 않으려 할 것이야. 하지만 절기는 배우지 않아도 좋으니 그 요결만 머리 속에 담게. 모든 무학은 만류귀종이니 자네가 추구하려는 길에 조금은 도움이 될 것이네."

"알겠소."

환유성은 가죽 주머니를 손에 쥐며 물었다.

"성존의 절학은 누구에게 전해주면 좋겠소? 달리 생각해 둔 사람이라도 있소?"

"자네가… 결정하게."

율한추는 고개를 뒤로 꺾으며 가래 섞인 숨을 몰아쉬었다.

환유성은 비단 주머니를 품에 넣고는 물끄러미 그를 바라보았다. 칠십 년간 새황의 무신으로 추앙되어 온 그였지만 지금은 그저 죽음을 기다리며 고통스러워하는 노인일 뿐이었다.

"괴롭지 않게 죽여 드리겠소."

그가 어깨의 반검으로 손을 가져가자 율한추의 입가에 자조적인 미소가 감돌았다.

"죽음이 오는 순간을 지켜보고 싶네. 어떻게 태어났는지는 몰랐지만 어떻게 죽는지는 꼭 알고 싶구먼."

그는 환유성에게로 시선을 돌리며 힘겹게 입술을 달싹거렸다.

"잠깐 동안의 만남이었지만… 자네를 만나 모든 것을 털어놓으니… 후련하군……."

"운명 아니겠소?"

"그래… 운명이지……. 돌이켜 보면 세상은… 일장춘몽……."

율한추는 환유성을 향해 손을 뻗었다. 이승을 떠나는 자의 아쉬움이 느껴지는 순간이었다.

환유성이 그의 손을 쥐었다. 뼈만 앙상한 거친 손이 점차 식어간다. 남아 있던 약간의 기운마저 소멸된 듯 한 가닥 나뭇가지를 쥔 듯하다.

일대 거인 새황성존 율한추는 그렇게 숨을 거두었다.

무림사 이래 그처럼 광범위한 지역에 족적을 남긴 사람이 없었건만 그의 임종을 지켜본 사람은 한 사람뿐이었다. 살아생전 그의 명성은 새황을 뒤덮고도 넘쳤지만 죽음에 임해서는 그저 초라한 파오 하나도 채우지 못했다.

이제 그는 영원한 전설로만 남게 될 것이다.

2

화르륵……!

율한추의 시신이 높이 쌓여진 장작 위에서 불타고 있었다. 맹렬한 불길 속에서 그의 육신이 서서히 재로 화하고 있었다.

환유성은 불꽃이 피어오르는 하늘을 바라보며 착잡한 심정에 젖었다. 그가 누군가의 죽음을 지켜보기는 이번이 두 번째였다. 어렸을 적 그의 모친을 화장(火葬)한 이후 처음 있는 일이었다.

그에게 있어 율한추는 여러 면에서 마검노인과 비견될 존재였다. 비록 며칠간의 짧은 만남이었지만 둘 사이에는 십수 년을 지내온 사람처럼 정신적인 교류가 있었다.

서로가 감수성이 메말라 애틋한 정분은 없었지만 만남의 흔적은 오랜 세월 잊지 못할 것이다.

장작이 다 타자 환유성은 율한추의 유골을 수습해 가루로 만들었다.

그는 소추를 타고 이동하며 바람 속에 유골을 뿌려주었다. 무(武)를 찾아 천하를 주유해 온 그의 삶처럼 그의 유골도 바람을 타고 천하를 떠돌 것이다.

환유성은 율한추가 건네준 비단 주머니를 끌러보았다.

매끄러운 비단이 여러 겹 접혀 있었다. 수백 년이 지나도 퇴색되지 않고 불에도 타지 않는다는 천잠 비단이었다.

비단에는 붉은 단주(丹朱)로 씌어진 글자가 빼곡하게 기록돼 있었다. 모두 일천 개의 글자로 율한추의 평생 심득이 압축된 요결이었다.

환유성은 천원단서를 천천히 훑어보았다.

해독하기 어려운 글귀는 만상선인이 남긴 만상요결과 흡사했다. 환유성은 한 구절도 해독할 수 없었지만 만상요결과 유사한 맥락임은 어렴풋하게 파악할 수 있었다. 두세 번 정도 반복해 읽은 그는 천원단서를 접어 품속에 넣었다.

"소군이 옆에 있었으면 쉽게 해독해 주었을 텐데……."

그는 문득 벽소군의 아리따운 영상을 뇌리에 떠올렸다.

천하인 모두를 죽여서라도 지키고 싶은 그의 여인이다. 그의 육신과 영혼의 일부가 된 여인이기에 세상 그 무엇보다 소중하다. 헤어져 있을 때는 이리도 그립지만 함께 있으면 왠지 모를 불편함에 공연히 심통을 부린다.

그는 월영궁이 위치한 곤륜산 쪽으로 방향을 정하고는 나직이 중얼거렸다.

"다음에 만나면 조금 더 오래 같이 있어야겠어."

3

드넓은 곤륜산의 준령 속에 위치한 은영곡 주변은 온통 은세계다. 세상에 봄이 찾아왔건만 곤륜의 봄은 아직도 멀다.

하지만 은영곡 내부는 뜨거운 온천수와 지열에 의해 사철 훈훈한 봄 기운이 완연해 초록의 잔디와 기화요초가 그림처럼 펼쳐져 있다.

얼음을 쌓아 올려 만든 듯한 흰색의 대리석 궁전은 월영궁의 대표적인 상징물이다.

한소소가 궁전을 나서 돌계단을 내려서자 좌우로 도열한 제자들이 허리를 굽히며 예를 올렸다.

"궁주님을 뵈옵니다."

한소소는 제자들 사이에 섞여 있는 벽소군을 호명했다.

"따라오너라."

"예, 궁주님."

벽소군은 긴 장옷을 이끌고 미끄러지는 한소소의 뒤를 따랐다.

금류향은 잠시 그들을 지켜보다 제자들에게 지시했다.

"외부의 침입자가 있을 수 있으니 각별히 주변을 경계해."

"예, 총령."

월영궁 제자들은 각지 지정된 위치로 흩어졌다.

금류향은 실개천 위를 가로지르는 구름다리를 걸으며 입술을 곱씹었다.

"유성, 이 미친 녀석아. 제발 오지 마. 네가 정말 밉지만 사부님 손에 네가 죽는 건 원치 않아."

한소소는 휘장이 둘러진 온천탕으로 들어섰다.

"시일이 제법 흘렀다. 아직도 결정하지 못했느냐?"

벽소군은 휘장 밖에 멈춰 선 채 대답했다.

"결정했습니다."

"흐음, 그래?"

한소소가 어깨를 흔들자 그녀의 몸을 감싼 장옷이 스르르 미끄러져 내렸다. 중년의 여인답지 않은 매끄러운 피부가 옥처럼 빛을 발한다.

그녀는 온천탕 옆 바위에 속옷을 벗어 내리고는 온천탕으로 들어섰다. 그녀는 탕 속에서 상반신만 드러내는 반신욕(半身浴)을 즐기며 물었다.

"본 궁의 제자가 되겠느냐?"

"월영궁의 제자가 되어 절학을 익힐 수 있는 건 크나큰 영광이지만 소녀는 단정의 맹세를 할 수가 없습니다. 소녀의 낭군이 용납지 않을 겁니다."

"그럴 줄 알았다."

한소소는 온천탕가에 편히 기대앉으며 싸늘한 미소를 머금었다.

"네게 기회를 주었으니 쌍뇌천기자 어른께 입은 은혜는 갚은 셈이다. 너답지 않은 우매한 선택을 했으니 안타깝기만 하구나."

벽소군은 휘장 밖에서 조용히 무릎을 꿇었다.

"용서하십시오, 궁주님. 향후 두 달은 온천지(溫泉池)에서 지내셔야 합니다. 당연히 반검무적과의 비무도 이루어질 수 없게 되었습니다."

한소소는 흰 천에 물을 묻혀 어깨와 가슴을 문질렀다.

"네 능력을 자신할 수 있느냐?"

벽소군은 다소 놀란 눈빛이 되어 물었다.

“알고… 계셨습니까?”

“네가 지난 보름간 온천지 주변을 배회하며 무언가를 꾸미고 있지 않았더냐? 진법을 펼쳐 놓았겠지?”

벽소군은 솔직하게 대답했다.

“그러하옵니다. 육반천라금쇄진(六盤天羅禁鎖陣)입니다. 이는 삼라만상의 기운을 이용한 진세라 어떠한 힘으로도 격파할 수 없습니다. 본래 진세의 위력은 백일을 유지하지만 궁주님은 가공할 무공을 지니셨기에 두 달 후면 진세를 나오실 수 있을 겁니다.”

“너는 어떻게 나갈 것이냐?”

한소소는 진법에 의해 금제된 상황이었지만 조금치도 동요하는 기색이 없어 보였다.

벽소군은 천천히 몸을 일으켰다.

“소녀는 나갈 수 있지만 궁주님은 나가실 수 없습니다. 물론 궁주님께서 소녀를 제압하시면 소녀 또한 나가지 못하겠지요.”

“난 너를 제압하지 않을 것이야.”

“배려에 감사드립니다.”

벽소군은 휘장을 향해 정중히 예를 올리고는 몸을 돌렸다. 휘장 안에서 한소소의 음성이 들려왔다.

“내가 수욕을 마친 후 진세를 격파한다면 어찌하겠느냐?”

“그리하신다면 소녀의 능력 밖이니 운명에 맡기겠습니다.”

“알겠다. 이로써 빚은 충분히 갚은 셈이니 다시는 내게 부탁을 하지 말아라. 또다시 내게 죄를 짓는다면 결코 용서치 않을 것이야.”

“궁주님의 자비에 감격할 따름입니다.”

벽소군은 진세 밖으로 걸음을 옮겼다.

육반천라금쇄진은 자연적 지형을 최대한 활용한 진세다. 수목과 돌의 배치만으로 진세를 펼치는데 그로 인해 천지간의 기가 차단된다. 외견상 아무런 변화도 없지만 한번 진세에 빠져들면 끝없는 수해(樹海)와 암석 지대를 헤매다 탈진하게 된다.

진세는 투명한 그물과 같아 바람은 통하지만 생명체는 작은 벌레조차 통과하지 못한다. 이 육반천라금쇄진은 한번 펼쳐지면 백일간 진세가 유지된다.

진을 나선 벽소군은 온천지를 올려다보았다.

탕 주변을 둘러싼 흰색의 휘장이 가벼운 바람에 흔들거린다. 진세는 기를 차단할 뿐이기에 외부에서 보아서는 전혀 펼쳐진 느낌이 없다. 진세에 접근하지 않는 한 이토록 엄청난 위력의 진법이 펼쳐져 있다고는 누구도 생각지 못할 것이다.

'월영서시라도 육반천라금쇄진은 쉽게 격파할 수 없을 거야. 혼신의 힘을 다하면 진세를 깰 수 있겠지만 내상을 입게 되겠지. 월영서시는 자존심이 워낙 강해 부상을 당하면서까지 무리하게 진세를 파훼하려 들지는 않을 거야.'

벽소군은 서둘러 입구를 막아선 성곽으로 향했다.

좁은 협곡을 막아선 대리석 성곽은 금성철벽처럼 견고했다. 성곽의 높이는 이십 장에 달했고, 반쯤 열린 금색 성문도 높이가 오 장이나 되었다.

성문 앞을 순시하던 금류향이 그녀에게 다가섰다.

"소군, 어떻게 된 거야?"

"언니만 알고 있어요. 잠시 후 온천지에 엄청난 충격이 전개될 거예요. 절대 접근하지 말고 지켜보기만 하세요. 아마 월영서시께서 별도의 영을 내리실 겁니다."

금류향은 눈을 커다랗게 떴다.

"설마 진법으로 사부님을 금제했단 말이야?"

"어쩔 수 없었어요."

"안 돼!"

금류향은 벽소군의 손목을 쥐었다. 사내처럼 큰 손이라 벽소군의 여린 손목이 그녀의 손아귀 안에 쏙 들어왔다.

"어서 진법을 해소해. 사부님께서 진노하시면 소군도 무사하지 못해!"

"월영서시께서도 알고 계십니다. 과거 소녀의 사부님께 입은 은혜 때문에 소녀를 용서하신 겁니다."

"정말이야?"

벽소군은 화사한 미소를 지으며 활달한 음성으로 말했다.

"예, 언니. 그렇지 않다면 소매가 어떻게 월영서시의 눈을 속이고 진세를 펼칠 수 있겠어요?"

"하기는."

금류향은 고개를 끄덕이며 그녀의 완맥을 놓아주었다.

벽소군은 그녀와 어깨를 나란히 하며 성문 쪽으로 걸음을 옮겼다.

"월영서시께서는 당분간 봉궁(封宮)을 명하실 겁니다. 환랑이 찾아와도 절대 문을 열어주지 마세요. 비무가 이루어지지 않으면 그도 포기하고 돌아갈 겁니다."

“알았어.”

금류향은 그녀를 은영곡 밖까지 바래다 주었다. 그녀는 금류향을 향해 포권의 예를 취했다.

“들어가요, 언니.”

“한 가지 물어볼 게 있어.”

“뭐죠?”

금류향은 잠시 망설이다 옆에 서며 물었다.

“그놈 어디가 그렇게 마음에 들었어? 녀석한테 중원제일의 재녀인 소군을 휘어잡을 만큼 매력이 있기는 한 거야?”

“호호, 언니도 참.”

벽소군은 다정하게 금류향의 손을 쥐었다.

“언니는 왜 한때 환랑을 좋아했어요?”

“그 자식 사내잖아?”

“맞아요. 정말이지 멋없는 사내죠. 누군가 돌봐주지 않으면 씻지도 않는 게으름뱅이예요. 아마도 허점투성이라는 게 매력일 거예요. 부족함이 많으니 채워줘야 할 것도 많죠.”

“그래, 그놈 많이 위해 줘. 살아온 삶이 삭막해서 그렇지 본래부터 삭막한 놈은 아닌 것 같으니까.”

금류향은 그녀의 손을 놓고는 돌아섰다.

그 순간, 엄청난 폭음이 협곡 안에서 들려왔다. 연이은 폭음에 은영곡 전체가 진동했다.

“어서 가. 사부님께서 진세를 격파할지도 모르니 환가 놈을 만나면 재주껏 설득해 봐. 절대 월영궁에 오지 않도록 말이야.”

금류향은 급히 협곡 안으로 몸을 날렸다.

"……."

벽소군은 그녀가 사라진 협곡을 응시하며 일말의 불안감을 금할 수 없었다.

그녀는 자신이 설치해 놓은 육반천라금쇄진을 확신했지만 천하 최강자 중의 한 사람인 월영서시의 무공을 감안한다면 절대적으로 안심할 수만은 없는 일이었다.

"류향 언니 말대로 환랑을 한 번 더 설득해 보자."

그녀는 곤륜의 능선을 따라 몸을 날렸다.

"아, 환랑의 검이 의검(義劍)으로 바뀐다면 얼마나 좋을까?"

4

빙하가 녹아 흐르는 냇물은 시리도록 맑고 깨끗했다. 물이 얼마나 맑고 투명한지 삼 장 깊이 밑바닥까지 훤히 들여다보일 정도였다.

환유성은 냇가에 쭈그리고 앉아 두 손으로 물을 떠 마시고 있었다. 소추는 그 아래에서 고개를 처박은 채 물을 마시고 있었다. 주인이 거의 굶다시피 길을 재촉했기에 소추 역시 여물을 먹어본 지가 오래였다. 사람과 말은 각기 물로 배를 채우는 중이었다.

이때 주둥이의 물기를 혀로 핥던 소추가 무슨 냄새를 맡은 듯 고개를 쳐들며 킁킁거렸다.

이히힝—!

소추는 냄새를 맡은 방향으로 냅다 달려갔다. 굶주린 상태에서도 놀랍도록 빠른 속도였다.

"……?"

환유성은 소추 녀석이 갑자기 왜 저러나 싶어 한참을 바라보다 눈을 커다랗게 떴다.

소추가 누군가를 태운 채 달려오고 있었다. 소추의 등에 타고 있는 사람은 마치 천마를 타고 하강하는 선녀처럼 아름다웠다. 한껏 밝은 미소를 짓고 있는 여인은 바로 벽소군이었다.

환유성은 못 본 체하며 쭈그리고 앉아 빙하수로 얼굴을 씻었다.

"환랑!"

말에서 내린 벽소군은 그의 등을 와락 끌어안으며 그의 목덜미에 볼을 비볐다.

"무사했군요… 정말 다행이에요."

환유성은 그녀의 뜨거운 체온에 순간적으로 충동적인 욕정을 느꼈지만 애써 태연한 기색을 지었다.

"사천성으로 간 게 아니었어?"

그가 몸을 일으키자 그녀는 그의 품으로 파고들었다.

"보고 싶었어요, 환랑. 어서 안아줘요."

그녀가 적극적으로 품에 안기자 그는 어정쩡한 자세로 그녀의 허리에 팔을 둘렀다.

"환랑이 극검마왕을 격파했다는 소문은 들었어요. 정말이지 대단하세요."

그녀는 그의 목에 팔을 감으며 입을 맞추었다.

그는 그녀의 뜨거운 입술과 감미로운 설육을 음미하며 헤어져 있는 동안의 허전했던 가슴을 달랬다. 그녀를 포옹하고 있는 이 순간이 그 토록 행복할 수 없었다. 그녀를 부둥켜안은 채 영원토록 있고 싶은 심정이었다.

두 남녀의 격정적인 포옹에 심통이 난 소추가 끼어들어 둘을 혀로 핥지 않았다면 그들은 오래도록 떨어지지 않았을 것이다.

"오, 그래. 소추."

벽소군은 환유성의 포옹을 풀며 소추의 목을 감싸 안았다.

환유성은 그런 소추를 한 대 쥐어박고 싶었지만 애써 무시한 채 소추의 등에 올라앉았다.

"타."

벽소군은 날렵하게 몸을 띄워 환유성의 앞으로 내려앉았다. 그녀는 그의 손을 끌어다 자신의 허리에 감았다. 그녀는 상반신을 틀어 그의 턱을 손으로 어루만졌다.

"수염 좀 깎아요."

"귀찮아."

"그동안 어떻게 지냈어요? 얘기 좀 해봐요."

환유성은 그녀의 윤기 흐르는 머리카락을 어루만지며 그녀의 체향을 한껏 들이켰다.

"소군은 왜 여태 위험한 새황 땅에 있는 거야? 왜 사천성으로 가지 않았어?"

"환랑이 걱정돼 갈 수가 없었어요. 요행히 극검마왕을 이긴다 해도 월영서시와 비무를 할 거잖아요?"

"맞아. 지금 월영궁으로 가는 길이야."

환유성은 슬며시 그녀의 육봉으로 손길을 옮겼다. 그녀는 살포시 미소를 지을 뿐 굳이 그의 손을 뿌리치지 않았다.

"소녀도 월영궁에 가보았지만 봉궁이 된 상태라 들어갈 수가 없었어요. 아마 비무는 이루어지지 않을 겁니다."

"봉궁이라고?"

"그래요. 아마도 월영서시가 폐관수련에 들어갔나 봐요."

"내가 그 말에 속을 것 같아?"

그가 냉소를 짓자 그녀는 자신의 육봉을 감싸 쥔 그의 손 위에 자신의 손을 얹었다.

"아무렴 소녀가 환랑을 속이겠어요?"

"내 눈으로 확인하기 전에는 믿을 수 없어."

"세상에 아내의 말을 의심하는 남편은 당신뿐이에요."

그녀가 그의 손을 홱 밀치자 그는 떨떠름한 표정이 되어 한마디 던졌다.

"누군가 그러더군, 세상 모든 여자의 말은 믿어도 여편네의 말은 믿지 말라고."

5

벽소군의 말대로 월영궁의 봉궁은 사실이었다.

성문은 굳게 닫혀 있었고, 협곡을 막아선 높은 성벽 위로 월영궁 제자들이 방문객을 향해 궁노(弓弩)를 겨누고 있었다. 백 장 밖의 철판도 관통한다는 궁노는 월영궁의 강력한 병기 중 하나였다.

"문을 열어라! 난 월영서시에게 볼일이 있어 찾아온 환유성이란 사람이다!"

환유성이 성곽 위를 향해 외치자 건장한 체구의 여인이 모습을 보였다.

오랜만에 환유성을 대한 금류향은 과거의 연정 때문인지 다소 가슴이 설레었다. 하지만 자신을 지켜보는 궁도들의 눈을 의식하며 냉랭하게 외쳤다.

"궁주님께서는 폐관 중이시니 돌아가라!"

"금류향, 가서 전해라. 예전의 대결을 마무리 짓겠다고 말이다."

"환유성 이 미친놈아, 그렇게도 죽고 싶으냐? 네 품에 안겨 있는 예쁜 아내의 눈에서 피눈물이 나오는 모습을 그리도 보고 싶은 거냐?"

환유성은 짜증스런 표정으로 말을 받았다.

"문을 열지 않으면 부수겠다."

"환유성, 궁주님께서 어떤 분이신데 너와의 비무를 두려워하겠냐? 정 대결을 원한다면 삼 개월 후 동정호에서 기다려라. 많은 사람들이 보는 앞에서 대결을 벌이실 것이다."

금류향은 월영궁 제자들을 향해 영을 내렸다.

"놈이 본 궁을 무단침입하려 들면 궁노로 쏴 죽여라!"

"예, 총령!"

제자들은 성곽 전체로 흩어져 궁노를 겨루었다.

벽소군은 자신이 펼친 진세가 격파되지 않았다는 데 내심 안도하며 환유성을 돌아보았다.

"소녀의 말이 맞죠?"

"정말일까?"

"환랑, 월영서시는 자존심이 강하기로 천하에서 첫 번째입니다. 그런 분이 환랑의 명백한 도전을 두고만 보고 있었겠어요? 당장이라도 문을 열고 환랑을 받아들여 비검을 벌였을 겁니다."

월영서시와 겨룬 바 있는 그는 그녀의 독보적인 자존심과 오만을 경험했기에 벽소군의 말에 수긍할 수밖에 없었다.

"그렇군."

환유성은 다소 맥이 풀렸다.

월영서시와의 재대결은 그가 태양천주의 대결 다음으로 손꼽히는 승부였다. 만리대장정을 거치며 숱한 우여곡절 끝에 간신히 월영궁 문턱에 이르렀건만 비검이 보류됐으니 낙담하지 않는 게 이상할 정도였다.

물론 월영서시가 나올 때까지 몇 개월이 되든 기다릴 수도 있는 일이지만, 그것은 그의 자존심이 용납치 않는다. 어쨌든 삼 개월 후 동정호에서 대결이 약조된 이상 그녀와의 승부는 무산된 것이 아니다. 다만 잠시 늦춰졌을 뿐이다.

그는 성곽 위의 금류향을 향해 외쳤다.

"오냐, 삼 개월 후 동정호에서 기다리겠다! 그때도 월영서시가 모습을 보이지 않는다면 천하에 낯을 들고 다닐 수 없게 만들어주겠다! 그렇게 전해라!"

금류향은 가소롭다는 듯 벽소군을 향해 소리쳤다.

"소군, 저 미친놈을 제발 요동 땅으로 끌고 가! 다리를 분질러서라도 다시는 중원에 들어오지 못하게 해!"

"갈게요, 언니."

벽소군이 앞서 말고삐를 돌리자 소추는 월영궁을 등진 채 협곡 밖으로 향했다.

환유성은 월영서시와의 대결이 보류된 사실에 상당한 의구심을 품었지만 내막을 모르기에 벽소군을 의심하지는 않았다.

그녀는 힐끔 그의 눈치를 살피며 조심스럽게 입을 열었다.

"환랑, 이제 중원으로 돌아가요."

"달리 갈 데가 있어."

"또 어딜요?"

"암흑마국을 찾아가 간악한 을주환을 만나봐야겠어."

"오, 맙소사!"

벽소군은 질렸다는 듯 고개를 저었다.

"물론 천하를 위해서라면 당연히 암흑마국을 격파해야겠지요. 하지만 단신으로 암흑마국을 상대하겠다는 건 계란으로 바위를 치는 격이죠."

"내가 언제 암흑마국을 상대하겠다고 했어? 난 을주환 그놈의 목만 베면 돼."

"말도 안 되는 소리 말아요! 그 교활한 놈이 당신과 맞대결을 벌이려 하겠어요? 환랑은 놈의 얼굴을 보기도 전에 마국의 포위망에 빠져 죽고 말 겁니다."

환유성은 그녀의 고운 머리채를 부드럽게 어루만졌다.

"난 안 죽어. 암흑마국의 총단이 어디 있는지만 말해 줘."

"솔직히 소녀도 몰라요."

"소군이 모르는 것도 있어?"

벽소군은 몸을 반쯤 틀어 그를 보며 피식 실소를 지었다.

"소녀를 놀리는 거예요, 아니면 인정하는 거예요? 어쨌거나 소녀는 정말 몰라요. 암흑마국의 존재는 아직까지 무림의 신비 중 하나예요."

은영곡을 나선 소추는 경쾌한 발걸음으로 곤륜의 준령을 내려갔다.

벽소군은 그의 가슴을 등받이 삼아 기대며 말했다.

"환랑, 일단 중원으로 돌아가요. 암흑마국은 사천성 아미산을 중원 진출의 교두보로 삼고 있어요. 마국과 동조한 악인궁과 천잔방의 악도들 역시 아미산 전역에 흩어져 있지요. 현재 아미파의 봉문을 해소하기 위해 태양천을 위시한 백도연합 세력이 낙산에 운집해 있어요. 그곳을 찾아가 아미파를 점거하고 있는 암흑마국의 수괴를 사로잡으면 총단의 위치를 알아낼 수 있을 거예요."

"소군은 쓸데없는 싸움에 날 끌어들이려 하는군."

환유성이 시큰둥하게 말을 받자 벽소군은 심각한 표정으로 응수했다.

"환랑, 천하의 안녕과 평화를 위한 정의로운 싸움입니다. 굳이 협명을 떨치지 않아도 좋아요. 그저 정마대전(正魔大戰)에 뛰어들어 암흑마국의 마인들을 격파하는 데 일조만 하세요. 을주환의 목을 베는 일은 그 다음이죠."

"……."

환유성이 즉각적으로 대답하지 않자 그녀가 고개를 돌렸다.

"한데 왜 갑자기 을주환의 목을 베려는 거죠? 지난번 시합 때문에 기분이 상해서 그래요?"

"아니야, 놈을 꼭 죽어야 할 이유가 생겼어. 율로를 진작 만났다면 지난번 놈을 만났을 때 어떻게든 죽였을 거야."

"율로라고요?"

벽소군이 눈을 커다랗게 뜨자 환유성은 그녀의 늘씬한 교구를 와락 끌어안았다.

"얘기가 좀 길어. 오랜만인데 일단 잠자리부터 할까?"

제59장

무엇이 의(義)고 무엇이 악(惡)인가

1

사천성 낙산(樂山)의 산자락으로 무려 일천 개에 달하는 막사가 세워졌다.

태양천 휘하 십삼 개 지부에서 선발된 이천의 정예들과 각대문파에서 달려온 오천의 군웅들이 속속 들이닥치며 낙산은 인산인해를 이루었다.

태양천주에 앞서 당도한 강무영과 단목비연이 태양천 제자들을 지휘하며 다가올 정마대전을 준비하고 있었다.

모두에게 반가운 희소식은 우내사성 중 일원인 보타 성니(普陀聖尼)와 태청성검(太淸聖劍)이 친히 나선 일이었다. 과거 천하를 피로 물들인 지옥삼흉을 쫓아낸 무림의 명숙이 이렇듯 세상에 모습을 보이기는 실로 오랜만의 일이었다.

무당파의 태상원로이기도 한 태청성검은 무당의 정예 검수들을 대거 이끌고 참가해 군웅들의 사기를 한껏 높여주었다.

더불어 역시 우내사성 중 일 인인 무아 성승(無我聖僧)이 소림의 백팔나한을 거느리고 낙산으로 오고 있다는 낭보에 군웅들은 흥분을 금할 수 없었다.

암흑마국의 가공할 마력에 잔뜩 위축된 군웅들은 모처럼 어깨를 펼 수 있었다. 전대 최강의 고수들인 삼성과 태양천이 합심한다면 그 어떤 사마악도들의 발호도 두렵지 않았다.

낙산에 운집한 군웅들 중 일부는 과거 사중악을 격파할 때 직접 전투에 참가한 역전의 무인들이었다. 그들은 젊은 협사들을 모아놓고 무용담을 늘어놓으며 협사들에게 용기를 불어넣어 주었다.

각 상단들의 아낌없는 지원 덕분에 식량과 의복, 병장기 등은 충분히 공급되었다. 모두들 만반의 태세를 갖춘 채 태양천주가 당도하기만을 기다렸다.

아미파의 수복은 이제 시간문제였다.

2

칠천 군웅들이 좌우로 도열한 광경은 일대 장관이었다. 그들은 황제를 맞이하는 군병들처럼 태양천주의 당도를 열렬히 환영했다.

탕마멸사대를 이끌고 대막사로 향하는 단목휘는 길게 늘어서서 연호하는 군웅들을 향해 연신 포권을 쥐어 보였다. 백도 대종사로서의 위엄이 부족하다는 평판이 있지만 오만하지 않는 그의 태도는 오히려 위압적인 권위를 능가한다.

단목휘는 대막사 앞에 서 있는 삼성을 대하며 정중히 예를 올렸다.

"삼성께서 친히 왕림하셨으니 이제 암흑마국의 야욕은 수포로 돌아가게 될 것입니다."

소림의 대원로인 무아 성승이 한 손을 세워 가슴에 대며 불호를 외웠다.

"아미타불. 오랜만이네, 천주. 우리 같은 늙은이들이야 그저 천주의 절학을 견식하러 왔을 뿐이네."

태청성검이 담담히 미소를 지으며 말을 받았다.

"천주령의 위력은 정말 대단하네. 태양천 정예들 외에도 오천 군웅들이 운집했으니 이는 과거 천마제국과 무림혈전을 벌일 때보다 훨씬 엄청난 성과일세."

"하하, 모두 세 분 선배님들 덕분입니다. 들어가시지요."

대막사 안에는 수뇌급들을 위한 회의용 탁자가 마련돼 있었다.

커다란 원탁에는 태양천주와 삼성, 대문파의 지존들과 전대 원로들이 배석했다.

원탁이 좋은 점은 굳이 서열을 존중한 자리 배치가 필요없다는 점이다. 누구나 동등한 위치가 되기에 좀 더 허심탄회하게 의견을 내놓을 수 있다. 이 또한 단목휘의 사려 깊은 배려였다.

단목휘의 등 뒤로는 강무영과 단목비연이 시립해 있었다.

단목비연은 삼성과 같은 전대 명숙을 직접 알현했다는 사실에 몹시

들뜬 모습이었다. 엄숙한 자리만 아니었다면 삼성 앞에 무릎을 꿇고 어리광이라도 부리고 싶은 심정이었다.

단목휘는 자리에서 일어서며 좌중을 향해 손을 모아 보였다.

"본의 아니게 명숙들과 종주(宗主)들을 기다리게 하여 송구스럽소. 소생은 중산왕부를 방문한 후 다시 황도로 가 폐하를 알현하느라 시간을 지체하게 되었소. 자세한 내막은 머지않아 밝혀지겠기에 굳이 언급하지 않겠소. 이번 회합은 단순히 아미파의 봉문을 해소하자는 데 그치는 것이 아니오. 이 자리에 계신 모든 분들도 북방 오랑캐의 침공이 임박했음을 알고 계실 것이오. 물론 무림은 관부의 일에 개입하지 않는 것이 통례이지만 이번 견융의 침공은 단순한 침략전이 아니오."

그는 한결같이 부담스런 표정을 짓고 있는 좌중을 둘러보며 말을 이었다.

"저들은 새황사천왕과 결탁해 무림대전을 동시에 획책하고 있소. 본천의 비찰각에서 접수한 첩보에 의하면 견융 국왕은 감숙, 사천, 섬서, 호남, 호북 다섯 개 성의 지배권을 새황무림에 이양하겠다는 것이오."

태청성검이 탁자를 탕 치며 창노한 음성으로 외쳤다.

"말도 안 되는 소리! 다섯 개 성에 적을 둔 문파가 중원무림의 절반도 넘네! 암흑마국이나 새황무림 모두 우리와는 양립할 수 없는 존재일세. 노부가 살아 있는 한 누구도 해검지(解劍池)를 더럽힐 수 없을 것이야!"

"당연한 말씀이십니다, 성검 선배님!"

"중원무림이 새황의 방문좌도에 굴복한다는 건 있을 수 없는 일입니다!"

다른 장문인들도 동조하며 외치자 단목휘가 말을 받았다.

"이번의 무림대전은 과거 사중악을 소탕할 때와는 비교도 안 될 만큼 위험한 승부가 될 것이오. 가장 두려운 상대는 사실 새황무림이 아니라 암흑마국이오. 저들은 아미파를 점거한 후 더 이상 세력을 확대하지 않고 있소. 아마도 천하대란을 기다리고 있는 듯하오. 새황무림과의 한판 승부로 백도연합이 쇠약해진 틈을 노리려는 흑심이 분명하오."

"아미타불. 대결은 피할 수 없지만 피해는 최소로 줄여야 하지 않겠소? 천주의 고견을 듣고 싶소."

보타 성니가 차분한 어조로 의견을 제시했다.

단목휘가 눈짓을 보내자 강무영이 원탁 위로 커다란 지도를 펼쳤다. 지도에는 아미산의 지형과 암흑마국의 거점 지역이 세세하게 기록돼 있었다.

"아미파를 점거하고 있는 암흑마국의 마인들은 오백 정도로 그다지 많은 편은 아니오. 하지만 악인궁의 일천 악적들과 천잔방의 오백 고수들이 운집해 있어 격돌이 전개되면 양측의 피해는 엄청날 수밖에 없소. 해서 소생은 문상의 고견을 참작해 나름대로 전략을 구상해 보았소."

단목휘는 몇 가지 방책을 제시하고는 종주들과 더불어 의견을 교환했다. 피해를 최소로 하기 위한 합의점이 모아지며 회의가 끝났다.

대막사 밖에서 일일이 종주들과 인사를 나눈 단목휘는 우내삼성에게 별도의 회합을 청했다.

"무영과 연아는 나가 있거라."

제자와 딸마저 내보낸 그는 우내삼성과 가까이 붙어 앉았다. 그의 표정은 사뭇 심각했다.

"당분간 세 분 선배님만 알고 계십시오. 이번 견융의 침공은 중산왕이 배후에서 조종한 것이 틀림없습니다."

눈두덩까지 덮인 무아 성승의 백미가 심하게 꿈틀거렸다.

"아미타불. 중산왕이 역모의 주동자란 말인가?"

"소생이 직접 중산왕을 만나 확인한 사실입니다. 심약한 폐하께서는 몹시 당황하고 계십니다. 중산왕을 믿고 북방을 견제하기 위한 강력한 군대를 통솔하도록 일임했기에 충격이 더 크셨습니다. 중산왕부의 군병과 견융국 기병들이 들이닥치면 황도의 함락은 막을 도리가 없습니다."

태청성검이 고개를 절레절레 저었다.

"믿을 수가 없군. 중산왕은 과거 견융의 침공을 격파하는 데 혁혁한 공을 세우지 않았던가? 어찌 아우 된 몸으로 형의 옥좌를 탐낸단 말인가?"

"중산왕은 당시에도 이미 내통이 되어 있었습니다. 하지만 동조했던 새황무림의 선봉이 소생과 태양천에 의해 봉쇄되면서 계획이 틀어지자 일부러 견융을 공격해 자신의 역심을 숨긴 것입니다."

태청성검은 가슴 아래까지 내려오는 멋들어진 수염을 내리 쓸었다.

"으음, 무서운 자로군. 그런 자가 이번에 역심을 노골적으로 드러냈다는 건 확신이 섰기 때문일 텐데, 자칫 천하의 주인이 바뀔 수도 있는 일이야."

"해서 소생은 무림의 안위를 세 분 선배님께 부탁드리고자 합니다."

단목휘가 무거운 안색을 짓자 보타 성니가 묵주를 돌리며 물었다.

"나무관세음……. 천주는 호국공의 신분인데다 금상황의 의제(義弟)이니 중산왕과 맞서 싸울 수밖에 없겠구려. 하지만 무림천하 역시 새황무림과 암흑마국의 침공으로 위기를 맞고 있는데 이를 어찌하면 좋겠소?"

"소생은… 월영서시에게 도움을 청할까 합니다."

단목휘가 어렵사리 입을 열자 태청성검이 정색을 하며 반박했다.

"안 될 말! 삼천공의 후광으로 절세고수가 되었지만 월영서시는 한 번도 무림의 위태로움에 나선 적이 없네. 자신만 아는 오만한 계집을 어찌 백도맹주로 추대할 수 있겠는가?"

무아 성승과 보타 성니 역시 그에 동조했다.

"월영서시가 나선다면 군웅들의 규합이 깨질 우려가 있네."

"천주, 빈니 역시 그 의견에는 찬성할 수가 없소."

삼성이 한목소리로 반대하자 단목휘는 몹시 난처한 상황에 빠졌다. 월영서시에 대한 평판이 좋지 않다는 것을 알고 있었지만 무림의 대원로들마저 그녀를 이토록 경원시할 줄은 미처 예상치 못한 것이다.

"세 분 선배님, 월영서시는 위대한 삼천공의 후계자입니다. 그녀가 새황의 한복판인 곤륜산에 머물러 있지만 새황무림 누구도 그녀를 침범하지 못했습니다. 그녀가 나서준다면 새황무림은 저절로 물러갈 것입니다."

단목휘가 간곡하게 청했지만 태청성검의 의지는 군건했다.

"백도의협 누구도 그녀에게 도움받기를 원치 않네. 달빛이 태양을 가린다면 향후 천주가 설자리가 없게 되네. 천하의 주인은 무공이 강하다고 오를 수 있는 자리가 아닐세. 물론 천주의 무공이 월영서시에게 뒤진다는 말은 아니네. 어쨌거나 월영서시에게 전권을 맡긴다면 어렵게 규합된 백도연합이 저절로 와해될 것은 명약관화한 일일세."

태청성검에 이어 무아 성승과 보타 성니까지 강력한 반론을 제시했다.

"노납도 성검과 마찬가지 의견일세. 월영서시는 야망이 큰 여인일세. 만일 천주가 없었다면 아마도 백발마녀가 되었을 것이야."

"천주, 빈니도 여인이 몸이지만 월영서시와는 별로 상종하고 싶지가 않아요."

삼성의 동의를 끌어내지 못한 단목휘는 나직이 한숨을 쉬었다.

"난감한 일입니다. 폐하께 충성을 맹세한 소생으로서는 아미파의 봉문을 해소하는 즉시 황도로 가야만 합니다."

그는 잠시 생각에 잠기다 삼성을 차례로 둘러보았다.

"하오면 세 분 선배님께서 맹주 직을 맡아주십시오."

무아 성승이 나직이 웃음을 흘렸다.

"허허, 선방에서만 살아온 늙은이가 무얼 안다고 맹주 직을 맡겠는가? 큰 싸움에는 의와 협은 물론이요 지략과 결단이 요구되네. 노납에게 맹주 직을 맡긴다면 당장 소림으로 돌아가겠네."

"성승이 가신다면 노부 역시 무당산으로 갈 수밖에."

태청성검 역시 단호하게 거절하자 보타 성니가 차분한 어조로 의견을 제시했다.

"천주, 차라리 소천주에게 맡기는 것이 어떨까요?"

"성니, 무영은 아직 어리고 무공도 미흡합니다."

“소천주는 어리지 않아요. 과거 천주가 사중악을 토벌할 때도 소천주보다 한두 살 많은 정도였어요. 아마 의협심은 천주보다 뛰어날 겁니다. 게다가 영단을 복용한 이후 무공이 급증해 과거의 천주와 비교할 만큼 강해졌더군요.”

무아 성승과 태청성검이 고개를 끄덕이며 동조했다.

“무량수불. 성니의 제안이 아주 합당하네. 무림정기를 타고난 의협이니 백도무림을 맡긴다 해도 무리가 없을 것이네. 소천주의 신분으로 천주를 대신한다면 명분도 확실하지 않은가?”

“아미타불. 노납 역시 소천주를 추천하겠네.”

단목휘는 잠시 고민하다 삼성의 제안을 수용했다.

“알겠습니다. 하지만 아미파를 수복할 때까지 결정은 잠시 보류하겠습니다. 무영을 선발대로 보내 그의 능력을 시험해 보도록 하겠습니다.”

비밀 회합을 마친 네 사람은 대막사를 나섰다.

삼성이 각기 막사로 향하자 단목비연이 그제야 단목휘의 품에 안겼다.

“아버님, 보고 싶었어요.”

“오냐, 무사히 돌아와 정말 다행이다. 네 어머니가 너의 안위를 걱정해 침식을 잊을 정도다. 어서 태양천으로 돌아가거라.”

“싫어요. 소녀도 이번 무림대전에 참가하겠어요.”

“안 돼. 이번 싸움은 길고도 험난하다. 게다가 아비가 널 지켜줄 수도 없는 상황이야.”

단목휘가 엄한 표정을 지었지만 단목비연은 계속 고집을 부렸다.

"아버님, 소녀는 자랑스런 태양천주의 딸이에요. 모두가 죽음을 불사한 싸움을 목전에 두고 있는데 혼자 물러선다는 것은 정말 부끄러운 행동입니다. 제발 소녀가 태양천의 소공녀로 떳떳하게 살 수 있도록 허락해 주세요."

"……."

"아버님께서는 언제나 의와 협을 강조하셨잖아요? 지금이야말로 의와 협을 바로 세울 때입니다."

단목휘는 잔잔한 미소를 지으며 딸의 어깨를 감싸 안았다.

"하하, 이제 보니 연아도 더 이상 어린애가 아니구나. 그런 의식을 가슴에 담고 있다니 아비의 마음이 흐뭇하구나. 그래, 태양천의 소공녀답게 싸워라."

부친의 수락을 얻어낸 단목비연은 활짝 웃으며 부친의 넓은 가슴에 얼굴을 묻었다.

"고마워요, 아버님. 심려하실 일은 없을 겁니다."

이때 강무영이 누군가를 대동한 채 다가섰다.

"사부님, 소개해 드릴 영웅이 있습니다."

"그래?"

단목휘가 딸의 포옹을 풀며 한 걸음 나섰다.

쌍철극을 어깨에 멘 건장한 청년이었다. 고슴도치수염의 청년은 단목휘 앞에 한쪽 무릎을 꿇으며 정중히 예를 올렸다.

"소생 장백투호 영호찬, 천주를 뵙게 되어 무한한 영광입니다!"

쩌렁쩌렁한 음성은 힘차면서도 격의가 없었다. 강무영이 얼른 그를 소개했다.

“영호 대협은 장안의 기녀 옥잠화를 욕보이려 한 은살귀서를 죽이는 바람에 천사신검과 대결을 벌이게 되었습니다. 천하오검 중 하나인 천사신검의 목을 벴으니 놀라운 절세고수가 아닐 수 없습니다. 더군다나 반검무적과는 요동 시절부터 절친한 친구 사이입니다.”

“오, 반검무적의 친구란 말인가?”

단목휘는 환유성의 친구라는 말에 호감 어린 눈빛으로 영호찬을 응시하며 고개를 끄덕였다.

“훌륭한 근골이군. 자네가 정말 천사신검의 목을 벴단 말인가?”

“천사신검은 명성답지 않은 소인배였습니다. 게다가 감히 천주의 은사금전을 훼손해 태양천을 모욕했습니다. 소생은 참을 수가 없어 천사신검을 목을 베게 되었습니다.”

“흐음, 그런 일이 있었단 말인가?”

단목휘가 힐끔 강무영에게로 시선을 던지자 강무영이 소상히 아뢰었다.

“천사신검이 감히 사부님의 은사금전을 훼손한 일은 사실입니다. 천사신검이 원앙각을 찾아가 자신의 제자를 죽인 영호 대협을 질책하자 옥잠화가 은사금전으로 일을 마무리하려 했습니다. 한데 천사신검이 많은 사람들이 보는 앞에서 은사금전을 으스러뜨렸습니다. 태양천은 이미 지는 해라 두려울 것이 없다 하였습니다. 또한 이 참에 암흑마국에 가입해 한자리를 차지하겠다는 말까지 공공연하게 떠들었습니다.”

단목비연이 대뜸 한소리 한다.

“흥, 죽어도 싼 놈이군.”

“하하핫! 물론이외다, 소공녀.”

영호찬은 호탕하게 웃음을 터뜨리고는 허리춤에서 비단으로 감싼 길쭉한 물건을 꺼내 받쳐 들었다.

"천주께 올릴 선물입니다."

"무엇인지 모르지만 성의만 받겠네. 천사신검이 비록 사악한 마음을 먹었다 하지만 그래도 천하오검의 일 인인데 그의 목을 벤 것은 다소 지나쳤어."

"그자를 죽이지 못했다면 소생이 죽었을 것입니다."

영호찬은 고개를 조아린 채 비단으로 감싼 물건을 높이 치켜들었다.

"소생으로서는 감당할 수 없는 신검입니다. 천하무림을 위해 빛을 발하도록 천주께서 받아주십시오."

"흐음, 신검이라면 막사검이겠군."

단목휘는 물건을 받아 들고 동여맨 비단을 풀었다. 진귀한 보석으로 장식된 화려한 검집이 드러났다.

스르릉……!

검집에서 검신이 모습을 보이는 순간 눈부신 광채가 화려하게 폭사되었다. 검신 가운데 붉은 혈선이 길게 새겨진 반투명한 검은 바로 전설적인 막사검이었다.

"아……!"

단목비연은 막사검에서 뿜어지는 예기에 소름이 돋았지만 그 찬란함에 탄성을 금치 못했다.

단목휘는 검을 들어 살피며 고개를 끄덕였다.

"훌륭하군. 암흑마국의 파천공자가 지닌 간장검과 유사하지만 예리함은 더 뛰어나. 과연 전설의 신검답네."

잠시 검을 감상한 그는 검집에 막사검을 꽂고는 다시 영호찬에게 돌려주었다.

"이 검의 주인은 자네일세. 막사검을 견식시켜 준 것만으로도 자네는 큰 호의를 베푼 셈이야."

"받아주십시오, 천주."

"내게는 이미 의천검이 있네. 자네가 태양천의 명예를 위해 천사신검을 징계했으니 마땅히 지닐 자격이 있네. 모두가 탐내는 신검을 욕심 부리지 않고 천하를 위해 내놓으려 했다니 심성 또한 가상하군. 내 자네에게 장백신검(長白神劍)이란 별호를 하사하겠네. 이 검은 지니게나."

별호를 하사받은 영호찬은 감격한 모습으로 막사검을 받아 들었다.

"천주의 은혜에 감사드립니다. 이번 아미파 수복에 선봉으로 나서겠습니다!"

"어려운 시국에 뛰어난 선봉장을 얻다니 무림의 홍복이군."

단목휘는 탕마수좌에게 막사 한 채를 주도록 명하고 접견을 마쳤다.

강무영과 단목비연은 단목휘를 따라 대막사 안으로 들어섰다. 단목휘가 자리에 앉자 단목비연이 차를 따라주며 쾌활하게 말했다.

"왜 받지 않으셨어요? 막사검은 천하오대신검 중 하나인데."

"하하, 녀석. 네가 지닌 담로검도 그에 못지않은 명검인데 막사검까지 탐내는 거냐?"

"사형한테 주시면 되잖아요? 지난번 극검마왕과의 대결 때 사형의 탕마검이 파괴되었거든요."

단목비연이 힐끔 강무영 쪽으로 시선을 던지자 강무영이 힘있는 미소를 지으며 말을 받았다.

"괜찮아. 명검과 신검만이 능사는 아니야."

"무영의 말이 맞다. 너무 신검과 명검에 집착할 필요 없지. 절세신검을 지니게 되면 오히려 검법을 깨우치는 데 방해가 될 수 있어."

단목휘는 찻잔을 입으로 가져가면서 물었다.

"내가 보기에 천사신검을 죽일 만한 무공은 지닌 것 같지 않더구나."

"제자가 천사신검의 수급을 확인했습니다. 철극으로 베어진 것이 분명했습니다. 더군다나 반검무적의 친구라면 믿을 만하지 않겠습니까?"

"그래도 혼자의 힘으로는 천사신검을 죽일 수 없었을 것이다. 아니면 기습으로 죽였거나. 어쨌든 사악한 기운은 느껴지지 않으니 받아들이도록 해라."

단목휘가 찻잔을 내리자 단목비연이 그의 어깨를 주물러 주었다.

"아버님, 중요한 대전이니 소군 언니도 오겠죠?"

"소군이 와준다면 정말 큰 힘이 되겠지. 소군의 지혜라면 백도무림의 군사(軍師)가 되기에 부족함이 없을 게다."

"환 가가도 함께 왔으면 좋겠어요."

그녀의 말에 단목휘의 눈빛이 은은한 정광을 발한다.

"환유성… 그가 온다고?"

"바늘 가는 데 실이 따라오지 않겠어요?"

단목휘는 의자에 편안히 기댄 채 턱을 어루만졌다.

"반검무적 환유성……. 예전부터 꼭 한 번 만나고 싶은 사람이었는데 이상하게도 기회가 닿지 않았어. 조만간 대면을 하게 되겠군."

3

두두두두―!

엄청난 수효의 군마들이 청장고원을 타고 동쪽으로 이동하고 있었다. 기치장검을 높이 쳐든 적풍사 무리들이었다. 이런 행렬은 새황 곳곳에서 전개되는 중이었다.

신강의 천산무궁과 서장의 포달랍사 라마승들도 속속들이 중원을 향해 진격하고 있었다. 새황사천왕 중 혈해전을 제외한 세 곳이 견융국의 중원 침공에 동참한 것이다.

포달랍사와 적풍사는 사천성으로 향하고, 천산무궁은 감숙성을 향해 동진을 거듭했다. 세 곳의 전사들은 처음 오천에 불과했지만 갈수록 형세가 불어나 일만에 달했다.

이만한 수효의 진격이면 단수한 무림대전이 아닌 국가 간의 전쟁이었다.

또한 대막의 패자 견융 국왕은 몸소 십만 기병을 이끌고 섬서성 북단을 향해 돌진해 가고 있었다. 그들의 목표는 산서성에서 포진하고 있는 중산왕의 친위군병들과 합류해 황도를 점령하는 데 있었다.

천장고원의 완만한 비탈을 따라 이동하는 두 필의 말 위에는 일남일녀가 타고 있었다.

절색의 여인은 연신 채찍질을 하며 갈 길을 재촉했다. 뒤따르고 있는 사내는 몹시 한가한 모습이었다. 주인이 서두르지 않으니 말 역시 고개를 숙인 채 권태로운 걸음을 옮기고 있었다.

앞서 달리던 벽소군이 환유성 쪽을 돌아보며 짜증스럽게 외쳤다.

"제발 좀 서둘러요! 이러다 새황무림에 의해 길이 막혀 중원에 들어가지도 못하겠어요."

환유성은 태연하기만 했다.

"걱정 마, 어느 놈이 막더라도 내가 길을 터줄 테니까."

소추는 천하의 준마라 환유성이 엉덩이를 툭툭 치자 순간적으로 걸음을 놀려 앞서 달리던 벽소군의 말을 따라잡았다.

"흥, 착각하지 말아요. 극검마왕을 격파했다고 당신이 천하제일검이라도 된 줄 알아요?"

"아침까지만 해도 사근사근하더니 왜 이래?"

"저 광경을 봐요. 소녀가 속이 타지 않겠어요?"

벽소군은 지평선 곳곳에서 무리 지어 달려가는 군마들을 가리켰다. 적게는 수십 명, 많게는 수백 명이 행오를 갖춘 채 동진을 하고 있었다.

"보기 좋군."

환유성이 건조한 음성으로 말하자 벽소군은 표독스럽게 그를 쏘아보았다.

"어쩜… 한족이 아니라고 중원의 위기에 대해 그렇게 무심할 수 있어요? 만일 저들이 요동으로 쳐들어간다 해도 그렇게 무관심할 거예요?"

"아마 그럴 거야."

“뭐라고요?”

환유성은 하늘 위로 자욱하게 피어오르는 흙먼지를 바라보며 건조한 음성으로 말했다.

“내가 나선다 해서 세상이 바뀌는 것은 없어. 소군이 낙산에 당도해도 마찬가지겠지. 차라리 가는 길에 암흑마국의 마귀쯤 되는 놈을 만나게 되면 몇 대 두들겨서 총단의 소재를 알아내는 편이 낫겠어. 내가 원하는 건 을주환의 목뿐이니까.”

“환랑, 이번 한 번만 의를 위해 검을 뽑아줘요. 부탁이에요.”

벽소군이 안타까운 표정을 지으며 사정하듯 말하자 환유성은 물끄러미 그녀를 바라보았다.

“당신이 생각하는 의(義)가 대체 뭐야? 중원무림과 한판 승부를 겨루려는 새황무림인들은 모두 악(惡)인가? 한족들이 중원을 제외한 변방을 모두 미개한 오랑캐로 몰 듯 중원무림 역시 주변의 무림계를 모두 사악한 집단으로 매도하는 건가?”

냉철하면서도 예리한 지적이었다. 벽소군은 등골이 오싹해지는 두려움에 젖었다.

“환랑……?”

“그들에게도 명분이 있고 선악의 분별이 있어. 이 싸움은 흑백을 가리려는 싸움이 아니야.”

벽소군은 지혜로운 여인답게 이내 그의 심중을 헤아리고는 차분하게 응수했다.

“그래요. 환랑 말대로 흑백의 대결이 아니죠. 이건 지키려는 자와 뺏으려는 자들의 싸움입니다. 중원인들이 무림계를 보존하려는 마음은 당신이 소녀를 잃지 않으려는 마음과 같아요. 세상에는 공존할 수 없는 부분이 많죠. 소녀는 중원인의 한 사람으로 중원을 지키는 데 동참하고 싶을 따름이에요."

"그럼 진작 그렇게 말했어야지. 중원을 지키는 것만이 의와 협이라는 논리는 맞지 않아."

환유성이 냉담하게 말하며 앞서 소추를 몰아가자 벽소군은 그늘진 표정으로 그를 응시했다.

'환랑, 어떨 때는 당신이 내 낭군이라는 사실이 문득문득 불안하기만 해요.'

그녀는 고민 섞은 한숨을 내쉬며 그의 뒤를 따랐다.

하강하는 청장고원의 능선 아래로 한 떼의 군막이 펼쳐져 있었다. 가사 장삼을 걸친 라마승들이 행군을 멈춘 채 식사 준비를 하는 중이었다. 식사 준비에 참여하지 않는 라마승들은 단정히 앉아 범패를 읊조리고 있었다.

바로 새황사천왕 중 가장 강력한 잠재력을 지닌 서장의 패자 포달랍사의 라마승들이었다. 이들은 포달랍사의 선발대로, 오백 철나한들은 기이한 유가기공과 외문기공을 연성해서인지 하나같이 단단해 보였다.

환유성은 벽소군이 옆으로 붙어 서며 군막을 가리켰다.

"밥이라도 한 끼 얻어먹고 갈까?"

벽소군은 기겁을 하며 그의 소매를 쥐었다.

"지금 제정신이에요? 저들은 서장 포달랍사의 라마승이에요."

"어쨌든 부처를 모시는 중들인데 밥 한 끼 안 주려고?"

"말도 안 되는 소리 말아요. 저들은 중원무림을 공격하기 위해 출동한 적이라고요. 적진 속으로 뛰어들 참이에요?"

그녀는 그가 행여 군막으로 내려갈까 우려해 소추의 고삐를 감아쥐었다.

"우회해서 돌아가도 늦지 않아요."

환유성은 말머리를 돌리려는 그녀를 잡아끌었다.

"겁먹을 것 없어. 저들의 목표는 중원무림과의 대결이지 중원인 전체가 아니니까. 만일 저들이 단지 중원인이라는 이유로 우리를 죽이려 한다면 당신 말대로 새황 놈들은 모두 악이야. 당신의 논리가 맞는 거지."

"환랑, 제발……."

"소군은 털끝 하나 다치지 않을 거야. 만일 당신을 해치려 한다면 내가 놈들을 모두 죽여 버리겠어. 그러는 게 중원을 위해 조금은 보탬이 되는 거 아니겠어?"

벽소군은 그의 권태로운 눈빛을 응시하다 고개를 끄덕였다.

"좋아요. 하지만 일부러 무모한 대결은 벌이지 말아요."

환유성은 군막을 내려다보며 희미한 미소를 지었다.

"라마승 놈들도 보는 눈이 있다면 당신에게 호의를 베풀 거야."

4

오백 라마승들이 식사 전에 일제히 읊어대는 독경 소리와 범패 소리는 장엄하기까지 했다. 예식을 마친 그들은 십여 명씩 둘러앉아 식사를 시작했다.

올이 성긴 양탄자 위에 앉아 있는 환유성과 벽소군에게도 식사가 주어졌다. 몇 개의 보리떡과 향신료가 강한 멀건 죽이었다. 환유성은 태연하게 식사를 했지만 벽소군은 너무 긴장해서인지 죽조차 입으로 떠넘길 수 없었다.

젊은 라마승이 그들에게 보리떡 몇 개를 더 건네자 벽소군은 서장어로 사례를 표했다. 라마승은 그녀가 서장어를 할 줄 안다는 데 몹시 놀라워하며 호의적인 미소를 지어 보였다.

환유성은 보리떡을 조금씩 뜯어 먹으며 중얼거렸다.

"사람 먹는 건 어디나 똑같아. 맛이 괜찮으니 먹어봐."

벽소군은 간간이 자신에게 던져지는 라마승의 눈길을 의식해서인지 떡을 제대로 씹을 수가 없었다.

"소녀는… 환랑처럼 철심장이 아니에요."

"뭐, 그래 봐야 죽기밖에 더 하겠어?"

"제발 그런 소리 좀 하지 말아요. 사람에게 있어 죽음만이 끝은 아니에요. 주어진 생명을 소중히 여기는 건 사람으로서 지켜야 할 도리라고요."

"생명을 소중히 여기라……."

환유성은 남은 보리떡을 입에 털어 넣으며 고개를 끄덕였다.

"성존도 그런 말을 남겼지. 하지만 생명을 소중히 여기는 것과 죽음을 두려워하지 않는 것과는 엄연한 차이가 있어. 과거에는 내가 죽음에 무관심했는지 몰라도 지금은 아니야."

"그렇다면 왜 이런 모험을 하는 거예요?"

벽소군이 나직이 질책하자 환유성은 건조한 웃음을 지었다.

"훗, 무엇이 의고 무엇이 악인지 확인해야 되잖아?"

"당신 말이 맞아요. 이들이 악은 아니에요. 하지만 중원인의 한 사람으로 이들과 맞서 싸우는 것은 분명 의입니다. 그러니 어서 가요."

벽소군은 반도 비우지 않은 죽 그릇을 내려놓고 서둘러 몸을 일으켰다.

이때 화려한 가사를 걸친 늙은 라마가 몇 명의 중년 라마승들을 대동한 채 다가섰다.

벽소군은 신도들이 고승을 뵙는 예식에 따라 늙은 라마를 향해 정중히 예를 올렸다. 그녀는 몇 마디 알고 있는 법경을 외우며 늙은 라마를 찬양했다.

늙은 라마는 이방인이 라마식 법도에 맞춰 예를 올리자 흡족한 미소를 지었다.

"일어나거라. 서장어에도 능하다 들었는데 법도까지 잘 알고 있구나."

"고맙습니다, 법왕."

벽소군이 몸을 일으키며 정중히 합장을 하자 늙은 라마는 고개를 저었다.

"노납은 대법왕을 보좌하는 수석 장로일 뿐이다. 법명은 뇌랍(惱啦)이라 한다."

"아, 그러시군요."

벽소군은 내심 긴장하지 않을 수 없었다.

포달랍사의 뇌랍이라면 새황십대고수 안에 드는 절세고수이다. 그가 선발대로 나선 이상 새황제일인이라는 대법왕까지 나설 가능성이 아주 높다. 대법왕이 중원으로 들어선다는 건 무림계의 대충돌을 의미하는 일이다.

뇌랍은 자신이 당도했는데도 모른 척하며 죽을 떠먹고 있는 환유성 쪽으로 시선을 돌렸다.

"너의 친구는 예의가 없구나."

"원래 그런 사람입니다. 자비를 베푸소서."

벽소군은 등줄기가 축축이 젖어듦을 느끼며 환유성을 잡아 일으켰다.

"환랑, 포달랍사의 수석 장로이신 뇌랍선불입니다. 어서 예를 올려요."

환유성은 입가를 소매로 닦으며 뇌랍을 직시했다.

"한어를 할 줄 아시오?"

뇌랍은 그의 방자한 태도에 몹시 불쾌한 표정을 지으며 냉막하게 대꾸했다.

"그렇다."

"왜 중원무림을 침공하려는 거요?"

그의 직설적인 물음에 놀란 벽소군이 그의 입을 막으려 했지만 내뱉은 말은 이미 그의 입을 떠난 상태였다.

뇌랍의 두 눈에서 강렬한 안광이 폭사되었다.

철판도 관통할 듯한 안광은 그대로 화살이 되어 환유성의 두 눈에 꽂혔다. 투살신공과 같은 무공을 펼친 것은 아니었지만 워낙 심후한 공력에 의한 안광이라 어지간한 사람은 그 눈빛만으로도 심장이 터질 정도였다.

환유성은 무심한 눈빛으로 그의 안광을 마주 응시했다.

"중원무림인 모두를 죽이겠다는 의도요?"

뇌랍은 다소 놀랍다는 듯 눈썹을 치켜떴다.

"으음, 이럴 수가! 등봉조극에 이른 자란 말인가?"

"선불은 아직 내 질문에 답하지 않았소."

환유성이 다소 짜증스런 표정을 짓자 뇌랍 뒤에 선 중년 라마승 중 하나가 앞으로 나섰다. 얼굴과 머리통에 심한 화상 자국이 있는 승려였다.

그는 어눌한 한어로 환유성을 꾸짖었다.

"네 이놈! 감히 존엄하신 선불께 무슨 무례냐!"

뇌랍이 가볍게 소매를 저었다.

"물러서라, 마겸(摩謙)."

마겸이라 불린 라마승은 합장을 하며 급히 뒤로 물러섰다.

"용서하십시오, 선불."

뇌랍은 손에 든 커다란 묵주를 돌리며 빛나는 안광을 거둬들였다.

"무(武)는 병기다. 중원과 새황이 각기 병기를 쥐었다면 부딪치는 것이 당연하다. 과거 새황무림의 일부가 중원무림에 패퇴한 적이 있었다. 이는 새황무림의 수치이니 그것을 씻고자 함은 새황인 모두의 소망이다. 대법왕께서는 승부를 원할 뿐이며 피를 원치 않으신다."

"명예 회복과 자존심 문제라면 대법왕 혼자만 나서도 되는 일 아니오?"

"중원인들은 비열해 믿을 수 없다. 노랍은 대결을 위한 길을 열 것이며 이를 막는 자를 징계할 것이다. 물론 두려움을 알고 굴복한다면 군이 대법왕께서 친림하시지 않을 것이다."

"잘 들었소."

환유성은 몸을 돌리며 벽소군에게 한마디 던졌다.

"간단하군. 태양천주만 나서면 해결될 문제야."

벽소군은 뇌람에게 서둘러 예를 올리고는 환유성의 뒤를 따랐다.

환유성의 무례함 때문인지 라마승들의 눈빛이 하나같이 사나웠다. 두 남녀가 말에 올라 길을 떠나려 했지만 라마승들은 길을 비켜주지 않았다.

"이, 이제 어쩌죠?"

벽소군은 크게 당황했지만 환유성은 천하태평이었다.

"걱정 마, 비켜줄 테니까."

과연 그의 말대로 뇌람의 손짓에 라마승들이 썰물처럼 좌우로 갈라졌다.

환유성은 소추의 고삐를 당겨 행보를 늦추었다.

"천천히 가. 공연히 비웃음 사지 말고."

벽소군은 당장이라도 말에 채찍을 가해 위험 지역을 벗어나고 싶었지만 환유성의 충고에 따랐다. 그들이 위협을 가하지 않는데 지레 겁을 먹고 쫓기듯 달아날 이유가 없는 것이다.

두 마리 말은 일각이 지나서야 군막이 내려다보이는 능선에 오를 수 있었다.

겨우 안도의 숨을 쉰 벽소군은 환유성을 쏘아보며 원망했다.

"당신 때문에 소녀가 제명에 못살겠어요."

“뭐, 덕분에 한 끼는 때웠잖아?”

“난 먹지도 못했다고요! 어서 가요.”

벽소군이 박차를 가해 능선 아래로 내려가자 환유성은 피식 실소를 지었다.

“왜, 맛있기만 하던데.”

중년 라마승 마겸은 휘장 안에 단정히 앉아 있는 뇌랍 앞에 부복해 앉았다.

“선불께서는 어찌 놈을 그냥 보내셨습니까? 본 사를 정탐하러 온 자들일 수도 있지 않습니까?”

“포달랍사는 있는 그대로를 보여준다. 숨길 것이 무에 있겠느냐?”

“하오나 놈의 오만함은 너무 지나쳤습니다.”

“그것은 사실이다. 하나…….”

뇌랍은 묵주를 돌리며 말을 이었다.

“노납에게는 놈을 제압할 능력이 없다.”

“예에……?”

마겸은 도저히 믿을 수 없다는 듯 고개를 쳐들며 커다랗게 눈을 떴다.

“선불께서 제압할 수 없다니, 어찌 그럴 수가 있습니까? 놈이 중원 제일인이라는 태양천주와 버금갈 자란 말씀이십니까?”

“그자는 노납의 안광에도 조금의 동요조차 보이지 않았다. 노납의 안광을 그대로 투과시킬 수 있다는 건 무도를 수련한 자만이 가능하다. 그것도 천병무도 이상의 높은 수준이어야 하지.”

“그럴 수가!”

마겸의 안색이 밀랍처럼 굳어지자 뇌랍은 눈을 반개하며 묵주를 불끈 쥐었다.

"그자는 정광이 안으로 갈무리돼 무공을 익힌 흔적이 전혀 보이지 않았다. 검성급 이상의 단계에 이르렀기에 검수로서의 날카로움도 드러나지 않았다. 권태로운 모습과 흔들림없는 부동심으로 미루어 아마도 극검마왕을 격패시킨 반검무적이란 자가 아닌가 싶구나."

"반검무적? 하면 적풍사 전사들 칠십여 명을 일검에 격살했다는 그자 말씀이십니까?"

"으음, 과연 중원에는 인재가 많군. 그렇듯 어린 나이에 검선의 단계에 이른 자가 존재할 줄이야……."

뇌랍은 마겸을 응시했다.

"대법왕과의 합류 일정은 어떻게 되느냐?"

"대법왕께서는 서장오불(西藏五佛)을 모두 호출하셨습니다. 열흘 후 사천성 천자산에서 합류하실 수 있습니다."

"하면 서둘러 중원으로 들어설 필요가 없겠군."

뇌랍이 몸을 일으키자 마겸도 따라 일어섰다.

"선불, 하오나 그리하시면 적풍사와의 약조를 지킬 수 없게 됩니다."

"대법왕을 먼저 뵙는 게 우선이다."

뇌랍은 단호하게 잘라 말하고는 휘장을 나섰다.

하늘 전체가 낙조로 붉게 물들어 있었다. 그는 어둠으로 젖어드는 동쪽 하늘을 직시하며 나직이 중얼거렸다.

"그자를 능가할 자는 새황을 통틀어 다섯도 안 될 것이야."

■ 제60장

중원의 태양 쓰러지다

1

칠천여 군웅들이 운집한 사천성 낙산 일대는 온통 연무장으로 화했다.

각 문파의 고수들은 비무를 통해 서로의 무공에서 부족한 점을 보완하기에 바빴다. 무림인들은 자파의 절학에 대한 자부심이 대단해 타 문파 사람들과 무공비결을 교환하는 일이 드물지만 이번 조치는 태양천주의 권고에 따른 일이었다.

암흑마국이 사도와 마도, 흑도무림의 칠 할 이상을 규합한 이상 저들과 대결하기 위해서는 경직된 관례에서 벗어나야 한다. 또한 새황무림과 건곤일척의 격돌을 목전에 둔 상황이라 중원무림은 대국적인 관점에서 서로 협력해야 한다는 것이 태양천주의 주장이었다.

차차창!

퍼펑—!

곳곳에서 경풍이 몰아치고 병장기가 부딪치는 금속성이 울려 퍼졌다.

단목휘는 딸을 대동한 채 연무장을 순시하고 있었다.

백여 곳의 연무장에서 터져 나오는 기합성과 폭음은 혹시나 있을 염탐꾼들을 압도하기에 충분했다. 이 또한 깊이 계산된 단목휘의 책략이었다.

그는 대규모 격돌로 인해 많은 사람들이 죽거나 다치는 것을 원치 않았다. 아미파를 무력 점거하고 있는 암흑마국의 마인들과 악도들이 두려움을 느껴 스스로 물러나기를 바라고 있었다.

그의 가장 큰 부담은 견융국의 십만 기병과 중산왕부의 친위군병들이었다.

그들을 격파해 황실의 안녕을 유지한 후라야 무림대전에 임할 수 있는 입장인 그로서는 최소한의 피해로 아미파를 수복하는 것이 중요했다. 아미파는 전통의 구대문파 중 하나라 아미파가 되살아난다는 건 무림정기의 부활을 의미한다. 이로써 백도연합은 더 결속을 다질 수 있기 때문이다.

단목휘는 검을 겨루는 화산파와 무당파의 검수들을 지켜보다 몇 가지를 지적해 주었다.

"좌 대협은 초식에 너무 집착하지 마시오. 횡소천군 같은 간단한 수법이라도 노화순청에 이르면 천하의 절기가 될 수 있는 법이오. 오히려 처음 펼친 검식이 더 완벽하니 그것을 수련하는 데 전념하는 것이 나을 것 같소."

그는 목검을 쥐고는 그들의 검초를 재현해 보였다.

"궁 대협은 쾌초에 너무 집착하는 것 같소. 본래 무당의 검초는 무궁한 변화가 담겨져 있는데 지나치게 빠른 쾌식은 오히려 그 위력을 반감시킬 수 있소. 동중정(動中靜)이야말로 무당검법의 정수요."

그의 한마디 한마디는 무림인들에게 있어 금과옥조였다.

어떤 사람에게는 평생 깨달을 수 없는 결점을 깨닫게 해주고, 어떤 사람에게는 치명적인 결점을 보완하는 계기가 된다.

타 문파의 절기에 대해 논평을 한다는 건 무림에서 금기시하는 일이지만 태양천주의 지적 앞에 반론을 제시할 사람은 아무도 없었다. 무도에 의한 심안을 지닌 그는 어떤 절기도 꿰뚫어 볼 수 있었기 때문이다.

우내삼성은 멀찍이 서서 지켜보다 서로를 보며 탄성을 발했다.

"허허, 천주의 안목은 과연 천하제일이군. 장삼봉 조사께서 부활하신다 해도 천주의 지적에는 수긍할 수밖에 없을 거네."

"아미타불. 천주가 무공에 전념했다면 이미 초극무도(超極武道)에 이르렀을 것이네. 무림 사상 전무후무한 무신이 되었겠지."

보타 성니가 천천히 묵주를 돌리며 둘의 말을 받았다.

"그것이 천주의 유일한 결점이죠. 더없이 강해지려는 무인의 꿈을 스스로 접는다는 건 아무나 생각할 수 없는 일입니다."

"허헛, 그것은 결점이 아니라 장점이오. 모두가 두려움없이 태양천주를 존경하는 이유도 그 때문 아니겠소?"

태청성검에 이어 무아 성승도 한마디 거들었다.

"이번 혈란이 종식되면 천주에게 머리를 깎고 입산할 것을 권하고 싶네. 아마 천주의 맑은 심성과 높은 정신력이라면 나보다 먼저 득도를 할 것이네."

"성승, 천주가 꼭 머리를 깎을 필요가 있겠는가? 무당에 와서 도를 닦으면 우화등선을 하게 될 텐데 답답한 토굴에 들어앉아 이해할 수 없는 화두에 목을 맬 필요 없지."

두 사람이 은근히 태양천주를 자파로 영입할 뜻을 비추자 보타 성니가 빙그레 미소를 지었다.

"천주는 누구보다 천하인을 사랑합니다. 자신을 위한 생불이나 우화등선에는 관심이 없을 것입니다."

두 늙은 기인은 한 방 맞은 듯 너털웃음을 터뜨렸다.

"허허헛, 성니의 말씀이 옳소."

"지당하오. 태양이 없다면 어떻게 무림이 광명 속에서 평온을 유지할 수 있겠소?"

2

"차앗!"

영호찬은 한적한 공터에서 홀로 검술을 연마하고 있었다.

그의 검법은 그다지 뛰어나지 않았지만 그의 손에 쥐어진 막사검의 위력은 엄청나 주변의 수목이며 바위를 두부처럼 베어버렸다. 검극에서 뿜어지는 예기는 그 어떤 호신보의도 가를 만큼 날카로웠다.

그가 한쪽 발을 축으로 빙글 회전하자 오 장 반경의 수림이 통째로 날아갔다.

이때 단목휘가 딸과 함께 다가섰다.

"하하, 멋진 수법일세. 막사검의 예리함을 최대한 활용하자면 단조로운 검식이 유리하지."

영호찬은 검을 거꾸로 쥐며 정중히 포권지례를 올렸다.

"천주께서 친림하신 줄 미처 몰랐습니다."

"괜찮네. 오히려 내가 자네의 수련을 방해할 것 같아."

"아닙니다, 천주. 이왕 오셨으니 소생을 위해 절기를 하사해 주십시오."

영호찬이 정중히 청하자 단목비연이 허리에 찬 담로검을 툭툭 치며 쾌활하게 말했다.

"이봐요, 의천검법은 나한테 배워도 돼요. 환 가가의 친구라니 특별히 절기를 전수해 주죠."

"하하핫. 소공녀께서 친히 전수해 주신다니 감격할 따름입니다."

영호찬이 한 걸음 물러서며 막사검을 비껴 들었다.

"하지만 검에는 눈이 없으니 조심하셔야 합니다."

"호호, 좋아요."

단목비연이 담로검을 뽑아 들려 하자 단목휘가 손을 들어 만류했다.

"막사와 담로는 천하의 신검이며 명검이다. 장인의 혼이 서린 검이라 서로 부딪치면 예기치 못한 일이 일어난다."

그는 영호찬에게 한 걸음 다가섰다.

"검을 줘보게."

그가 옆으로 서며 손을 내밀자 일순간 영호찬의 눈빛에서 폭발적인 섬광이 발했다. 하지만 워낙 찰나지간의 현상이라 누구도 눈치 채지 못한 변화였다.

그는 정중히 막사검을 건넸다.

막사검을 쥔 단목휘는 손끝으로 검신을 어루만지며 물었다.

"천사신검은 사황의 절학인 천사파멸검법을 터득한 절세신검이었네. 더군다나 웬만한 병기는 간단히 베어버릴 막사검까지 지녀 천하에 적수가 없는 자였지. 자네의 무공을 지켜보면 그에 훨씬 미치지 못한데 어떤 수법으로 죽였는가?"

"솔직히… 부끄러운 수법이었습니다."

"암습이었나?"

단목휘는 천천히 걸음을 옮기며 부드럽게 막사검을 흔들었다.

영호찬은 힐끔 단목비연을 살피며 얼굴을 붉혔다.

"천주의 말씀대로 막상 대결을 해보니 엄청난 절세고수임을 알게 되었습니다. 소생의 쌍철극마저 동강이 나고 말았지요. 꼼짝없이 죽었다 싶었는데 천사신검이 너무 방심했지요. 소생은 그 틈을 노려 그 늙은 이를 죽일 수 있었습니다. 정상적인 대결로는 어림도 없는 싸움이었습니다."

"자네의 병기를 꺼내 들게."

"예, 천주."

영호찬은 어깨에 멘 육중한 쌍철극을 손에 쥐며 비껴 들었다. 막사검에 의해 동강난 부위를 녹여 접합해서인지 자루 가운데가 불룩 튀어나와 있었다.

단목휘는 오 장 거리를 두고 가볍게 막사검을 내리그었다.

"자네의 기습적인 수법을 펼쳐 보게."

챙강!

영호찬의 손에 쥐어진 쌍철극이 대번에 동강났다. 그는 순간적으로 당황했지만 부상을 입은 듯 주저앉았다.

"우욱!"

동시에 그는 바닥을 데굴데굴 굴러 단목휘 앞으로 접근했다.

"차앗!"

그는 바닥에 누운 채로 단목휘의 가슴을 향해 왼손의 창날을 꽂았다. 이어 오른손으로 단목휘의 목을 후려쳤다. 그의 동강난 쌍철극이 각기 단목휘의 가슴과 목에 닿은 채로 멈춰졌다.

단목휘는 호신강기를 펼치지도 않은 상태이기에 그가 병기에 약간의 힘만 가해도 단목휘는 심장이 뚫리고 목이 베어질 상황이었다.

"흐음, 멋진 수법이군."

단목휘가 잔잔한 미소를 지으며 고개를 끄덕이자 영호찬은 얼른 뒤로 물러서며 병기를 내렸다.

"송구하옵니다, 천주."

지켜보던 단목비연이 아이처럼 깔깔거렸다.

"호호호, 정말 재미있어. 천하의 천사신검이 하찮은 뇌려타곤 수법에 당했다니, 죽는 순간 얼마나 수치스러웠을까?"

단목휘가 점잖게 딸을 꾸짖었다.

"연아야, 천사신검을 너무 욕되게 하지 마라. 어떠한 절세고수라도 순간적인 방심으로 죽을 수 있는 일이니 이를 가슴에 깊이 새겨두어라."

"명심하겠습니다, 아버님."

단목비연은 어깨를 움츠리며 혀를 낼름 내밀었다.

단목휘는 잠시 생각하다 막사검을 곧추 세웠다. 그가 좌우로 보법을 전개하자 바닥에 그의 족인이 선명하게 새겨졌다.

"잘 봐두게. 자네에게 장백신검이란 별호를 하사했으니 그에 걸맞는 검법을 전수해 주겠네. 자네의 완력이 대단하니 패검(覇劍)이 어울릴 것 같군."

그는 느린 속도로 검을 휘저으며 구결을 가르쳐 주었다.

"검을 쥐니 구름을 찌르고, 한 번 도약하니 구천에 달한다. 나아갈 때는 번개처럼 허공을 베고, 회전하는 몸은 우레와 같다. 기는 맥에 통하며 맥은 검에 이른다. 마음이 움직이니 세상이 진동하고, 뜻을 이루니 검을 빛을 발하도다."

그가 빙글 회전하며 막사검을 뻗어내자 극강한 검기가 발출되며 십 장 밖의 거석에 꽂혔다.

콰아앙―!

엄청난 폭음과 함께 일 장 두께의 거석에 주먹만한 구멍이 뚫렸다.

단목휘는 영호찬에게 검을 건네주었다.

"초식의 이름은 장백일패섬(長白一覇閃)이 좋겠군. 부지런히 수련하면 다시는 뇌려타곤 같은 치졸한 수법으로 상대를 죽이지 않아도 될 거네."

영호찬은 감격의 표정이 되어 털썩 무릎을 꿇었다.

"천주의 하늘 같은 은혜에 감읍할 따름입니다. 천주께서 하사하신 절기로 필히 공을 세워 은혜에 보답하겠습니다!"

"자네는 무영이 이끄는 백 명의 돌격대에 선발되었으니 공을 세울 기회는 충분히 있네. 하지만 지나치게 공명에 집착해 몸을 상하지는 말게나."

"명심하겠습니다, 천주."

영호찬은 단목휘을 향해 연신 고개를 조아렸다.

단목휘가 몸을 돌리자 단목비연이 영호찬을 향해 한마디 던졌다.

"무사히 돌아와요, 영호 대협. 환 가가에 대해 묻고 싶은 일들이 많으니까."

두 사람이 수림 속으로 사라지자 영호찬은 비로소 고개를 들었다. 그는 양손으로 막사검을 감싸 쥐며 힘있는 미소를 지었다.

"장백일패섬…… 참으로 훌륭한 절기외다, 천주."

그러다 검을 응시하던 그의 눈빛이 갈등에 휩싸여 심하게 흔들린다.

"왜 천하인들 모두가 당신을 존경하는지 이제야 알 것 같소. 왜 모두들 당신의 한마디에 감복하고 당신의 그림자만 보아도 고개를 숙이는지 절실히 깨달았소. 당신은 정녕 위대한 무인이기에 앞서 존경스러운 인협이오. 하지만……."

그는 막사검의 검날을 손으로 감싸 쥐었다. 가볍게 쥐었을 뿐이건만 그의 손바닥이 베어져 붉은 피가 주르륵 흘러내렸다.

"난 태양을 베어야만 하오. 그것이 군주의 지엄한 명이오."

3

마침내 아미파 수복을 위한 전투가 전개되었다.

강무영은 영호찬을 비롯한 백 명의 정예들을 이끌고 정면 돌파를 감행했다. 단목휘는 태양천 고수들을 대동한 채 우회하여 금정으로 향했고, 삼성은 오천 군웅들을 지휘해 아미산 전체를 휘감으며 뒤를 이었다.

모두들 암흑마국의 매복과 함정을 두려워했다.

지난번 아미파의 봉문첩에 분개한 군웅들이 혈기만 믿고 아미파에 접근했다가 수백 명이나 아까운 목숨을 잃었기에 이번의 진격은 상당히 조심스러웠다.

태양천주와 삼성이 나선 이상 패배는 생각지 않았지만 공연히 암습을 당해 목숨을 잃을 필요는 없었다.

강무영은 큰 충돌 없이 아미파의 현문 앞까지 이를 수 있었다. 산산이 부서진 유서 깊은 현판이 그의 가슴을 아프게 했다.

"간악한 놈들."

현문 안으로 들어선 돌격대는 각기 십여 명씩 조를 이루어 원형 진을 펼쳤다. 사전에 충분한 훈련을 거쳤기에 그들의 행동은 일사불란했다.

아미파의 수십 개 전각은 대부분 파괴되고 불에 그슬려 있었다. 신성한 불상을 쪼개 땔감으로 쓸 정도니 그들의 만행은 충분히 짐작이 갔다.

참혹하게 죽은 아미파의 비구니들이 파괴된 전각 곳곳에 묻혀 있었다. 윤간을 당한 후 교살된 듯 젊은 비구니들의 알몸은 실로 목불인견의 참상이었다.

강무영은 주먹을 불끈 쥐었다. 그의 의혈이 뜨겁게 타올랐다.

“악적들… 결코 용서치 않을 것이다!”

영호찬이 주변을 살피며 물었다.

“아직 살아 있는 제자가 있을 수 있소. 수색해 볼까요?”

강무영은 을씨년스럽게 부서진 전각들을 두루 살피고는 수신호를 보냈다.

“매복이 있소. 전투 대형으로 포진하시오.”

순간, 허물어진 전각 더미 속에서 괴성과 함께 무수한 그림자가 숏구쳐 올랐다.

“카우우!”

“크르르!”

마대 자루와 같은 헐렁한 장포를 걸친 자들이었다. 눈빛은 몽롱했고 입가로 허연 침이 질질 흘러내렸다. 혼백이 제압된 실혼인들이었다. 실혼인들에 이어 몸의 일부가 부패한 강시들이 껑충껑충 뛰며 장내로 들어섰다.

강무영은 실혼인들과 강시들만 보이자 나름대로 판단을 했다.

“영호 대협은 일조를 거느리고 아미파 제자들이 구금된 곳을 찾아보시오. 아마 모두 죽지는 않았을 것이오.”

“알겠소.”

영호찬이 아홉 정예들을 이끌고 강시 부대를 향해 몸을 날렸다.

“비켜라, 흉물들!”

그가 막사검을 휘두르자 몇 구의 강기가 대번에 쪼개졌다. 웬만한 도검에도 끄떡없는 굳강한 몸을 지닌 그들이었지만 막사검의 예기는 실로 위력적이었다.

퍼퍼펑—!

영호찬을 앞서 길을 뚫자 뒤따르던 정예들도 각기 병기를 휘두르며 강시들을 상대했다.

강무영은 실혼인들의 머리 위로 비상하며 보검을 휘둘렀다. 단목비연이 그의 안위를 걱정해 건네준 담로검이었다.

"의천비마락!"

당세의 절학인 의천검법이 펼쳐지자 실혼인들 열이 대번에 박살났다.

퍼퍼펑—!

혼백이 상실된 실혼인들은 동료들의 시체를 밟으며 꾸역꾸역 앞으로 전진했다. 그들은 죽음의 공포나 부상의 고통에는 무감각했지만 지난 바 무공을 펼칠 수 있는 능력이 있기에 정예들을 위협하는 압박은 아주 드셌다.

삽시간에 장내는 접전장으로 화했다.

차차창!

콰— 콰쾅—!

정예들이 제각기 절기를 펼치며 공세를 펼치자 실혼인들은 속속들이 나가동그라졌다.

강무영은 능공허보를 펼쳐 비상하며 실혼인들의 머리통을 발로 으깨 부수고는 전각 위로 올라섰다.

"마물들만 남긴 채 모두 퇴각했단 말인가?"

어제까지 정탐된 정보로는 암흑마국의 마인들 오백과 악인궁 악도들 일천, 천잔방의 무사들 오백 등 도합 이천의 적들이 아미파를 점거하고 있었다. 한데 주변 어느 곳에도 또 다른 매복을 찾아낼 수가 없었다.

강무영은 마인들을 죽여 아미파 제자들의 넋을 위로해 줄 수 없는 게 아쉬웠지만 일단 아미파를 손쉽게 수복한 것을 위안으로 삼았다.

"교활한 놈들, 새황무림이 사천성에 근접한 것을 알고 모두 퇴각했군. 어부지리를 취하겠다는 의도가 틀림없어."

그는 실혼인들을 추살하는 정예들을 내려다보며 가볍게 고개를 끄덕였다.

백 명의 돌격대는 칠천 군웅들 중에서 선발된 절정급 고수들이다.

대문파의 장로급 이상이며 각 성을 대표하는 무인들이었다. 실혼인이 괴성을 지르며 달려들었지만 근접하기도 전에 정예들의 절학에 모두 쓰러지고 말았다.

그들에 이어 강시 부대가 껑충껑충 뛰어들었지만 그들 역시 머리통과 사지가 차례로 부서지며 하나씩 거꾸러졌다.

"다행히 별 피해는 없겠어. 아미파 제자들만 구출하면 임무는 완수하는 셈이다."

그가 영호찬이 사라진 쪽으로 막 몸을 날릴 때였다.

"아악!"

"허억!"

연이은 비명과 함께 정예들 넷이 핏물 속에 쓰러졌다. 놀란 강무영은 허공에서 몸을 틀며 장내로 날아들었다.

양손에 칼을 쥔 복면인이 정예들 속으로 뛰어들며 무자비한 살육을 감행하고 있었다. 그의 장포 앞자락에는 '공(公)' 이란 글자가 수놓아져 있었다.

그의 쌍도는 지극히 예리해 부딪치는 정예들의 병기를 여지없이 베어버렸다.

"카우우!"

피에 굶주린 야차처럼 벌겋게 충혈된 눈에는 초점이 없었다. 역시 실혼인이 분명했지만 과거 절세고수의 면모를 유감없이 드러냈다.

그의 쌍도에서 뿜어지는 도기는 뇌전처럼 정예들의 심장으로 파고들었다.

"허억, 절세도객이다!"

"진세를 갖춰라!"

정예들은 도저히 단독으로 상대할 수 없자 황급히 물러서며 진형을 갖추었다.

"카아아!"

복면인은 빛나는 쌍도를 교차하며 허공으로 솟구쳤다. 그의 몸이 허공을 디딘 채 빙글 회전하자 예리한 도기가 폭우처럼 쏟아져 내렸다.

순간, 강무영이 정예들 머리 위로 날아들며 빠르게 담로검을 휘둘렀다.

"모두 물러서시오!"

그의 담로검이 부챗살 같은 방패를 형성하였다.

차차창!

연이은 금속성과 함께 복면인의 도기가 모두 튕겨져 나갔다.

“크아아!”

복면인은 괴성을 토하며 강무영을 향해 내리 꽂혔다. 그의 두 자루 칼에서 불꽃 같은 도화가 발출되었다.

‘믿을 수가 없군. 혼백이 제압된 상태에서도 이런 절세도법을 펼칠 수 있단 말인가?’

강무영은 바싹 긴장한 채 혼신의 힘을 다해 의천검법을 전개했다. 검과 도가 마주칠 때마다 뇌성이 터지며 번갯불이 치솟았다. 실로 위험스런 격돌이었다.

정예들 일부는 강시들과 실혼인들을 상대하였고, 일부는 원형으로 포진한 채 격전장 주변을 에워쌌다.

그들로서는 난생처음 대하는 절세적 고수들의 격돌이었다. 그들은 강무영의 급증한 무공에도 놀랐지만, 그를 상대로 미친 듯 공세를 펼쳐내는 복면인의 도법에 경악을 금치 못했다.

강무영은 복면인과 격돌을 벌이며 담로검을 통해 전해지는 충격에 가슴이 답답해졌다.

그로서는 그나마 천하의 명검인 담로를 손에 쥔 것이 다행이었다. 복면인의 손에 쥐어진 두 자루 칼은 지극히 예리해 웬만한 병기였다면 벌써 파괴되었을 것이다.

복면인은 신지를 잃은 상태라 오로지 상대를 죽이기 위한 공격 일변도의 살초만 전개했다.

강무영은 그의 칼에 몸 여러 곳이 베어지는 부상을 입고 말았다. 하지만 강무영은 복면인을 향해 살초를 전개할 수가 없었다. 복면인과 겨루면서 그의 정체를 파악했기 때문이다.

"파극뇌!"

강무영은 뒤로 물러서며 강력한 태양신공을 발출했다.

그의 손에서 뻗어 나간 발광체가 급격히 확대되며 복면인의 전신을 휘감았다. 복면인은 본능적으로 움찔하며 쌍도를 맹렬히 휘둘렀다.

콰아앙!

어마어마한 폭음과 함께 쪼개진 강기의 파편이 푸른 하늘을 수놓으며 폭죽처럼 사방으로 비산되었다. 주변의 실혼인들 십여 명이 강기의 파편에 맞아 갈기갈기 찢겨 나갔다.

"크르르!"

복면인도 부상을 당한 듯 복면과 장포가 일부 찢기며 비틀비틀 뒤로 물러났다.

복면이 찢기며 청수한 면모의 노인이 모습을 드러냈다. 오랜 세월 햇빛을 보지 못해 안색이 백지장처럼 희었지만 반듯한 오관은 신선을 방불케 할 도골선풍의 면모였다.

강무영의 얼굴이 참혹하게 일그러졌다.

"오… 이럴 수가!"

창백한 안색의 노인은 다시 쌍도를 교차했다. 도극에서 뿜어지는 도기가 일 장이나 뻗어 나왔다.

"카아아!"

노인은 저돌적으로 날아들며 연이어 쌍도를 내려쳤다.

이 순간, 한 자루 기검이 광선처럼 허공을 갈랐다.

"무영은 물러서거라!"

맑은 외침과 함께 비행술로 날아든 인물은 태양천주 단목휘였다. 그가 백 장 밖에서 발출한 기검은 노인의 쌍도와 정통으로 부딪쳤다.

콰아앙!

"크애액!"

노인은 답답한 괴성을 터뜨리며 뒤로 주르륵 미끄러졌다. 칼을 쥔 그의 손아귀가 터져 붉은 피가 손목을 타고 흐른다.

"사부님……."

강무영 앞에 내려선 단목휘는 분노를 금치 못하고 입술을 질끈 깨물었다.

"어찌 이럴 수 있단 말인가! 무림의 명숙인 도성 선배님을 실혼인으로 만들다니!"

그러했다. 쌍도를 쥔 노인은 바로 우내사성 중 일 인인 일월도성(日月刀聖)이었다.

그는 백 년 내 최강의 도객인 일월도제(日月刀帝)의 제자로 그의 도법은 당대 으뜸이었다. 손에 쥐어진 두 자루 칼은 천하십병 중 하나인 일월쌍천도였다. 이러한 무림의 원로가 마국의 실혼인으로 화했으니 이는 천하가 통탄할 일이었다.

일월도성은 일천도를 허공으로 향하고 월천도를 바닥으로 향했다. 그의 성명절학인 일월쌍도파벽세의 기수식으로 과거 지옥삼흉 중 하나인 혈혈수라를 격살한 절대도법이었다.

단목휘는 양손을 좌우로 벌렸다.

그의 양손에서 뿜어진 태양강기가 원형의 방패처럼 둥근 강막으로 화했다. 아무리 실혼인으로 변해 적이 되었지만 그로서는 일월도성을 죽일 수는 없는 일이었다.

"크르르!"

일월도성은 빠른 속도로 날아들며 쌍천도를 휘둘렀다. 하늘을 가를 듯 치솟은 도기가 단목휘를 향해 내리 꽂혔다. 아찔한 섬광 속에서 내리 꽂히는 수백 개의 도기는 실로 가공하기 짝이 없었다.

"태양무벽!"

단목휘는 양손의 태양강기를 하나로 합쳤다. 백색의 태양강기는 일 장 크기의 원형 강막으로 화해 두터운 강기막을 형성했다.

퍼퍼퍽—!

쏟아지는 도기가 연이어 원형 강막을 강타했다. 잇단 폭음에 대지가 들썩이며 허물어진 전각과 누대가 충격을 이기지 못하고 모래성처럼 주저앉는다. 멀뚱히 서 있던 실혼인과 강시 부대는 도기의 파편에 속속 파괴되었다.

엄청난 도기를 쏟아낸 일월도성은 진력이 바닥난 듯 일순 주춤했다.

순간, 단목휘는 양손을 힘차게 밀며 강기막을 튕겨냈다.

"파뇌전!"

강기막은 나선형으로 회전하며 허공을 딛고 서 있는 일월도성을 향해 솟구쳐 올랐다. 일월도성은 황급히 쌍천도를 휘둘렀지만 태양강기는 그대로 그의 몸을 강타했다.

콰앙!

"캐애액!"

일월도성은 피를 토하며 뒤로 나가동그라졌다. 그의 양손에 들린 쌍천도마저 튕겨졌다.

"천주, 제발 자비를 베푸시오!"

“아미타불……!”

우내삼성이 동시에 장내로 날아들었다. 보타 성니는 섭물진기로 쌍천도를 회수하였고, 태청성검과 무아 성승은 추락하는 일월도성을 부축해 바닥에 앉혔다.

“정신 차리게나, 도성! 우리가 왔네.”

무아 성승이 일월도성의 양 어깨를 찍어누르며 제압하자 태청성검이 그의 가슴에 쌍장을 갖다 대며 태청진기를 주입시켜 주었다.

단목휘는 보타 성니를 향해 손을 모아 보였다.

“용서하십시오, 성니. 감히 명숙의 존체를 훼손했습니다.”

“나무관세음……. 실로 끔찍한 일이 아닐 수 없소. 다행히 천주께서 손끝에 사정을 두었기에 도성이 무사할 수 있었소.”

“암흑마국이 이토록 악랄한 사술까지 펼쳤다니… 개탄을 금할 수 없습니다. 세 분 선배님께서 부디 도성의 신지를 회복시켜 주십시오.”

단목휘는 속속들이 장내로 진입하는 군웅들을 향해 외쳤다.

“강시들은 모두 파괴하되 실혼인들은 함부로 죽이지 말고 제압하시오!”

“예, 천주!”

군웅들은 돌격대를 도와 마물들을 제압하는 데 협력했다. 사납게 날뛰던 실혼인들과 강시 부대는 빠른 속도로 제압되어 갔다.

단목휘는 장내를 살피다 강무영에게 물었다.

“영호찬이 보이지 않는구나.”

“아미파 제자들이 구금된 곳을 수색하기 위해 나섰는데 아직 돌아오지 않고 있습니다.”

"놈들은 모두 퇴각한 것 같다. 하지만 함정이 설치되었다면 위험할 수 있으니 네가 가보아라."

"예, 사부님."

강무영은 돌격대 일부를 대동하고 영호찬과 수색조가 달려간 곳으로 몸을 날렸다. 강무영은 능공허보를 펼쳐 좌우로 이동하며 혹시나 있을 암습으로부터 정예들을 보호하는 데 주력했다.

그들이 파괴된 전각 사이를 지나 깎아지른 벼랑 아래에 이르렀을 때였다.

"크으… 소천주!"

"소천주, 여기외다!"

벼랑 아래 뻥 뚫린 동굴 입구에 피투성이가 된 수색조 정예들이 나뒹굴고 있었다. 몇 명은 무수한 암기에 꽂혀 이미 절명했고 나머지도 중상을 입은 상태였다.

강무영이 앞서 내려서며 물었다.

"대체 어찌 된 일이오?"

수색조 한 명이 아뢰었다.

"으으… 동굴 안에 아미파 제자들이 감금돼 있습니다. 그들을 구출하러 들어가다 기관매복에 당해…….."

"죽일 놈들!"

강무영은 대동한 정예들에게 수색조의 생존 대원들을 돌보게 지시했다.

수색조의 다른 정예가 동굴을 가리켰다.

"소천주, 영호 대협이 위험합니다. 쏟아지는 암기를 막으며 저희를 먼저 대피시켰는데… 무사할지…….”

“알겠소!”

강무영은 호신강기로 몸을 보호하고는 동굴 안으로 뛰어들었다.

동굴 벽에는 무수한 암기 구멍이 뚫려 있었다. 바닥에는 무수한 암기가 널브러져 있었다. 미처 빠져나오지 못한 수색조 두 명은 형체를 알아볼 수 없을 정도로 많은 암기로 뒤덮여 있었다.

“영호 대협!”

강무영은 전신에 무수한 암기를 맞고 쓰러져 있는 영호찬을 발견하고는 급히 그의 맥을 쥐었다. 다행히 치명상은 피한 듯 생명지기는 간직돼 있었다. 그런 상황에서도 그는 막사검을 꼭 쥐고 있었다.

강무영은 그를 부축해 안으며 안도의 한숨을 내쉬었다.

“다행이군. 정말 다행이오, 영호 대협.”

4

삼 개월에 걸친 아미파의 봉문은 해소되었다.

동굴 안에 구금된 아미파의 원로들 몇과 제자들이 일부 구출되면서 명맥은 유지할 수 있었다. 백도무림의 입장에서 본다면 환호성을 높일 쾌거지만 마음은 착잡하기만 했다.

그들이 제압한 건 암흑마국의 실혼인들과 강시 부대 정도였다. 소기의 목적은 달성했지만 성과는 너무 미흡했다.

더군다나 일월도성 같은 전대 명숙이 마국의 실혼인이 되어 일순간 백도의 적이 되었다는 사실은 모두의 가슴속에 큰 부담으로 남았다.

또 얼마나 많은 무림고수들이 마국의 실혼인으로 화해 있을지 모를 일이었다. 그런 실혼인들 중에 친인척이 있다면 정체를 확인하기도 전에 서로가 서로를 죽이는 상잔의 참극을 겪을 수도 있기 때문이다.

군웅들은 부서지고 불탄 전각을 허물고 임시로 거처할 수 있는 목조 건물을 몇 채 세웠다. 이제 곧 새황무림과의 격돌을 목전에 둔 터라 아미파의 완전한 복원은 훗날로 미루어야 했다.

삼성은 엄중한 경호를 받으며 일월도성의 신지를 회복하는 데 주력하고 있었다.

우내사성은 오십 년 지기로 그들의 돈독한 우정은 피를 나눈 형제보다 깊었기에 자신의 진원지기가 소모되는 것도 아끼지 않고 번갈아가며 일월도성의 회복을 도왔다. 하지만 워낙 심한 사술에 당해 과거의 일월도성으로 돌아오는 데에는 아직도 많은 세월이 필요한 상황이었다.

단목휘는 급조된 전각의 별실에서 비찰각 요원이 수집해 온 정보를 탐독하고 있었다.

탁자 위에 가득한 두루마리마다 천하의 급한 상황이 조목조목 적혀 있었다. 견융국 십만 기병이 벌써 중원의 북방에 이르렀다는 보고는 어느 정도 예상은 했지만 막상 통문을 접하자 그는 충격을 금할 수 없었다.

북방의 요새들이 그렇듯 쉽게 무너졌다면 황도의 위기는 명약관화한 일이다.

단목휘는 황궁 상황을 적은 두루마리를 내리며 탄식을 지었다.

"이런 상황에서도 나라의 중신들이 뜻을 정하지 못하고 굴욕적인 화친(和親)과 결전만 논하고 있으니 답답한 일이야. 폐하께서는 불민한 내가 오기만을 학수고대하고 계시거늘……."

그는 의자에 깊숙이 몸을 묻으며 이마를 손으로 짚었다.

그의 몸은 하나지만 감당해야 할 과업은 너무도 막중했다. 국가의 안녕과 무림의 평화를 동시에 지켜야 할 그로서는 해야 할 일이 산더미처럼 많았다.

그에게 있어 정신적 지주였던 쌍뇌천기자가 생존해 있었다면 현명한 답변을 구할 수 있었겠지만 현자는 이미 가고 없었다. 또한 그의 오른팔 격인 사자천왕 연풍헌마저 죽었으니 무림사를 함께 논할 사람이 없었다.

우내사성은 당대의 명숙이지만 불문과 도문에 심취해 살아온 기인들이라 결단과 과감성이 요구되는 전략을 논의할 대상은 못 되었다.

문상인 남궁현은 당세의 현자이지만 그는 만약의 사태를 대비해 태양천에 남겨져 있었다. 사천성과 감숙성에 운집해 제일선이 새황무림에 의해 격파당할 경우 전 무림은 태양천에 재집결해 마지막 결전을 벌여야 하기 때문이다.

그는 곁에 벽소군이 없음을 몹시 안타까워했다.

"소군은 왜 여태 오지 않는 것일까? 그 아이의 지혜가 어느 때보다 필요한 시기이거늘……. 또한 환유성이 함께 와준다면 정말 큰 힘이 될 텐데."

문밖에서 강무영의 음성이 들려왔다.

"제자 무영입니다, 사부님."

단목휘는 몸을 세워 바로 앉았다.

"들어오너라."

들어선 강무영이 공손히 예를 올렸다.

"도성께서 신지는 회복하신 것 같습니다."

"오, 다행이구나!"

"하오나 워낙 기력이 쇠퇴해 오랜 기간 요양을 하셔야 할 것 같습니다. 성니께서 보타암으로 도성을 모셔가겠다는 말씀을 올리라 하셨습니다. 새황무림과의 결전을 앞둔 상태에서 떠나게 되어 몹시 괴로워하셨습니다."

"아니다. 도성 선배님을 보호하는 것은 무림인의 도리야. 그래도 성검과 성승 두 분께서 남아주신다니 다행이구나."

단목휘는 몸을 일으켰다. 그는 무거운 한숨을 내쉬었다.

"이 사부는 곧 북경으로 가봐야겠구나."

"사부님……."

"네 책임이 크다. 천하를 떠맡기에 아직 힘이 부치겠지만 이것은 너의 운명이다."

강무영은 자신의 어깨를 짓누르는 사명감에 고개를 떨구었다.

"사부님, 제자로서는 너무도 힘겨운 책무입니다."

"안다. 하지만 내가 가지 않으면 나라가 위태롭다. 대륙의 주인이 바뀌어도 무림은 존재할 수 있지만, 이번 경우는 다르다. 폐하께 충성을 맹세한 나로서는 아니 갈 수가 없구나. 그곳의 싸움 또한 장기전이 될 테니 언제 돌아온다 약속할 수도 없어."

단목휘는 무거운 표정을 짓는 제자의 어깨에 손을 얹으며 힘껏 쥐었다.

"소군과 반검무적이 합류한다면 네게는 큰 힘이 될 게야. 이런 말이 있지 않느냐? 장강의 뒷물결이 앞 물결을 밀고[長江後浪追前浪], 세상의 새로운 인물이 옛 사람을 밀어낸다[一世新人換舊人]. 이제 너희들의 시대다. 너희 젊은이들이 새로운 세상을 만들어가야 한다."

강무영은 자신의 어깨를 통해 스며드는 사부의 정기를 느끼며 어느 정도 부담을 씻을 수 있었다.

"소군은 당연히 중원을 위해 싸우겠지만, 반검무적은 요동 출신입니다. 그는 중원과 새황의 충돌에는 무관심할 겁니다."

"무영아, 잘 생각해 보면 그동안 환유성이 얼마나 많은 사마악도들을 처단했는지 알 수 있을 것이다. 그의 손에 죽어간 사중악의 수괴들이 한둘이 아니다. 게다가 흑도대종사 격인 극검마왕을 격파했으니 이 얼마나 놀라운 전공이냐? 그런데도 중원무림이 환유성을 어떻게 대우했느냐? 그는 이 사부와 버금갈 영웅이지만 아무도 그를 영웅으로 존경하지 않는다. 하지만 이 사부는 믿는다. 출생에 관계없이 그는 천하를 지킬 영웅으로 거듭날 것이야."

두 사람은 천천히 전각을 걸어나갔다. 곳곳에서 건물을 세우는 망치질 소리가 드높다.

강무영이 그늘진 모습으로 말을 받았다.

"제자도 그런 면이 너무도 안타깝습니다. 반검무적은 마음속의 친구이지만 아직 속내를 모르겠습니다."

“이 사부는 짐작할 수 있다.”

“예에?”

“만일 내가 태양천주에 오르지 않았다면 그와 같은 길을 걸었을 것이다. 그의 방황은 무도를 찾는 고행이다. 그는 만상석부에서 절세기연을 얻은 후 그가 추구하는 목표에 바싹 다가서 있다. 악마지공과 극검마왕을 격파했으니 그의 검은 이미 검선의 경지다.”

단목휘는 새로 돌판을 깔아놓은 길을 따라 걸음을 옮겼다.

“과연 그가 검신의 경지에까지 오를지는 미지수다. 아직까지 누구도 도달하지 못한 전인미답의 경지이니까.”

그는 겨우 보수를 끝낸 작은 전각의 계단 위로 올랐다.

“영호찬은 좀 회복되었느냐?”

“예, 사부님. 거동하기는 아직 이르지만 외상은 거의 회복되었습니다.”

“참, 의독성수를 수소문해 보아라. 그의 의술이라면 도성 선배를 속히 회복시킬 수도 있을 테니까.”

“알겠습니다, 사부님.”

강무영은 돌계단 아래 머물렀다.

단목휘가 방으로 들어서자 영호찬을 간호해 주고 있던 단목비연이 몸을 일으켰다.

“오셨어요, 아버님.”

침상에 반쯤 기대 누워 있던 영호찬이 몸을 일으키려 하자 단목휘가 손을 내저었다.

“그냥 있게.”

"송구합니다, 천주."

단목휘는 침상가에 서서 그를 내려다보았다.

영호찬의 상체 대부분은 흰 천으로 동여매졌고 가슴 아래로 무명 이불이 덮여 있었다. 얼굴 곳곳에도 상처의 흔적이 남아 있었지만 표정은 비교적 밝았다.

"소공녀께 유성에 대한 얘기를 해주고 있던 참이었습니다."

"하하, 그랬나? 연아가 환유성에 대해서 관심이 아주 많더군. 하기는 목숨을 구해준 큰 은혜를 입었으니 각별할 수밖에."

단목비연이 탁자 옆에서 차를 따르며 말을 받았다.

"환 가가가 영호 대협의 절반만 닮았으면 좋겠어요. 동료를 위해 자신을 희생하는 의협심이 얼마나 대단해요?"

그녀가 소반을 찻잔을 받쳐 들고 다가서자 단목휘가 그녀를 향해 돌아섰다.

"그러게 말이다. 그의 반검이 의검이라면……."

일순, 그의 눈빛이 심하게 흔들렸다. 등 뒤에서 느껴지는 싸늘한 살기를 감지한 것이다. 동시에 영호찬의 몸에 덮여 있는 무명 이불 아래서 섬광이 폭사되었다.

"장백일패섬!"

번― 쩍―!

이불을 꿰뚫은 막사검이 그대로 단목휘의 명문혈로 파고들었다. 단목휘의 몸에서 순간적으로 호신강기가 펼쳐졌지만 영호찬의 막사검은 그의 등판을 꿰뚫고 가슴 앞까지 비집고 나왔다.

그의 몸을 관통한 검극을 보는 순간 단목비연의 입에서 자지러진 비명이 터져 나왔다.

"아아악!"

그녀의 손에서 떨어진 찻잔이 바닥에 부딪치며 파삭 부서졌다.

"이놈!"

단목휘가 홱 몸을 돌리자 그의 전신에서 뿜어지는 강렬한 태양강기가 영호찬을 향해 쏟아졌다.

콰앙!

"으아악!"

영호찬은 피 분수를 뿜으며 벽을 향해 날아갔다. 토담 벽이 붕괴되며 피투성이가 된 그의 몸은 오 장 밖으로 나뒹굴었다.

"아, 아버님!"

단목비연은 와들와들 떨다 털썩 주저앉았다.

단목휘의 몸을 꿰뚫은 막사검의 검극을 타고 붉은 피가 방울방울 떨어졌다. 참으로 통천경악할 일이 아닐 수 없었다. 전설의 신검이 태양을 관통한 것이다.

그가 영호찬에게 전수해 준 절기가 그를 해칠 살식으로 되돌아왔으니 이는 너무도 가혹한 운명의 선회였다.

콰직!

문이 박살나며 강무영과 탕마수좌를 비롯한 친위대가 들어섰다. 그들 모두는 단목휘를 보는 순간 석상처럼 굳어지고 말았다. 그들은 도저히 믿을 수가 없었다. 이것은 악몽이었다. 아니, 꿈에서도 있을 수 없는 일이었다.

검에 관통된 태양천주의 모습을 그 누가 상상이나 할 수 있었겠는가?

“흐윽……!”

자신의 눈앞에서 전개된 충격을 이기지 못한 단목비연은 그만 혼절하고 말았다.

정의로운 피를 울컥 토해낸 단목휘가 천천히 주저앉았다. 이십 년 이래 중원천하를 밝힌 태양이 내려앉는 것이다.

“사부님!”

“천주!”

강무영을 비롯한 제자들은 피를 토하듯 비통한 외침을 발하며 털썩털썩 무릎을 꿇었다.

단목휘는 애써 고통을 참으며 스르르 눈을 감았다.

그의 안색이 잿빛으로 화했다. 치명적인 사혈을 뚫은 막사검이 심맥까지 단절한 것이다. 어지간한 고수였다면 그 자리에 절명했을 일이지만 그는 워낙 심후한 공력을 지녀 한 모금의 생명지기를 보존할 수 있었다.

“크으, 사부님!”

강무영은 무릎걸음으로 다가서며 단목휘의 손을 쥐었다. 얼음장같이 차다. 잠시 전 자신의 어깨를 쥔 뜨거운 기운은 느낄 수가 없었다. 급히 맥을 쥐었지만 태양의 운명은 이미 꺼져 가고 있었다.

“사부님… 사부님!”

강무영은 감히 사부의 존체를 만지고 못하고 머리를 조아리며 연신 바닥에 찧었다. 극도의 충격과 비탄, 절망적인 상심으로 눈에서 피가 흘렀다.

“이 찢어 죽일 놈!”

탕마수좌가 무너진 토담 벽을 통해 몸을 날렸다. 그는 피투성이가
된 채 혼절해 있는 영호찬을 향해 주먹을 내려쳤다.

"멈춰!"

강무영의 외침에 탕마수좌의 주먹이 영호찬의 머리 위에서 우뚝 멈
춰졌다.

강무영은 턱을 덜덜 떨면서 분명한 어조로 영을 내렸다.

"놈을 죽이지 말고 뇌옥에 가둬라. 다른 제자는 소공녀를 모시고 나
가라. 그래, 세 분 노선배님을 모셔와라. 어서!"

아미산 금정봉에 벼락에 떨어졌다.

태양천 제자들과 오천 군웅은 믿을 수 없는 충격에 모두가 주저앉고
말았다. 그들의 비통한 눈물은 메마른 대지를 적셨고, 애절한 통곡은
하늘에 메아리쳤다.

난데없이 몰려든 먹구름에 아미산은 짙은 어둠 속으로 잠겨가고 있
었다.

5

칠십 년을 넘게 살아온 삼성이었지만 너무도 충격적인 광경에 그들
의 평생 수행이 무너지고 말았다.

"아미타불… 이럴 수가… 오오, 이럴 수가!"

“무량수불… 아니 되네, 천주! 아니 되네!”

“나무관세음… 사셔야 하오, 천주!”

삼성은 단목휘 앞에 부복해 있는 강무영 좌우로 다가앉았다.

강무영은 초인적인 의지로 용케 충격을 참아내고 있었지만 그의 이성이 서서히 혼미해지기 시작했다.

“크으… 어, 어찌해야 합니까, 삼성 노선배님. 소생이… 어찌해야 하는 것입니까?”

“……”

삼성도 어떻게 대처해야 할지 몰라 당황스럽기만 했다. 그들은 충격과 혼란을 가라앉히며 연신 불호와 도호를 읊조렸다.

“일단… 검을… 뽑겠습니다……”

강무영은 몸을 일으켰지만 다리가 후들거려 제대로 걸음을 옮길 수가 없었다.

그는 단목휘의 등 뒤로 서며 막사검을 쥐었다. 얼마나 깊게 박혔는지 검은 손잡이만 남긴 상태였다. 그가 검을 쥔 손에 힘을 가해 막 뽑으려 할 때였다.

“기다려라.”

나직한 음성이었지만 강무영의 귀에는 천둥처럼 들렸다. 그는 급히 단목휘 앞에 부복하며 격앙된 모습으로 외쳤다.

“사부님… 살아 계셨군요! 역시 사부님이십니다!”

단목휘는 꾹 감은 눈을 스르르 떴다.

과거 세상을 밝힐 정기로 가득했던 눈이 너무도 어두웠다. 생명지기가 다한 그의 눈빛은 물기 하나 없이 메말라 있었다.

“내가 죽거든… 잠양동 사자천왕 옆에… 안치해라…….”

“사부님……?”

“삼성 선배님… 무영을… 도와주십시오.”

삼성은 참담한 심정으로 눈물을 흘렸다.

“천주… 힘을 내게나.”

“천주는 곧 천하일세. 어찌 천하를 버리려 하는가?”

“나무관세음… 나무관세음…….”

단목휘는 힘에 겨운 듯 희미하게 입술을 달싹였다.

“이제 검을… 뽑아라. 이제 네가 막사검의 주인이다. 이 사부의 피가 묻은 검이니… 널 지켜줄 것이다.”

그의 입술이 닫히며 눈까풀이 스르르 내려갔다.

“사부님!”

강무영은 비분에 차 외치며 막사검을 불끈 쥐었다.

츄욱!

막사검이 뽑히는 순간, 단목휘의 등과 가슴을 통해 붉은 피가 댓살처럼 뿜어졌다. 그의 피는 세상에서 가장 고귀한 의혈이다. 포말이 되어 허공에 흩어지는 그의 피는 통곡하는 이들의 머리 위로 이슬처럼 내려앉았다.

오호, 실로 통탄할 태양천주의 최후였다.

6

야흘추 부락은 중원의 사천성과 산을 두 개 접한 지역에 위치해서인
지 중원이 풍속이 곳곳에 스며들어 있었다. 튼튼한 목조로 지은 2층 객
잔은 여느 강족 부락에서는 볼 수 없는 특이한 건축물이었다.

객잔은 몰려드는 새황무림인들로 인해 발디딜 틈이 없었다. 적풍사
나 천산무궁에 소속되지 않은 자들도 중원무림과의 한판 승부에 가담
하기 위해 먼 길을 달려온 것이다.

객잔 2층 창가의 탁자에 자리한 두 남녀는 모습이나 복장이 새황인
들과 거리가 멀었지만 주변의 눈길에 전혀 개의치 않았다.

새황무림인 몇몇이 적개심에 젖어 그들을 쏘아보았지만 청년은 무
심하게 술을 마셨고, 여인은 그들을 하나씩 둘러보며 태연히 음식을 먹
었다. 기세에서 눌린 새황무림인들은 공연히 투덜거리며 동료들과 얘
기를 나누었다.

환유성은 술잔을 내리고는 벽소군에게도 한잔 권했다.

"이제 먹을 만하지?"

"당신 말대로 죽기밖에 더 하겠어요?"

벽소군은 술잔을 받아 들고는 단숨에 들이켰다. 그녀는 잔뜩 인상을
찡그리며 고개를 저었다.

"이 구역질나는 구유주 말고는 없어요?"

"나와 같이 다니려면 사치와 안락은 잊어. 술이면 되는 거 아냐?"

"입에 맞는 술을 마시려는 것도 사치예요?"

벽소군이 아이처럼 투정을 부리자 환유성이 점잖게 타일렀다.

"먹고 마시고 입는 것에 신경 쓰지 마. 물 한 모금 음식 한 조각 모

두 소중한 거니까."

"아, 어서 중원으로 들어가야지 원."

벽소군은 작은 수건으로 입을 닦았다.

이 순간, 부락 외곽에서 환호성이 울려 퍼졌다. 여기저기서 폭죽이 터지고 미친 듯한 괴성이 부락 안으로 이어졌다.

적풍사의 졸개로 보이는 자가 객잔 안으로 들어서며 뭐라 외쳐 댔다. 강족의 말이라 환유성은 알아들을 수 없었지만 그들에게 뭔가 좋은 일이 생긴 게 분명했다.

"와아아!"

객잔 안의 새황인들은 일제히 일어서며 서로를 얼싸안고 춤을 추었다. 그들은 술잔을 부딪쳐 건배를 나누고 몇몇은 칼로 탁자를 찍으며 노래까지 불렀다.

환유성은 짜증스런 표정으로 그들을 둘러보다 벽소군에게로 시선을 돌렸다.

"소군, 대체 무슨······?"

이 순간 벽소군은 석상처럼 멍하니 굳어져 있었다. 그녀의 눈은 더할 수 없이 부릅떠져 있었다.

"왜 그래? 대체 놈들이 뭐라는 거야?"

환유성이 술잔에 술을 따르며 묻자 벽소군은 주르륵 눈물부터 흘렸다. 그녀는 어깨를 들먹이며 오열하기 시작했다.

"흑흑······!"

"말을 해봐, 소군. 대체 무슨 일인데 그래?"

환유성이 답답한 듯 캐물었지만 벽소군은 급기야 두 손으로 얼굴을 가리며 엉엉 울어대기 시작했다. 그녀의 울음은 점점 애절한 통곡으로 고조되었다.

주변의 새황인들이 그녀를 보며 득의양양하게 웃어댔다.

"케헤헤……!"

"킬킬……!"

몇몇이 병장기를 빼 들고 둘을 향해 다가섰다. 잔뜩 취한 그들의 눈에는 살기가 번들거렸다. 그들은 일제히 함성을 외치며 달려들었다.

환유성은 권태로운 표정으로 소매를 휘저었다.

"꺼져!"

퍼퍼펑—!

일진폭음과 함께 2층 객잔의 새황무림인들 모두가 지붕과 벽을 부수며 일시에 튕겨져 나갔다.

그는 벽소군 옆으로 서며 그녀의 어깨를 흔들었다.

"대체 무슨 일이야? 대명의 황제라도 죽은 거야?"

벽소군은 그의 가슴에 얼굴을 묻으며 서럽게 울어댔다.

"흑흑… 환랑… 환랑… 어쩌면 좋아요."

"어서 말해 봐. 대체 무슨 일이 생긴 거야?"

"으흑흑… 돌아가셨대요… 암습을 당해서……. 정말 믿을 수가 없어."

"누가 죽었다는 거야? 태양천주는 아닐 테고……."

그가 잔뜩 짜증스런 표정을 짓자 그녀는 그의 앞섶을 움켜쥐고는 마구 흔들며 펑펑 눈물을 쏟았다.

"태양천주께서… 천주께서 돌아가셨대요! 엉엉……!"

“……!”

환유성은 멀뚱한 표정이 되어 그녀를 내려다보았다. 그녀의 눈에서 붉은 피가 섞인 눈물이 흘러내렸다.

그는 손등으로 그녀의 눈물을 닦아주었다.

“울지 마. 그는 죽지 않아.”

“환랑!”

벽소군은 그를 얼싸안으며 그의 가슴에 머리를 찧었다.

“흑흑, 천주께서 돌아가셨으니 이제 어떻게 해요?”

“…….”

환유성은 그녀를 품에 안으며 등을 다독여 주었다.

그의 표정은 변함이 없었지만 머리 속은 극도의 충격으로 혼란스러워졌다. 싸늘한 한기가 등줄기를 스치며 온몸에 소름이 돋았다. 단 한 번도 대면한 적이 없는 생면부지의 사람이건만 단목휘의 죽음은 그에게 참을 수 없는 전율을 불러일으켰다.

그의 입술이 파르르 떨린다.

“태양이… 중원의 태양이 떨어졌단 말인가?”

〈제7권에 계속〉